내가 바로 세종대왕의 아들이다

내가 바로 세종대왕의 아들이다 10

유아리 퓨전 판타지 소설

초판 1쇄 찍은 날 § 2021년 1월 19일
초판 1쇄 펴낸 날 § 2021년 1월 26일

지은이 § 유아리
펴낸이 § 서경석

총괄팀장 § 노종아
편집책임 § 이민지
디자인 § 소소연

펴낸곳 § 도서출판 청어람
등록번호 § 제387-1999-000006호
등록일자 § 1999. 5. 31
어람번호 § 제1-3111호

주소 § 경기도 부천시 부일로 483번길 40 서경B/D 3F (우) 14640
전화 § 032-656-4452 팩스 § 032-656-4453
http://www.chungeoram.com
E-mail § chungeorambook@daum.net

ⓒ 유아리, 2020

ISBN 979-11-04-92303-6 04810
ISBN 979-11-04-92193-3 (세트)

USION FANTASTIC STORY
10
내가 바로 세종대왕의 아들이다
유아리
퓨전 판타지 소설
도서출판 청어람

내가 바로
세종대왕의
아들이다

목차

제1장

군주의 연회

"우르반, 성의 함락엔 자네 공이 크네."

내 칭찬에 우르반은 손사래를 치며 답했다.

"그것이 어찌 이 외신의 공이겠사옵니까? 이곳의 군주들은 외신의 제안을 허풍으로 치부했었기에, 그저 이루지 못할 꿈으로만 생각했었사옵니다."

"그런가?"

"그런 와중에 티무르에서 만났던 총통위장 김 공이 제게 관심을 보내며 지지해 주었고, 티무르의 군주 역시 김 공 덕분에 이 외신을 지원해 주어 완성할 수 있었습니다."

김경손이 일전에 내게 말하길, 우르반의 첫인상은 협잡꾼 같았다고 했었던 것으로 기억하는데…….

아무튼 김경손이 그의 진가를 알아보지 못했으면 우르반의 거포도 묻힐 뻔했었다는 거겠지.

"그렇다 해도 그대가 큰일을 한 것도 엄연한 사실이지. 그러니 저 화포에 자네 이름을 붙이는 것은 어떻겠나?"

"아닙니다. 미천한 제 이름보다는 전하의 근사한 왕호를 따는 것이 어떻겠사옵니까?"

"아니다. 내 왕호가 붙은 거대 전함이 이미 있도다."

"오……. 그런 전함이 있다니 언젠간 꼭 보고 싶사옵니다. 그럼, 거짓 선지자 에센의 성벽을 무너뜨린 병기이니, 신앙 세계에서 익숙한 명칭인 예리코의 나팔은 어떻겠습니까?"

우르반은 내가 성경에 대해 모른다고 생각해 유대인의 군대가 신의 가호를 받아 나팔 소리와 함성으로 가나안의 성벽을 무너뜨린 일화를 설명했다.

그건… 뭔가 좀 모순적이지 않나? 거짓 선지자는 내가 에센을 쫓아내려고 만든 선동 문구인 데다, 지금의 오이라트야말로 정교회의 독실한 신자들로 구성되어 있었다.

자칭 신앙 세계의 주민들이 보기엔 불신자이며 이교도인 내 군대가 쓰는 병기에 예리코의 나팔이란 명칭이 붙는 건 역설적인 농담에 가깝지.

내가 주저하는 모습을 보이자 우르반이 덧붙였다.

"전하, 이 외신도 이곳에 도착해 사정을 들어가며 현황을 파악했는데, 이번 승전이 신앙 세계 전역에 알려지면 이곳을 탈환하려 십자군이란 연합 군대가 결성될 수도 있사옵니다."

"그 점은 나도 충분히 인지하고 있도다."

"또한 신앙 세계의 군주들은 모두 동방에 대해 무지한 데다 전부 앞뒤가 꽉 막힌 머저리들이 많사옵니다."

하긴, 우르반은 원역사에서 메흐메트에게 고용되었으니 저런 말을 할 법도 하지.

내가 조용히 듣는 모습을 보이자, 우르반은 신이 난 표정으로 말을 이어갔다.

"전하께서 적절한 명분을 손에 쥐시려면 신앙 세계의 주민인 제가 거짓 선지자인 에센을 벌하기 위해 전하께 협력했다고 선전하는 것도 나쁘지 않사옵니다."

"그런가."

"예, 그러기 위해 성경에서 따온 명칭을 붙이는 것도 나쁘지 않을 듯합니다."

"그런가. 그럼 자네 뜻대로 해보지."

우르반과는 만난 지 얼마 안 되었지만, 선동과 날조를 내세우는 그의 말투를 보니 왠지 모를 친밀함이 느껴졌다.

"앞으로 자네와 할 만한 이야기가 많겠어."

"이 외신도 전하와 이런 이야기를 하는 것에 무한한 기쁨을 느끼고 있습니다. 진정한 군주를 맞은 듯한 기분이 듭니다."

내가 우르반과 이야길 나누는 사이, 성에서 항복하기 위해 나온 알락은 엄중히 격리되었고.

역병 의사의 가면처럼 생긴 방독면으로 코와 입을 가린 채, 각종 보호의와 장갑으로 몸을 보호하는 종군 의원들에게 각종 소독 조치를 받게 되었다.

격리된 그는 성안의 주민들이 굶주리고 있다며 식량을 지원해 달라고 애원했다고 한다.

그리고 다음 날, 진군만으로 상대를 조급하게 만들어 본의 아니게 공을 세운 메흐메트와 오스만 군대가 도착했다.

"귀하가 오스만의 군주인가. 내 따로 원군을 청하진 않았지만, 이곳까지 지원 오느라 노고가 많았을 터, 나름대로 사의를 표한다고 전하게."

내 발언이 역관을 통해 메흐메트에게 전달되었고, 뒤이어 그의 인사가 내게도 통변되어 왔다.

"오스만의 군주가 머나먼 동방의 나라에서 이곳까지 원군을 보낸 것에 감사를 표했사오며, 전하께서 친정하시었는지 몰랐다며 어떻게 보은해야 할지 깊은 우려가 된다 합니다."

화려한 장식이 들어간 터번을 머리에 쓰곤, 구레나룻부터 이어져 인중과 턱을 전부 덮은 수염을 기른 메흐메트는 나를 바라보며 명백하게 긴장한 듯한 표정을 짓고 있었다.

"그래, 내가 여기까지 온 것을 모르고 있었으면 그럴 법도 하지."

역관은 내게 다시 메흐메트의 말을 전달했다.

"오스만의 군주가 전하께서 따로 바라시는 것이 있으신지 여쭈었습니다."

"내가 바라는 것은 이곳의 평화와 균형이라고 전해라."

"전하의 말씀이 무슨 뜻인지 묻고 있습니다."

"나중에 군주들의 회동에 나오면 알게 될 거라 전해라. 오스만의 군주도 먼 길을 오느라 피로가 쌓였을 터, 오늘은 이만 쉬고 자세한 이야기는 다음에 하지."

내 말은 듣곤, 뭔가를 더 이야기하고 싶어 하는 듯한 눈치의 메흐메트가 물러나자, 난 생각을 정리해 봤다.

첫 만남부터 내 의도를 전부 보일 필욘 없지. 그에게도 이번 전투의 결과는 충격적이었을 거다.

오랜 시간 동안 수많은 인력과 재정을 쏟아가며 전선을 유지하는 게 고작이었는데, 통보조차 없이 참전한 나의 군대가 왈라키아와 헝가리, 알바니아로 이뤄진 동유럽 연합군마저 전부 격파하고 오스만의 대적자 에센에게 항복을 받아냈으니.

게다가 지원군의 수장인 후냐디와 블라드, 그리고 제르지는 메흐메트와 오스만의 숙적이며, 원역사에선 죽을 때까지 그의 정복 사업을 방해한 이들이기도 하다.

내가 이곳에서 원하는 것은 그동안 에셴이 키워온 영향력과 기반 그 자체다.

에셴의 거점이었던 사라이 성을 내 군대가 완벽하게 점령한 북쪽의 비단길을 통해 앞으로 동서양을 아우르는 무역의 거점으로 만들 것이다.

그렇게 되면 원역사에서 로마를 점령한 후 후추를 인질 삼아 전 유럽을 상대로 무역 행패를 부렸던 오스만의 행보에 지장이 생기게 될 테고, 그 결과 촉발된 대항해시대 역시 늦어지게 되겠지.

그렇게 생각을 정리한 난, 나도 모르게 콧노래를 부르며 본국에 보낼 서신을 작성했고, 알락의 요청을 받아들여 성안의 주민들을 위한 식량을 들여보내도록 조치했다.

*   *   *

오스만의 술탄 메흐메트 2세는 언젠가 로마를 점령하기 위해 아껴왔던 병력마저 모두 동원해, 에셴에게 빼앗겼던 요새 루스만 히사르의 공성전에 투입했었다.

그렇게 양동작전을 거는 동시에 자신은 본대를 이끌고 사라이까지 왔지만, 어느새 모든 상황은 끝이 나 있음을 알게 되었기에 허탈한 마음을 감출 수 없었다.

"조선의 군주는 대체 무슨 속셈으로 여기까지 왔을까?"

메흐메트의 물음에 최측근인 자아노스가 조심스럽게 답했다.

"혹여, 저들이 믿고 있는 신앙을 퍼뜨리려는 게 아닐까요?"

"그건 아닐 거다. 일전에 만났던 조선 관료의 말론, 그들의 사상은 신의 말씀이나 섭리와는 거리가 멀었다. 오히려 옛 그리스의 철학자들이나 할 법한 말들을 쏟아냈지."

"그 부분은 일전에도 언급하지 않으셔서 몰랐습니다. 그럼 저들은 신을 섬기지 않는 불신자란 말씀이십니까?"

"그래. 나와 만났던 이가 설명하기론 하늘과 땅을 아우르는 신령의 존재가 있었다고 하나, 자연 그 자체를 아울러 설명하는 개념에 가까운 데다 신을 숭배하는 종교와는 거리가 멀다고 했다."

"그것만으론 잘 파악이 안 되는군요."

"나도 잘 이해가 가진 않지만, 사후 세계가 없는 것이 그들 군주의 존재로 증명되었다며, 미신을 배척하고 도덕을 중요 가치로 삼아 만물의 근원과 원리를 분석해서 해석하는 데 중점을 두고 있다 하더군."

"으음, 신의 존재를 부정하는 것은 좀 그렇지만, 개중 일부는 아국의 학자들도 하는 이야기로군요."

"그래, 내가 듣기론 그런 사상을 집대성한 이가 바로 조선의 군주라고 들었다."

"…전투에서 친히 군대를 이끌어 왈라키아의 공작을 사로잡은 이가 그런 학식을 갖추고 있단 말입니까?"

"내가 들은 대로면 그렇겠지. 사실 나도 잘 믿기지 않는다. 나이도 어려 보이는데, 그만한 학식과 무용을 겸비하다니……."

메흐메트는 수염이 없어 어려 보이는 광무왕의 얼굴을 보곤 자기와 비슷하거나 어릴 거라 착각하고 있었다.

"술탄께서도 그만한 역량이 있으십니다. 시파히나 예니체리의 일원 중에서 그 누구도 술탄의 상대가 되는 이가 없지 않습니까."

"그건 어디까지나 연습이고, 다들 내가 술탄이라 봐주는 것 아닌가."

"절대 그렇지 않습니다. 술탄께선 제가 아는 한, 가장 뛰어난 능력을 지니신 분입니다."

지금의 메흐메트는 믿지 못하고 있지만, 지금은 사라진 역사 속의 베오그라드 공방전에서 그는 후냐디의 수하인 검은 기사단의 기병 돌격을 당해 불리한 상황에 부딪치자 역으로 그들의 대장과 일대일 결투를 벌여 승리한 전적이 있을 만큼 뛰어난 무용을 지니고 있었다.

"그런가. 타인에게 전해 들은 것만으론 진위를 알 수 없는 법이지. 그보다, 군주들이 모이는 전후 협상이 열릴 것이라 한다."

"저도 들었습니다."

"그래. 이번 협상에서 어떤 수를 써서든 우리가 이곳을 손에 넣어야 한다."

"우린 이곳에서 아무것도 한 것이 없는데, 저들이 성을 순순히 내어 주려 하겠습니까?"

"모두가 불가능하다 해도 밀어붙여 성사시키는 것이 나의 신조인 것을 알잖나."

"그럴 만한 명분은 있으십니까?"

"본래 이 전쟁은 나와 에센의 싸움일 터, 중간에 끼어들어 가로챈 것은 조선과 티무르이다."

"그렇긴 합니다만……."

"본래 내 계획도 지금처럼 양동을 통해 이곳을 급습하는 거였다. 우리의 역량으로도 충분히 점령할 수 있던 곳이었어. 전쟁조차 불사하겠다는 암시를 주면 저들이 물러날지도 모르지."

"술탄이시여, 그렇게 하시면 우린 완벽하게 고립되고 맙니다. 가뜩이나 캅카스 쪽의 소국들마저 연합을 결성해서 우리에게 대항하고 있는데, 더 많은 적을 만드는 건 자충수가 되고 말 겁니다."

메흐메트는 이번 전쟁을 통해 적성국 티무르의 군사력이 건재함을 느꼈고, 이내 고개를 끄덕이며 동의했다.

"으음……. 인정하기 싫지만 맞는 말이군. 우리 품 안에 있는 콘스탄티노폴리스도 함락하지 못하고 있으니, 여기서 더 적을 늘리는 건 위험하겠어."

"제가 생각할 땐, 이번 협상에서 중점적으로 제시해야 할 건 명분입니다."

"어떤 명분을 제시해야 좋을까?"

"이단 신앙의 타타르 침략자에 맞서 홀로 이슬람을 지켜온 술탄의 공을 부각하고, 그 덕에 에센이 힘이 빠져 승리할 수 있었다는 식으로 나가는 게 좋을 것 같습니다."

"나쁘지 않군. 아무래도 협상장엔 나보다 그대가 나서는 게 낫겠어."

"아닙니다. 지배자들의 회동에 제가 협상에 나서면 격이 맞지 않는다며 비웃음거리나 되겠지요. 그리되면 술탄의 명예가 손상될 겁니다."

"내가 가장 믿는 이이자, 차기 재상인 자네이건만……."

"그렇다 해도, 지금은 일개 관료에 불과합니다."

"알겠다. 미리 내가 해야 할 말을 연습한 다음 회동에 나가는 게 좋겠어."

"예, 그럼… 협상장에서 패로 써먹을 만한 것을 제가 제시할 테니 술탄께서 그것을 숙지하시면 될 듯합니다. 또한 베네치아의 화가가 회담에 참여하고 싶다고 의사를 밝혔는데 어찌할까요?"

"일전에 내 초상화를 그린 젠틸레 말인가?"

무역을 위해 오스만과도 은밀히 줄을 대고 있던 베네치아의 도제는 오스만의 사정을 알아보기 위해 보좌관 겸 전담화가를 오스만에 보냈고.

파견된 젠틸레 벨리니는 뛰어난 그림 솜씨와 언변으로 술탄의 환심을 사 메흐메트의 초상화를 비롯해 여러 전장이 담긴 기록화를 남겼다.

"예, 역사에 길이 남을 회동에 나선 술탄의 모습을 화폭에 담고 싶다며, 그리 요청했습니다."

"그런가, 하긴 여태 유례가 없을 만한 큰일이기도 하니… 나쁘지 않겠어."

그렇게 젠틸레의 요청을 허락한 메흐메트는 자아노스와 함께 고심하여 협상장에서 나올 만한 명분과 제안들을 자신에게 유리한 쪽으로 돌리기 위해 연습했다.

일주일이 지나자 간신히 역병이 진정된 성안에서 에셴이 나와 동서양을 대표하는 군주들이 한자리에 모이게 되었다.

'푸른색 십자가와 늑대 문양의 갑옷을 입은 이가 에셴인가……. 그렇게 오래 싸워왔지만, 막상 얼굴을 보는 건 처음이군. 그리고 저 백색의 갑옷을 입은 이는 머저르의 섭정 후냐디겠군.'

메흐메트는 모여 있는 이들을 살피다 오스만의 신하였다가 배반하고 독립한 알바니아의 제르지를 발견했다.

메흐메트는 타고난 다혈질답게 화가 끓어올랐지만, 무표정하면서도 의연한 모습으로 자신을 응시하는 제르지에게 지고 싶지 않아, 겨우 마음을 추스르곤 자신의 의자 옆 탁상에 놓여 있던 찻잔을 들어 향을 맡아보았다.

"이건 카베의 일종인가? 내가 평소에 먹던 것과는 생김새가 좀 다른데, 마셔도 되는 건가?"

그러자 협상장에 동행한 오스만의 관료가 메흐메트에게 답했다.

"예, 미리 모든 재료를 엄밀히 검사하고 반입한 겁니다. 술탄께선 안심하시고 드셔도 됩니다."

생소한 커피를 한 모금 마셔본 메흐메트는 예상하지 못한 단맛과 부드러운 크림의 감촉에 놀라 눈을 크게 뜨고 말았다.

"이건 단순히 설탕이 들어간 카베가 아니군. 이건 대체 뭐지?"

"조선에서 초당이라고 부르는 설탕 가공품과 유제 크림 같은 게 들어갔다고 합니다."

"그런가, 만드는 법을 배워 가면 좋겠군."

"예, 조선 측에 요청해서 만드는 법을 알아두겠습니다."

수염에 묻은 크림을 닦아낼 생각조차 못 하고 커피를 즐기는 메흐메트의 모습을 본 후냐디나 제르지도 뒤따라서 캐러멜마키아토의 맛을 보았고.

실로 악마의 음료라고 할 법하다며 탄식 겸 찬사를 내뱉었으며, 뒤이어 생소한 쿠키들을 맛보며 성호를 긋는 모습을 보였다.

그들이 다과를 즐기는 사이, 에센은 눈에 띌 정도로 수척해진 모습으로 좌중을 살피다가 어느 것에도 손대지 않은 채, 눈을 감고 평생의 대적이자 원수나 다름없는 광무왕을 기다렸다.

잠시 후, 그들이 기다리던 광무왕 이향이 화려한 장식의 어갑을 갖춰 입은 채 내금위장과 총통위장, 그리고 우르반을 동반해 협상장에 모습을 드러냈고, 이윽고 통역관을 통해 그의 첫마디가 좌중에 전달되었다.

"사라이는 조선의 새로운 영토가 될 것이며, 이후 이곳을 침략하려는 나라는 누구도 예외 없이 응징을 당하게 될 것이다."

첫마디부터 지극히 도발적인 광무왕의 발언에 메흐메트는 놀라 할 말을 잃었고.

에셴은 나름대로 이 일을 예상한 듯 그저 눈을 감은 채 침묵을 흘렸으며.

후냐디와 제르지는 그의 의도를 파악하려 빠르게 머리를 굴리기 시작했다.

그렇게 각국의 군주들이 모인 자리에선 정적이 흐른 채, 모두의 눈이 광무왕에게 집중되었다.

*   *   *

베네치아에서 온 화가 젠틸레는 술탄 메흐메트의 허락하에 군주들의 회동에 참여했고, 동시에 회담장 안의 풍경을 놓치지 않으려 빠르게 크로키하고 있었다.

또한 그가 그리고 있는 군주들은 하나같이 일세의 영웅이라 불릴 만한 이들이었기에, 젠틸레는 그들이 모인 모습을 그림에 담을 수 있다는 사실에 묘한 흥분마저 느끼고 있었다.

후냐디와 제르지가 차와 과자를 먹으며 감탄하다 같은 모습을 보이는 술탄 메흐메트와 눈을 마주치곤 미묘한 신경전을 벌이자, 그는 멋진 구도가 나온 것에 감탄하며 간략한 문구로 상황을 적어두었고.

크로키 겸 스케치를 토대로 나중에 제대로 된 그림 여러 장을 완성해야겠다는 계획을 세웠다.

한편, 앞선 세 명에 이어 등장한 타타르의 군주는 그가 상상한 것 이상으로 마르고 날카로운 인상이었다.

'흠, 저 사람이 세례를 받아 신앙 세계에 귀의했다는 에센인가? 확실히 이곳의 이들과는 느낌이 매우 다르네.'

그는 착석과 동시에 곧바로 눈을 감은 채 생각에 잠겼고 처연하면서도 종교인 같은 경건한 분위기를 보였기에, 그가 생각한 것 이상으로 멋진 모습이 나와 젠틸레를 기쁘게 했다.

'이들이 한데 모인 광경을 그림으로 남길 수 있다니……. 내 작품이야말로 역사에 길이 남을 만한 대작이 될 것이다.'

젠틸레가 베네치아의 도제 프란체스코가 자신을 여기로 보낸 이유조차 잠시 잊고 스케치에 열중할 무렵, 가장 중요한 인물이 회담장에 들어왔기에 상대의 생김새를 유심히 살펴보았다.

기름 같은 걸 발라 잘 정돈된 흑단 같은 머리카락과 더불어 적당한 크기의 콧날과 쌍꺼풀 없이 커다란 눈과 진한 눈썹.

거기다 미끈하면서도 깨끗한 피부의 얼굴엔 인중이나 턱에 수염 자욱 하나 없어 그의 나이를 짐작하기가 힘들었다.

'분위기를 보니 결코 어린 나이는 아닌 듯한데……. 마치 옛 조각상에서나 볼 법한 미남이긴 하군.'

인종과 상관없이 누구나 미남이라 느낄 만한 그의 모습에 젠틸레는 자기도 모르게 감탄했고.

고딕풍 양식이 가미된 화려한 플레이트 아머를 입은 그의 모습을 보곤, 수염 없는 미남으로 유명한 아킬레우스가 기사가 되었다면 저런 모습일 거라 생각하며 빠르게 그의 특징을 잡아 속사하기 시작했다.

게다가 그는 등장과 동시에 파격적이면서도 일방적인 통보를 내놓아 단숨에 분위기를 휘어잡았으며.

동시에 좌중을 침묵하게 했다.

그렇게 충격적인 발언이 나온 후, 침묵하고 있던 이들은 간신히 정신을 차리고 질문을 쏟아냈고.

조선의 군주는 침착한 어조로 자신의 군대가 싸워 이긴 성과이니, 당연한 처사라며 답했다.

그러자 젠틸레가 일세를 풍미할 영웅이라 생각했던 술탄 메흐메트는 그의 언변에 농락당해 당황한 표정을 지으며 항변하기 급급했다.

그들의 대화는 각자 준비한 통역관을 거쳤기에 젠틸레에게도 전부 전달될 수 있었고, 광무왕의 언변은 실로 교묘하면서도 빈틈이 없었다.

그들의 대화 중간에 끼어든 헝가리 출신 우르반은 비록 조선의 군주께선 신앙을 받아들이진 않았지만, 그 누구보다 공정하시며 현명하신 분이라 극찬하며 말을 시작했다.

우르반은 에셴이 그저 침략자이며, 조선의 군주 광무왕은 자신을 비롯한 그에게 고통받고 있던 이들의 요청을 받아들여 거짓 선지자를 이 땅에서 몰아내기 위해 왔다며 선동을 하고 있었다.

게다가 성안에 흑사병이 돌게 된 것이 신의 뜻을 거스른 명백한 증거라고 말하며 에셴을 자극했고, 눈을 감고 있던 타타르 군주가 눈을 뜨며 그를 바라보자, 곧바로 광무왕의 뒤에 숨는 모습을 보였다.

에셴은 자신을 주시하는 광무왕과 시선을 마주치자 고개를 숙이며 눈을 감았으며, 이내 우르반의 궤변이 이어져 군주들을 정신없게 만들었고 결국 광무왕의 만류로 침묵하게 되었다.

에셴과 자신의 싸움에 끼어들어 이러는 법이 어디 있냐는 메흐메트의 항의는 몽골과 조선은 10년 전부터 싸웠다는 조선왕의 논리에 간단히 막혔고.

광무왕은 뒤이어 오스만이야말로 그들의 전쟁에 끼어든 것이라고 역공해 메흐메트를 어이없게 만들었다.

그러자 메흐메트는 그건 궤변이라며 항변했지만, 광무왕은 엷은 웃음을 띠며 말을 이어갔다.

에셴은 10년 전 동방에서 일어났던 대전쟁에서 대패하고 자신의 자비로 간신히 살아남은 것이며, 조선을 피해 이곳까지 도망쳤다고.

거기다 형제국 티무르에게 이곳에서도 분란을 일으키고 있다는 소식을 들곤, 친히 군대를 이끌고 그에게 벌을 내리러 온 것이라 말했다.

유럽에선 공포의 대상인 오스만과 동등하게 싸우면서 수많은 전과를 올린 데다, 여전히 악몽으로 남아 있는 몽골이 고향인 동방에서 떠밀리듯 도망쳐 온 것이란 말에 모든 이가 경악했다.

메흐메트는 곧장 눈을 감은 채 침묵하던 에셴에게 진위를 물었고, 질문을 받은 당사자는 잠깐 눈을 뜨곤 미간을 찌푸리며 작게나마 고개를 끄덕여 그 말이 사실임을 확인시켜 주었다.

이후로도 메흐메트는 어떻게든 사라이에 대한 자신의 권리를 내세우려고 애를 썼지만, 결국 한 치의 작은 틈조차 없는 광무왕의 언변에 번번이 말려들어 본전조차 찾지 못했다.

광무왕의 그런 모습에 젠틸레는 마치 오디세우스의 언변을 타고났다며 감탄하곤 둘의 언쟁 장면을 스케치했다.

그렇게 메흐메트가 농락당한 뒤, 인질이 되었던 왈라키아의 공작 블라드 3세가 회담장에 들어와 후냐디를 기쁘게 했다.

그러나 곧바로 광무왕에게 블라드를 비롯해 생포되었던 기사단의 몸값을 지불하라는 말을 듣게 되었고, 후냐디는 부디 시간을 달라며 애원하게 되었다.

게다가 중간중간 얄미운 말투로 끼어들어 조선의 왕을 지원하는 우르반에게 군주 일동은 평소 대립하던 것을 잊은 채, 하나 된 마음으로 그를 노려보았지만.

자신감이 붙은 우르반은 광무왕과 함께 환상의 복식조가 되어 그들을 농락했다.

결국 메흐메트는 5만의 대군을 움직인 보답의 일환으로 약간의 전리품을 나누어 주겠다는 확답을 들은 것으로 만족해야 했고.

동유럽 연합 측은 조선과 티무르를 공격했다가 패배한 탓에 귀족들의 몸값과 더불어 전쟁배상금까지 물게 되었다.

그리고 후냐디는 아끼는 제자 블라드과 재회한 기쁨을 나눌 생각조차 못 한 채, 가장 궁금한 것에 관해 물었다.

후냐디가 조선 측에서 사라이를 거점 삼아 신앙 세계를 침략할 의도가 없는지 다시 한번 확인하려는 듯 질문하자.

그 말을 들은 광무왕은 애초에 그럴 의도였다면 여기서 회전을 벌이지 않고 하루에 70밀리온(약 120㎞) 거리를 이동할 수 있는 기병대를 수도 페슈트에 보내 군을 물리게 했을 거라며 후냐디를 침묵시켰다.

그러자 제르지가 흥미로운 표정을 지으며 조선은 오스만의 편을 들 생각이 없는 것인지 물었으며.

광무왕은 먼저 호의로 다가오는 이에겐 신앙의 여부와 상관없이 손을 잡을 수 있다고 답했다.

그러자 제르지는 만족할 만한 답을 얻은 듯, 고개를 끄덕이며 질문을 마쳤다.

그렇게 어느 정도 분위기가 정리되자, 에센은 명나라의 말로 광무왕 이향에게 직접 말을 걸었다.

마침 이곳에 나선 역관 중에선 명국어를 통역해 줄 사람이 없었기에, 나머지 인원들은 잠자코 둘의 대화가 끝날 때까지 기다려야 했다.

*   *   *

이제껏 말 한마디 없이 눈을 감은 채 조용히 있던 에센이 내게 처음으로 말을 걸었다.

"광무왕이여, 날 죽일 셈인가?"

에센은 마음고생이 심했는지, 예전에 보았을 때보다 체중이 많이 준 듯했고 조금은 안쓰럽게 보이기까지 했다.

"귀하는 죽음을 바라는가?"

"성벽이 무너지는 순간 스스로 목숨을 끊을까도 생각했는데……. 그건 신의 말씀을 정면으로 거역하게 되니 그럴 용기가 나지 않더군."

"…한동안 못 본 사이에 신앙에 심취했나 보군."

"본래 이곳을 통치하기 위해 정교회에 귀의했었지. 실제로도 그대가 이곳에 오기 전까진 신앙이나 믿음, 이런 건 전부 명분에 불과하다 생각했어."

"그럼, 지금은 진심으로 신을 믿는가?"

"그래, 성안에서 배고픔과 병에 시달리던 나의 백성과 병사들을 구원한 건 내가 하찮게 생각하던 믿음의 힘이었다."

"내가 듣기론 이단자를 색출한다고 꽤 많은 사람이 죽었다고 하던데?"

"그건 어디까지나 역병을 옮기는 숙주를 찾아서 박멸한 것이다. 병을 옮기는 쥐와 짐승, 그리고 지시를 어기고 멋대로 그것을 잡아먹어 걸어 다니는 시체가 된 이들을 불길로 정화한 것뿐."

"…그런가. 그래도 많은 원망을 샀을 텐데?"

"그렇지 않더군. 그들은 오히려 내게 감사를 표했지."

"어째서?"

"죽을병이 퍼진 것치곤, 죽어 나간 이가 적었으니까. 그보다 우릴 힘들게 만든 건 부족한 식량이었다."

"그랬었나."

"그리고 난 보았다. 하루에 한 끼조차 먹지 못하던 사제들이 죽어가던 아이들에게 기꺼이 먹을 것을 양보하는 모습을."

에센은 조금 흥분했는지, 평소보다 높은 어조로 말을 이어 갔다.

"일전에 여러 사서에서 봤는데, 중원에선 기근이 들면 서로의 자식을 바꿔서 잡아먹었다지? 중원 출신인 놈들은 날 실망하게 했다."

"어떤 면이?"

"내게 투항한 중원 출신의 불신자 관료들은 위기에 처하니 이기적인 본성이 나오더군. 멋대로 주민의 식량을 수탈하거나 혼자만 도망치려다가 적발되어 처형당했지."

현재 오이라트엔 북명 출신의 관료들이 엄청나게 많은 것으로 알고 있다. 그 덕에 내가 북명 조정에서 정무를 보기도 했었고.

"그런가."

"딴 이야기가 길어졌군. 바로 본론으로 넘어가지. 내 목을 원한다면 줄 테니, 남은 이들에겐 손대지 말아줬으면 한다."

에센은 극한 상황에 몰리더니, 수하들과 함께 여러 일을 겪고 많이 변한 것 같았다.

"일이 이렇게 되었지만, 난 귀하를 싫어하거나 미워하진 않네. 귀하의 죽음을 바라지도 않고."

"그렇겠지. 난 어디까지나 전지전능한 광무왕 전하의 손안에서 노는 장난감 신세일 테니."

"그건 좀 지나친 표현이로군."

"그럼 언제든 갈아치울 수 있는 상기(象棋)의 말인가?"

"그것도 아닌데, 일단은 본론부터 이야기하도록 하지."

"내 목을 원하는 게 아니라면, 이곳을 비워주면 되는 건가."

"그래, 이곳에서 떠나라."

"그럼 어디로 가면 되지?"

"그것까지 내가 정해줘야 하겠는가?"

그러자 에센은 조소를 지으며 답했다.

"지금 나와 내 신민들의 목줄을 쥐고 있는 건 그대이니, 이 충실한 개는 주인의 말을 들어야겠지."

"고향으로 돌아가라."

"허수아비긴 하지만 칸이 도망친 원국에서 내가 무엇을 더 할 수 있겠나? 그리고 네가 제일 총애하는 애완견 주기진이 과연 내가 돌아가는 것을 좋아할까?"

애완견이 아니라 고마우신 바지 사장님이다.

나와 기진이의 끈끈한 관계를 그리 봤다니 조금 억울한데? 조만간 사돈이 될 사이기도 한데.

"너희 일족, 오이라트의 고향을 말하는 거다. 칭기즈칸에게 복속되기 전엔 초원 북쪽의 강과 호수을 끼고 살았던 것으로 아는데, 내 말이 틀렸나?"

오이라트 부족의 고향은 알타이산맥과 바이칼호 인근이며, 지금도 개발만 잘하면 사람이 살 만한 장소이기도 하다.

"나도 까마득히 잊고 있던 우리의 고향을 잘도 알고 있군……. 그대가 바라는 건, 나라는 위협을 상기시켜 중원의 형세를 조절하려는 목적이겠지?"

"그래, 잘 알고 있으니, 설명할 필요가 없군. 그러니 귀하도 이참에 몽골과 칸이라는 전형적인 틀에서 벗어나는 게 나을지도 모르지."

"내 인생은 결국, 그대가 안배한 틀에서 벗어나지 못하게 되는군. 아니, 이것도 결국 그분이 내게 내리신 시련인가."

에센은 내 앞에서 성호를 긋더니, 기도문인 듯한 문구를 외웠고, 난 그의 기도가 끝나길 기다려 말했다.

"나도 여기서 나름대로 살펴보니, 진심으로 귀하를 추종하는 이들이 많아졌던데, 그들을 데리고 새로운 나라를 세워보는 것도 나쁘지 않으리라 보네."

"…그래. 그댄 언젠간 날 통제할 수 있다 믿으며 살려준 걸 후회하는 날이 오게 될 거다."

"일전에도 비슷한 말을 했던 거 같은데, 결과가 어찌 되었지?"

그러자 에센은 그간 삼국지라도 읽은 듯, 웃으며 대꾸했다.

"지금 내 신세야말로 그토록 비웃던 맹획과 다름없던 건가……. 그건 그렇고 나를 따르는 이들을 데려가도 되는가?"

"마음대로 하라. 어차피 역병이 돌았기에 주민들을 퇴거시키고 대대적인 정화 작업을 하려 했었는데 잘되었군."

"모스크바 크레믈에 주둔하는 군대가 내게 합류하려면 시간이 필요하다."

"이제 곧 날씨가 추워질 텐데, 주민들이 혹독한 행군을 견딜 수 있겠나? 차라리 그대가 모스크바로 갔다가 겨울을 지내고 돌아가는 편이 나을 텐데."

"만약 내가 거기서 돌아가지 않고, 겨울 기후를 방패 삼아 눌러앉으면 어쩌려고 그러지?"

"200년 전, 수부타이가 그곳을 함락시켰던 건 지금보다 더 추운 겨울이었어. 그보다 더 빠른 행군을 해낸 나의 군대가 그댈 쫓지 못할 거라 생각하는 건가?"

"하, 세상 어디를 가든, 결국 그대의 손안에서 벗어날 수 없다는 건가."

"그럼 잘 알아들었으리라 믿고, 내일부터 준비하도록 하지."

"일전에 내게 할양한 섬서의 땅은 어떻게 할 거지?"

"네 수하, 알락을 그곳의 책임자로 보내라. 우리 황상을 기쁘게 해줄 만한 성과도 필요하니. 그가 황제에게 충성을 맹세하는 방식으로 돌려받는 걸로 하지."

"그럼⋯⋯."

"다만, 그건 어디까지나 형식상의 복속이고, 북경에 세만 꼬박꼬박 바치면 북명 조정에서 간섭하지 않게 해주지."

"다행이군. 그곳마저 잃었다면 우린 꼼짝없이 굶어 죽을 뻔했어."

"그리고 조선의 북방, 화령 방면에 정기적으로 마시를 열어주겠다."

"조건은?"

"말값으로 장난치지만 않으면 된다."

"전처럼 문서에 남길 자세한 이야기는 알락과 하면 되겠군."

"그래, 귀하의 몸이 좋지 않아 보이는데, 의원을 불러줄 수도 있다."

"크큭, 전엔 죽지 말라고 갑옷을 선물하더니, 이젠 의원을 붙여주려 하는군. 난 그대에게 어지간히도 소중한 사람이었나 보군."

"그래, 비록 적으로 만났지만, 내 속내를 솔직하게 터놓을 수 있는 몇 안 되는 사람 중 하나지."

"그런가. 따지고 보면 그대야말로 날 농락한 숙적이자 원수인데, 나도 모르게 그런 마음이 든다."

"어째서?"

"모르겠다. 그대와 이야길 하다 보면 그저 내 능력의 부족함을 절로 한탄하게 될 뿐. 어쩌면 신앙을 받아들인 덕에 그럴지도."

에센은 나와 오래된 친구라도 된 것처럼 그동안 보지 못한 가족에 대한 것부터 시작해 여러 가지 이야기를 이어갔다.

나 역시 그런 에센에게 동조했는지, 나도 모르게 내 아이들을 자랑했고, 가만히 내 이야기를 경청하던 에센이 답했다.

"한때나마 좋은 꿈을 꾸었다. 그러니 고향으로 돌아가면 남은 삶은 가족들을 위해 살고 싶군."

"그래, 그런 삶도 나쁘지 않겠지."

우리가 그렇게 마음을 터놓고 여러 이야길 하다 주변이 소란스러워 살펴보니, 알아들을 수 없는 나와 에센의 대화에 무료함을 느낀 듯한 이들이 어느새 내가 선물로 준비했던 조선의 전통주를 꺼내 마시고 있었다.

메흐메트는 이슬람의 군주답게 평소 술을 즐기지 않는지, 벌겋게 상기된 표정으로 제르지에게 삿대질하며 뭔가를 말했고, 제르지 역시 쌓인 게 많았는지 메흐메트에게 지지 않고 맞서고 있었다.

후냐디는 블라드의 손을 붙잡고 눈물을 흘리며 술주정했고, 제자 역시 스승을 따라 취했는지 함께 통곡하고 있었으며, 그들의 옆 편에 앉아 있던 우르반은 술이 약한지 곯아떨어져 있는 모습이었다.

대체 이게 무슨 개판인지 원……. 나와 에센이 조금 황당한 표정으로 주변을 살피고 있을 무렵, 회담 내내 구석에서 뭔가를 기록하던 이방인이 역관을 통해 내게 말했다.

"전하, 이자가 고하길, 자신은 서역의 고명한 화가이자 사관이라며 전하의 용안을 그림으로 남기고 싶다고 청했사옵니다."

"내 어진을 그리고 싶다는 건가?"

"예, 아무래도 그런 듯합니다."

"그럼 어디서 온 누구인지 묻거라."

그러자, 잠시 후 대답이 돌아왔다.

"이자는 베네치아에서 왔고, 이름은 젠틸레 벨리니이며 신분은 베니스 공작의 전담 화가 겸 기록관이랍니다."

내가 그 와중에 빠르게 그의 이름을 사전에서 검색하자, 그의 행적이 나왔다.

본래 메흐메트의 초상화를 그려서 유명해진 인물이었군.

그건 그렇고 잘되었네. 이참에 젠틸레를 통해 베네치아의 도제를 새로운 판에 끌어들일 수도 있게 되었으니, 사라이를 국제적인 무역도시로 키우려는 내 계획에 도움이 될 것 같다.

앞으로 사라이의 별명은 향신료의 도시가 되겠지.

*   *   *

1459년의 새해가 밝자, 동방과 서역이 격돌했던 대전쟁의 결과가 전 유럽에 알려졌다.

일부 호사가들은 뜬소문을 듣곤 지금이라도 동방의 침략자에게 대항해 신앙의 군대를 일으켜야 하는 것 아니냐며 호들갑을 떨었지만.

차마 셀 수 없을 만큼 수많은 나라로 나뉘어 반목하는 유럽의 사정상 그럴 만한 여력은 나오지 않았으며.

그 무엇보다 후냐디를 통해 자세한 사정을 파악한 바티칸에선 오스만을 견제할 수 있는 새로운 세력이 생긴 것이라 생각했기에, 주요 강국들에만 실상을 알린 채 별다른 태도를 취하지 않고 있었다.

베네치아를 통해 미당을 접하게 되었던 나라들은 한편 교황청에서 소식을 듣게 되자, 그리도 갈망하던 새 향신료를 구하려 도제에게 사람을 보내 교섭을 시작했고.

베네치아의 도제 프란체스코 포스카리는 하나뿐인 아들을 잃고 와병하던 중 난데없는 상황에 어리둥절했지만, 자신이 오스만으로 파견했던 젠틸레의 서신을 받고 정세를 파악할 수 있었다.

"아킬레우스가 현신한 것 같은 무용을 갖춘 동시에 오디세우스의 지혜와 혀를 가진 동방의 왕이라……. 실로 흥미가 가는 상대로군."

서신과 더불어 간략하게 그려진 그의 모습을 확인한 프란체스코가 감상을 늘어놓자.

그의 정적이긴 하나, 원역사에서 추도사를 직접 할 정도로 복잡한 사이인 베르나르도 주스티아니가 물었다.

"그가 다스리는 조선이란 나라가 미르댕의 원산국이란 말이오?"

"미르댕이 아니라 미당. 아무튼 그렇다는군. 그건 그렇고 자넨 다 죽어가는 이 늙은이를 비웃으러 온 건가?"

베네치아를 통해 각국으로 퍼진 미당은 미르단, 미르댕, 미단 등 여러 가지 변형된 명칭으로 불렸으며, 공통적으론 마법이나 연금술의 가루로 통용되고 있었다.

도제가 베르나르도의 발음을 정정하자, 약간 부끄러움을 느낀 그는 중년의 사내답지 않게 얼굴을 붉히며 되받아쳤다.

"하, 백 번을 죽여도 죽을 것 같지 않은 늙은 여우가 말은 잘하는구려. 그나저나, 아들의 일엔 애도를 표하오."

"자네가 그 일에 가담한 것도 아닌데, 내게 그럴 필요 없어."

"비록 죄를 지었다지만, 도제의 아들이 감옥에서 치료도 제대로 못 받고 죽은 건 옳지 못하지. 가문의 대가 끊어지게 됐잖소."

"그래도 손자가 있으니, 완전히 대가 끊기진 않겠지. 십인회는 피렌체나 오스만과 손을 잡은 내가 거슬린 걸 테고."

"하, 뭣도 모르는 놈들이 이런 식으로 나오다니……. 오스만과 관계는 살아남기 위해 어쩔 수 없는 거고, 피렌체와의 관계마저 악화되면 결국 밀라노에 밀릴 수밖에 없는 걸 모르는 건가."

"그들이라고 그걸 모르겠나? 알면서도 나와는 다른 방향으로 갈 수 있다 믿는 거겠지."

"아무튼, 이번만큼은 내가 당신에게 협력하겠소."

"어떻게?"

"나이가 들어 노망이라도 난 게요? 본래 내가 하던 일이 뭔지 기억나지 않소?"

"외교 사절로 나서겠다는 건가?"

"그렇소. 프랑크와 바티칸을 오가며 그들의 협력을 끌어낸 게 바로 나요."

"…고맙네."

"착각하지 마시오. 늙은이를 위해서가 아니라 가장 고귀한 베네치아를 위한 거니까."

"나도 아네."

그렇게 정적이었던 베르나르도가 와병 중인 도제 대신 협상에 나섰고, 정적이던 두 거물이 힘을 합치자 십인회의 공세도 잠시 힘을 잃었다.

프란체스코는 아들의 일을 빌미로 자신을 탄핵하려는 십인위원회 덕에 도제의 자리마저 위태로웠지만, 이 기회를 놓치지 않고 자신의 영향력을 다시 키울 수 있게 되었다.

결국 베네치아에선 베르나르도를 중심으로 교역을 목적으로 한 사절단을 결성해 사라이로 출발시켰고, 사절단이 중간에 들르게 된 로마의 황제는 현 정세에 대해 듣곤, 잠시나마 벗어났던 오스만의 위협이 재개될 거라 생각했다.

결국 로마 측에선 새로운 동맹 겸 교역 상대를 찾으려 재상 루카스를 비롯한 관료들을 베네치아 사절단에 동행시켰다.

한편 티무르의 군주 울루그 벡은 승전 소식에 기뻐했고, 참전의 대가로 동유럽 연합 측에서 조선에 분할 지급 하게 된 배상금 절반을 받게 된 데다 새로운 무역 창구가 개설된 것에 큰 만족감을 표했다.

티무르 측에서 이번 전쟁에 지원한 식량과 군수물자의 양만 해도 몇 년 치 예산에 가까웠지만.

큰 빚을 졌던 조선을 돕는 일이니 이득을 보지 못해도 상관없다고 여기던 차에 생각지 못한 소득을 얻게 되자 울루그 벡의 기쁨은 배가 되었다.

한편 에센에게 복속한 모스크바 대공국에선 치열한 정치적 암투가 벌어지고 있었다.

그동안 종교계 인사들의 지지를 얻은 에센은 동방에 새로운 신앙의 나라를 세우자는 제안을 내밀었고, 그를 지지하는 귀족들과 독립을 원하는 귀족들이 갈라진 것이다.

비록 조선·티무르 연합군에게 패했다곤 하나, 여전히 유럽의 웬만한 나라 정도는 지도에서 지워 버릴 만한 전력을 보유하고 있는 오이라트의 군대에겐 대놓고 반항할 수 없었기에.

케식으로 복무하며 에센의 충실한 심복이 된 바실리 대공의 아들 이반과 바실리의 자리를 차지한 이반의 숙부 드미트리를 주축으로 두 세력이 대립하게 되었다.

모스크바 북쪽에 위치한 노브고로드 공국에서도 남쪽의 상황을 주시했고, 나름대로 진보한 의회제도를 바탕으로 평화로운 삶을 누리던 그들은 행여라도 에센이 이쪽으로 눈을 돌리지 않을까 염려해 한자 동맹에 도움을 요청했다.

한편 북명의 황제 주기진은 얼마 전 섬서를 통해 들어온 소식을 왕진을 통해 접했고, 관련 실무는 언제나처럼 관료들에게 맡긴 채 감상을 말했다.

"이적에게 어쩔 수 없이 내줘야 했던 섬서가 다시 아국의 품으로 돌아오게 된다니……. 짐은 언제나 휘지에게 갚을 수 없는 빚만 지는 기분이구나."

황제의 한탄과도 같은 말에 이젠 부쩍 노쇠한 티가 나는 왕진이 답했다.

"조만간 이 왕가도 황상의 일족이 될 텐데, 혼수의 일종이라 생각하셔도 무방하실 듯합니다."

그러자 주기진은 웃으면서 말을 이었다.

"그런가. 우리 사돈이 정말 큰일을 해주었구나."

"실로 그러합니다."

"서역에서 힘을 키우려던 악적을 추격해 정벌한 것도 모자라 잃었던 영토를 돌려주었으니 이걸 어찌 보답하면 좋을까?"

"원정에 들어간 군량을 내리심이 어떻겠습니까?"

"고작 그 정도로 되겠나? 거기에 몇 배는 더 주어도 모자랄 판에."

"그럼 소신이 상서들에게 논의하라 전하지요. 자세한 것은 그들이 알아서 할 것이옵니다."

"음, 그렇게 하라. 우리 사돈이 언젠간 남쪽의 역적들도 친히 벌해주겠지?"

그의 사돈이 될 광무왕의 진정한 의도가 무엇인지 알았다면 평생 인간 불신에 시달리겠지만.

다행히도 사람의 마음을 읽는 능력이 없는 주기진은 마냥 자기 편할 대로 생각할 수 있었다.

"물론이옵니다. 광무왕이야말로 황실의 수호자가 아닙니까."

"그럼! 솔직히 말하면 왕 공공보다 휘지를 믿을 수밖에 없어."

왕진은 황제의 총애를 먹고 사는 환관이기에 질투할 법도 했지만, 상대가 광무왕이라면 어쩔 수 없다는 듯 웃으며 답했다.

"게다가 에센의 수하이자, 현 원국의 재상이던 알락이 그를 버리고 황상께 충성을 맹세했으니, 조만간 북쪽의 초원도 교화될 것입니다."

"그래, 예전에 포로로 잡혔을 때 그를 본 적이 있었지. 내게 직접 해를 끼치진 않았지만, 오만한 인상의 이적이었어."

"예, 신은 그에게 노골적인 경멸의 눈초리를 받은 적도 있사옵니다."

알락은 전쟁 당시 명에서 투항한 관료들에게 전쟁이 일어나게 된 경위를 파악했었다.

그 결과, 마시로 촉발된 양국 간 분쟁의 원인이자, 패전의 원인이기도 한 왕진이야말로 나라를 좀먹는 쓰레기라고 생각했었기에 그런 눈길을 보냈던 것이었다.

"그랬나? 이참에 그를 경사로 입조하게 해서 한번 혼쭐을 내주는 것도 나쁘지 않겠어."

"폐하, 진심이시옵니까?"

"하하하, 내겐 황후와 사돈, 아이들과 자네뿐인데 그 정도도 못 해줄까?"

왕진은 일전에 당했던 수모를 되돌려 줄 수 있다는 생각에 흥분했고, 어떻게 갚아줄까 하며 고심했다.

그렇게 하는 것도 없이 광무왕의 권위에 기대어 사는 이들이 시시덕거릴 무렵.

광무왕은 조선의 새로운 군현이 된 사라이, 조선식으론 살래성(薩萊省)에서 에센을 따라가지 않고 남아 있던 주민들을 상대로 민심을 안정시키기 위한 일에 매진하고 있었다.

*   *   *

난 겨우내 동안 깨끗하게 정비한 사라이 성의 집무실에서 민생과 성벽 보수에 관한 공무를 처리하던 중, 난데없는 보고를 받았다.

"주상 전하, 에센에게 복종했던 옛 칸국의 군주들이 전하께 충성을 바치기 위해 오고 있다 하옵니다."

가별장 이브라이가 마치 자랑스럽다는 듯한 표정을 지으며 내게 말했기에, 난 그에게 되물었다.

"어째서 그들은 에센을 따라가지 않았다고 하더냐?"

"그들의 전령이 전하길, 본래 대칸의 후예인 자신들이 황금 씨족의 핏줄도 아닌 에센에게 굴복한 것은 옳지 못한 일이며, 이제야 진정한 군주를 만나게 되었다고 전해 왔습니다."

그건 뭔가 앞뒤가 안 맞는 말인데? 그렇게 따지면 나도 에센과 다를 바 없지.

"그런가. 그건 그렇고 자넨 그 소식이 그리도 좋은 건가?"

"예, 소신이 섬기는 군주께서 무능한 칸 대신 초원의 후예들을 전부 통합하신 거나 마찬가지니, 어찌 좋지 않겠습니까?"

"그건 내가 의도한 바가 아니긴 하지만, 되었군."

"대외적으로 비밀이긴 하지만, 칸의 신변을 아국에서 확보 중이지 않습니까."

"그렇지."

"또한 형제국인 티무르도 아국의 맹방이니, 이로써 모든 초원의 후예가 전하의 위명 아래 다시 모이게 된 것이옵니다."

난 이야기가 이상한 방향으로 흐르는 것 같아, 고개를 저으며 답했다.

"난 황금 씨족도 아니고, 칸이 될 자격이나 명분도 없노라. 그럴 생각도 없고."

"아니옵니다. 주상 전하께서야말로 저들… 아니, 저희의 진정한 군주가 되실 분이옵니다."

"자네의 일족처럼 일찍이 조선에 신종한 이들이라면 모를까, 현 원국의 백성들이나 옛 원국의 후예들이 나를 진심으로 따를 것이라 생각하나?"

"예, 주상 전하께선 이번 원정을 통해 신의 조상들이 세웠던 업적을 뛰어넘으셨사옵니다."

"그건 어디까지나 내 무리한 계획을 잘 따라준 병사들과 북방 일족들의 공이 크네."

"아니옵니다. 선두에서 저희를 이끄신 것은 주상이시며, 이번 대원정에서 전하의 뒤를 따라 달린 이들은 누구라고 할 것 없이 자부심에 가득 차 있사옵니다."

"그런가?"

"예, 초원의 후예인 이상, 그 누구도 주상 전하의 위업에 이의를 제기할 이는 없을 겁니다."

이브라이는 진심으로 그렇게 믿고 있는 듯 보였다.

"그런가. 칸국의 군주들을 만나보면 그 말이 정말인지 알게 되겠지."

"소신의 말이 틀림없을 것이옵니다."

그렇게 일주일가량의 시간이 흘렀고, 성벽 보수가 한창인 와중에 칸국의 군주들과 일족이 사라이에 도착했다.

병사들과 함께 성안의 치안을 담당하던 북방의 일족들은 나와 함께 나서서 그들을 맞이했고, 대표로 나선 이가 내게 무릎을 꿇고 그들의 전통적인 예법을 보이며 경의를 표했다.

"전하, 카잔의 군주 무함마드가 충성을 맹세하며 회맹의 일원이 되겠다 했사옵니다."

가별장 이브라이가 자랑스럽게 웃으며 그의 말을 통역해 주자, 난 회맹이란 단어에 의문을 느꼈지만, 고개를 가볍게 끄덕이며 답했다.

"그래, 옛 원국의 후예들이 이곳에서나마 다시 모이게 된 것을 축하한다고 전하라."

그렇게 내 대답을 전해 들은 무함마드와 여타 군주들은 인사를 마쳤고, 이내 고개를 들어 나를 바라보는데 왠지 모를 익숙함이 느껴졌다.

이건… 일전에 광무정난이 끝나고 날 따라 조선으로 온 북방 일족들의 시선과 다를 바 없는데?

미래의 영상 속 한류스타를 바라보는 추종자들의 눈빛이다.

내가 가볍게 한숨을 쉬며 이브라이를 바라보자, 그는 자랑스럽게 가슴을 내밀며 웃었다. 뒤이어 그들은 내 예상에서 한 치도 벗어나지 않은 채, 그들의 자식을 케식으로 받아달라고 요청했다. 그러자 가별초의 지휘관이며, 몽골식으론 케식의 우두머리인 이브라이가 가별초에 대해 설명하는 듯 기나긴 말을 이어갔고 뒤이어 자리에 동석한 몽골계 일족들이 크게 소리치기 시작했다.

"주상 전하! 드디어, 초원의 후예가 하나가 되었사옵니다!"

"전하, 부디 쿠릴타이를 열어주시옵소서!"

"맞습니다! 예케 쿠릴타이를 개최하시어 우릴 이끌어주시옵소서!"

그렇게 몽골계 부족들이 그들의 전통이자 통치를 위한 대모임, 쿠릴타이의 부활을 원하자, 그들과는 상관없던 여진계 부족들 역시 빠질 수 없다는 듯 소리쳤다.

"전하, 이참에 칸의 자리에 올라 저흴 이끌어주시옵소서!"

동소로가무가 크게 외치자 몽골계 쪽에서 소리쳤다.

"우리랑 상관도 없는 일족의 장께서 어찌 끼어들려 합니까?"

"뭐가 어쩌고 어째? 방금 그 말 한 놈 누구야?"

오도리의 대족장 동소로가무가 그의 두 아들과 함께 험악한 표정을 지으며 윽박지르자, 여기저기서 반발이 터져 나와 한층 더 소란스러워졌다. 하지만 내가 고개를 저은 후 말없이 그들을 바라보자 금세 조용해졌다.

오도리는 현재 코르친과 더불어 북방 일족 중에서 가장 세력이 강대했기에, 그들을 시기하는 일족이 많은 것으로 안다.

그동안 조선의 체계 아래 잘 순응해서 살고 있긴 했지만, 그들과는 체급이 다른 이들이 새로 편입되었으니, 적당한 서열 정리가 필요한 시점이 된 건가.

침묵한 채 나를 바라보던 수많은 눈동자는 내 입이 떨어지기만을 기다렸고, 이내 나의 말을 들을 수 있게 되었다.

"알겠다. 그대들의 요청을 받아 본국에서 쿠릴타이(忽里勒台)를 열도록 하지."

그렇게 내 허락이 떨어지자, 이곳에 모인 이들은 누구라고 할 것 없이 열광했고, 천세를 연호하는 이들의 함성이 성안을 가득 채웠다.

그러자 성안에 남아 있던 주민들도 무슨 일인지 잘 모른 채, 분위기에 휩쓸려 어설픈 발음으로 천세를 따라 외치며 열창했고, 뒤이어 성을 지키던 모든 병력이 천세를 외치며 인근의 대지를 요동시켰다.

제2장
쿠릴타이

심양에 머물고 있던 타이순 칸은 요즘 더할 나위 없이 마음 편하게 지내고 있었다.

광무왕의 아버지라는 심양왕도 자신에게 어느 것 하나 부족함 없는 대우를 해주고 있었고.

에센의 볼모가 되어 감시하던 이들에게 공공연하게 무시당하며 종마 대우나 받던 것과는 다르게 심양의 사람들은 누구나 칸에게 정중하게 대하고 있었으며, 유희거리도 많아 새로운 취미도 여럿 생기게 되었다.

타이순 칸은 차라리 이렇게 사는 것도 나쁘지 않다고 생각하던 차에 새로운 소식을 접하게 되었다.

"심양왕 전하, 광무왕 전하께서 에센을 격파하고 대원의 후예들을 전부 한데 모았다는 게 사실입니까?"

그가 본국에서도 아껴서 먹어야 했던 미당이 듬뿍 들어간 아침 식사를 마치고 이제는 식후의 습관이 돼버린 커피를 심양왕과 함께 마시다 묻자, 상대가 능숙한 몽골어로 답했다.

"그렇다는군요. 주상께서 서역의 여러 나라와 연합한 악적의 군대를 격파하고, 에센에게 굴복했던 이들의 충성을 받아냈다고 합니다."

"고작 몇 달간 연습한 정도로 초원의 말을 이리도 능숙하게 하시는 걸 들을 때마다, 잘 적응이 안 되는군요."

"일전에 우리만의 문자를 만들기 위해 여러 나라의 말과 문자를 연구한 덕인 듯합니다. 그리고 가르쳐 준 스승이 훌륭하니 빠르게 는 것이겠지요."

"제가 뭘 한 게 있다고 그러십니까. 그나저나 광무왕 전하도 참으로 대단하시군요. 그 악적 에센도 서역에서 자리 잡아 강군을 만든 것으로 아는데……."

현지인 수준으로 몽골어를 숙달한 것을 두고 별것 아니라며 겸양하던 세종은 자기 아들을 칭찬하는 칸의 말에 빙긋 웃으며 대답했다.

"주상께선 불패의 명장이신 태조 대왕마마의 피를 가장 진하게 타고난 분이시지요. 저같이 문약한 이와는 달라요."

타이순 칸은 그 말을 하는 심양왕 세종의 잘 단련된 몸을 보며, 그간 나태하게 지내 늘어진 살을 감당하지 못하는 자신과 비교해 어디가 문약하냐며 되묻고 싶었지만 곧장 웃으면서 답했다.

"일전에 이곳의 일족들을 지휘하던 심양왕 전하의 모습을 보면, 딱히 그런 것 같지도 않습니다."

"그저 보여주기 위한 모습일 따름이지요. 별것 아닙니다."

"그만한 군공을 세우고도 겸손하시군요. 에센에게 참패한 전 군사 쪽엔 아예 소질이 없나 봅니다."

"운이 없으셨던 게지요."

일전에 화령 절도사 박강과 국경에서 대치하던 투먼 소로는 일방적으로 조선의 척후대에게 농락당해 수많은 척후병을 잃어 분노했다.

결국 그는 새해가 밝음과 동시에 실책을 만회할 겸 보복을 위해 본국에 남아 있던 천인대 여럿을 소집해 화령 일대를 교란하게 하고 그사이 자신은 본대를 움직여 천산 북로의 병참 기지를 되찾을 계획을 세웠었다.

하지만 척후대에 복무하던 구성군 이준이 소집령을 전하던 전령 중 하날 사살해 관련 계획이 담긴 서신을 입수했고 그것을 알게 된 요동 절제사 남빈이 방어 계획에 고심할 무렵, 지켜보던 심양왕 세종이 직접 나선 것이었다.

세종은 긴급한 사안이니만큼, 사후 재가를 받겠다는 심정으로 화령에 남아 있는 북방 일족을 소집했고, 열기구 관측과 망원경을 이용한 상호 신호 전달 체계를 적극적으로 활용하기 위해 전장이 될 지역에 수많은 열기구를 배치했다.

그렇게 열기구의 배치가 끝나고 오이라트 별동대가 북쪽을 통해 화령에 진입하자, 심양에 머물면서도 빠른 속도로 그들의 위치를 파악했으며 일정한 간격마다 배치된 열기구를 통해 북방 일족들에게 명령을 내려, 사냥감을 몰이하듯 오이라트의 별동대를 추격해 한곳에 모이게 만들어 그들의 침입을 성공적으로 차단할 수 있었다.

결국 남빈이 이끄는 요동의 정예 기병이 갈 곳이 없어 모인 오이라트의 군대를 섬멸했고 투먼 소로는 아들인 광무왕에게 당한 것도 모자라 아버지인 세종에게도 완패당하고 말았다.

"지금쯤이면 화령 절도사 박강이 이끄는 군대가 저들의 본대를 격파했을 겁니다."

"아, 그렇군요. 오늘은 그래서 갑옷을 입지 않으신 겁니까?"

"예, 조만간 칸도 본국에 돌아가실 수 있을 듯합니다."

"으음……."

"좋은 소식을 듣고도 어째서 그러십니까?"

"전 이미 에센에게 모든 걸 빼앗겼어요. 병사도 없고… 제가 돌봐야 할 영민조차 전무한 실정인데, 돌아가 봐야 뭘 할 수 있겠습니까?"

"그래도 황금 씨족과 왕가의 핏줄은 이어져야 하지 않겠습니까."

"이제 와서 하는 이야기지만, 전 황금 씨족으로 태어난 게 축복이 아니라 지독한 저주라 생각하고 있어요."

"어째서요?"

"성세를 누리던 옛 대원의 영화를 되찾아야 한다는 동생의 말에 없는 용기를 쥐어 짜내 에센에게 대항했었지만, 막상 그 말을 한 동생은 악적에게 죽었고 전 붙잡혀서 종마나 다름없는 신세가 되었었지요."

"으음……."

"이제 권력이나 전쟁 같은 건 지긋지긋합니다. 사실 마음 같아선 심양양 전하의 곁에서 지금처럼만 살고 싶습니다."

"으음… 저도 칸의 의사를 존중해 드리고 싶지만, 주상 전하의 재가가 필요할 듯하군요."

"차라리, 제겐 쓸모도 없는 칸의 직함 같은 건, 광무왕 전하께 드리고 싶은 마음뿐입니다."

"농담이 지나치시군요."

"농이 아닙니다. 솔직한 심정이에요."

"그건 좀 힘들지 않겠습니까? 비록 지금이야 예전 같지는 않다지만, 원국의 후예들에겐 칸이 가진 상징성이 대단하다고 알고 있습니다."

"그렇지요. 그 잘난 에센도 반발을 염려해 제게서 칸이란 직위를 거두지 않고 허수아비로 만들었으니……."

"그런 상황에서 칸의 직위를 주상에게 넘기는 건 새로운 분란의 씨가 될 수도 있습니다."

"예, 일전에 알려주셨던 계륵이란 표현이 제게 잘 들어맞는군요. 거참, 가지고 있자니 짐이고 그렇다고 타인에게 넘길 수도 없으니……."

"소식을 듣자 하니 저쪽도 슬슬 정리가 되어가고 있는 듯한데, 조만간 주상께서 돌아오실 겝니다. 그러면 칸의 처우도 결정되겠지요."

"예, 그때까지만이라도 마음 편하게 지내야겠군요."

그렇게 설탕 없이 얼음만 들어간 커피를 즐기던 두 사람은 자리를 이동했고, 이윽고 말에 올라 경마장으로 향했다.

호위 무관들과 함께 이동하던 세종은 진심으로 즐거운 표정을 지으며 말했다.

"여태껏 이런 재미를 모르고 산 게 조금 후회가 되는군요. 제 선친께서 제 건강을 염려해 격구를 시키려고 하셨을 땐 그리도 거부했었는데, 지금은 말 타는 게 즐겁습니다."

세종이 말의 갈기를 쓰다듬으며 말하자, 그에게 승마를 가르친 장본인, 타이순 칸이 답했다.

"그렇습니까? 평생을 말과 함께 살던 저도 이곳에서 경마를 보곤 새로운 재미를 찾았지요."

"그렇습니까?"

"예, 처음엔 남이 타는 말들의 경주가 무슨 재미냐고 생각했었는데, 막상 정해진 규칙 안에서 인마가 하나 되어 경쟁하듯 달리는 모습은 실로 황홀하기까지 했습니다. 게다가……."

"금전도 얻을 수 있으니까요."

"하하, 그렇지요. 제가 말과 사람 보는 쪽엔 나름 조예가 있어서 그런지, 제 밥값 정도는 벌 수 있는 듯합니다."

타이순 칸은 경마에 빠진 후 그간 나름대로 쌓아온 통찰을 이용해 상태가 좋은 말과 나쁜 말을 구분했고.

경기를 몇 번 정도 지켜보곤 기수의 승마 기량마저 정확하게 파악해 5할에 가까운 적중률을 보여 경마장에선 유명 인사가 되어 있었다.

그의 진정한 정체가 칸인 줄 모르는 이들은 그저 북방계 일족의 큰손인 줄로만 알고 그에게 한 수 배우기 위해 접근하려 했지만, 칸의 신변을 보호하는 세종의 배려 덕에 그런 이들은 가까이 접근조차 할 수 없었고, 그는 방해받지 않고 온전히 경마에만 몰두할 수 있었다.

둘은 경마장에 도착해 경주를 관람했고, 세종은 3번의 경주 중 2번을 적중시킨 칸을 보곤 감탄하며 말했다.

"안목이 대단하십니다. 이러다가 이곳 경마장이 거덜 나는 게 아닌가 싶어요."

"그렇게 말씀하셔도 이젠 다 압니다."

"무엇을요?"

"제가 이곳에서 얻는 수입은 지극히 일부일 뿐이고, 범인은 차마 상상조차 할 수 없는 막대한 재화가 심양왕부로 흘러 들어가는 것을요."

세종은 긍정도 부정도 하지 않고 빙그레 웃으며 답했다.

"그나저나, 오늘은 모처럼 같이 경마를 보게 되었으니, 제가 칸에게 기수를 추천받아서 한번 걸어봐야겠습니다. 누가 좋겠습니까?"

"으음… 기술로만 보자면 무자이가 제일 뛰어나긴 한데, 오늘 그에게 배정된 말이 그리 뛰어난 편이 아니라 다른 이를 추천드리고 싶습니다."

"그렇습니까?"

"예, 코르친 출신의 기수인데, 지난 가별초 시험에 마술 부분 상위에 입상했지만 무예 실력이 부족해 떨어졌다는 이가 있습니다. 이름은 치메드라고 하더군요."

"칸께선 저보다 정보가 더 밝으시군요."

"별것 아닙니다. 그냥 보다 보니 알게 된 것이지요."

그렇게 누구보다 뛰어난 경마 전문가가 된 타이순 칸의 추천으로 배당이 가장 큰 단승식 마권을 산 세종은 다음 경주에서 승리했고, 세금을 제외하고도 천 냥에 가까운 당첨금을 받게 되었다.

적당히 기분을 풀어주려 한 것이었기에 정말로 이길 줄 몰랐던 세종은 난처함에 이걸 다시 국고로 환수할까 고민했다.

그러나 이내 자신이 심양으로 데리고 와 밤낮없이 연구 중인 화학자들에게 위로금으로 내려야겠다며 마음을 돌렸고.

다음 날, 소량이나마 뇌홍 합성에 성공했지만, 그것에 만족하지 않은 세종의 지시에 따라 안정된 대량 생산법을 연구하기 위해 갈려 나가던 이들은 때아닌 성과급에 기뻐할 수 있게 되었다.

*　　　　*　　　　*

난 본국에 보냈던 전령이 귀환함과 더불어 관료들의 보고서를 받을 수 있었고, 내가 없는 동안 우리 아들이 나름 훌륭하게 일을 처리했단 것을 알게 되었다.

난 기쁜 마음으로 같이 배달된 홍위의 편지를 읽어보았고, 나름대로 의젓하게 국정의 어려움을 논하는 서두로 시작했지만, 그 내용을 간단하게 줄이자면 다음과 같았다.

아빠, 언제 와요? 제발 살려주세요.

…우리 아들이 많이 힘든 모양이네.

그런데 홍위야, 이 아비는 당장 못 갈 것 같구나…….

사실, 난 사라이 성을 김경손에게 맡기고 빠른 시일 내에 귀국하려 했지만, 실상은 내 마음처럼 되지 않았다.

베네치아의 사절단이 나를 알현하기 위해 도착한 것도 모자라 로마의 사절까지 포함되어 있었고, 뒤이어 수많은 나라의 사절들이 이곳으로 오고 있다는 소식이 들어온 것이었다.

베네치아의 화가 겸 기록관인 젠틸레는 본국으로 돌아간 술탄 메흐메트를 따라가지 않은 채 내 곁에 머물러 있었고 그는 사절을 접대하는 데도 나름 도움을 주고 있었다.

일전엔 초원의 일족들이 한데 모여 내게 충성을 바친 것을 보곤 영감이 떠오른다며 그림을 그리기 위해 한동안 방 안에서 나오지 않더니.

어느새 그림을 완성했는지 요즘은 내 전담 사관처럼 붙어다니며 여러 가질 기록하고 있었고, 짧은 조선말 몇 마디 정도는 할 줄 알게 되었다. 또한 역관들과 함께 사신단에게 내게 지켜야 할 예법에 대해 교육하는 임무를 맡았다.

난 베네치아와 로마의 합동 사신단의 알현을 허락해 그들을 만나게 되었고 그들은 나름대로 잘 연습했는지, 깔개 위에서 익숙한 몸놀림으로 사배를 내게 올리며 무언가를 말했다.

그러자 티무르의 군대를 따라왔지만, 군주들의 회동을 거쳐 어느새 내 전담 역관이 되어버린 알 카이스가 말했다.

"베네치아에서 온 베르나르도 주스티아니가 동방의 현명하신 군주, 광무왕 전하를 뵙게 되어 영광이라 고했습니다."

"그래, 먼 길을 오느라 노고가 많았다고 전해라."

그렇게 피차 의례적인 인사를 주고받으며 시작한 알현은 어느새 한 시간 가까이 이어졌고, 적당히 상대하고 돌아가려던 찰나 내게도 확연히 잘 들리는 단어가 상대의 입에서 나왔다.

긴 말을 이어가던 베르나르도가 이야기 중간, 미당을 한 글자씩 끊어서 정확하게 발음한 것이었다.

그의 전언은 곧바로 통역되어 내게 전달되었다.

"광무왕 전하, 이자는 전하께 베네치아의 미당 독점 교역권을 청했사옵니다. 그 값이 얼마가 되든지 전부 지불할 수 있다며, 전하의 윤허를 바란다고 했사옵니다."

베네치아는 은밀히 손잡고 있던 오스만을 버리고 우리에게 붙으려는 속셈인 건가.

"그와 동행한 노바 로마의 사절도 같은 생각이라고 하더냐?"

그러자 루카스라고 이름 밝혔던 로마의 재상이 무언가를 말했고, 이내 그의 말이 내게 통역되었다.

"그가 전하께 고하길, 섬기는 황제의 명령으로 조선과 우호를 쌓고 새 맹우가 되기 위해 온 것이며, 베네치아에서 미당을 독점하는 건 그의 황제도 바라지 않을 것이라 합니다."

"그런가."

그러자 베르나르도와 루카스는 서로를 견제하듯 바라보았고, 이내 고개를 돌렸다.

베네치아와 로마는 오스만이란 위협이 있는 이상 서로 떨어질 수 없는 관계이긴 하나, 로마를 거치지 않고 미당을 거래하게 되면 로마의 입지가 약해질 수밖에.

게다가 오스만도 그간 에센과의 전쟁 때문에 로마에 신경 쓰지 못했지만, 몇 년 내로 로마에 전력을 집중하려 할 수도 있다.

그럼 버림받고 고립된 로마에선 베네치아의 선단이 흑해를 통과하지 못하게 금각만을 봉쇄할 수도 있을 법도 하다.

베네치아에서 미당을 독점하는 건 내가 바라는 바도 아니고, 양국의 사이가 최악으로 벌어질 만한 빌미가 될 수도 있다.

그렇게 생각을 정리한 난 곧바로 말을 꺼냈다.

"미당의 교역권을 한 나라가 온전히 독점하는 건 바라지 않고, 쉽게 결정할 문제가 아니라고 생각한다. 따라서 이곳에 도착할 사절단들이 모이면 함께 이야기한 다음 결정하도록 하지."

내 말을 전해 들은 루카스의 표정이 환해졌고, 베르나르도는 심각해 보이는 표정으로 무언가를 말했다. 그러자 곧장 알카이스가 그의 말을 전달해 주었다.

"저자가 말하길, 그 어떤 나라도 베네치아보다 좋은 조건을 제시하진 못할 거라 합니다."

"자신감이 실로 대단하구나."

"이 외신의 사견을 덧붙이자면, 베네치아란 나라는 교역으로 번성했기에 저런 자신감을 가질 법도 합니다."

나도 잘 안다. 대항해시대가 시작되지 않은 현 상황에서 유럽의 무역을 좌지우지하는 해양 국가기도 하지.

"그럼 자세한 이야기는 나중에 하도록 하겠네."

그렇게 나와 첫인사를 마친 양국의 사절단이 물러났다. 그리고 시간이 흘러 겨울이 거의 끝나고 봄이 시작될 무렵 여러 나라의 사절이 사라이에 도착했고, 그들의 숙소를 마련하는 것도 큰일이 되었다.

멀리선 프랑스에서부터 스페인의 전신 격인 카스티야, 그리고 아라곤과 신성로마제국, 한자 동맹의 연합 사절단까지 도착해 마찰이 생기지 않게 숙소를 신경 써서 나누어야 했다.

난 처음엔 그들이 도착하는 대로 시간을 내어 따로 접견하다가, 정무에 집중할 시간이 나지 않아 결국 한 번에 모아서 만나기로 결정했고, 슬슬 이곳에 올 만한 이들이 전부 모였다고 생각한 시점이 되자, 그들을 모아 조선식 연회를 개최했다.

각국의 사절단은 생전 처음 보는 음식 맛에 만족한 듯 보였고, 이내 모든 음식에 미당이 들어갔다는 설명에 감탄하며 고개를 끄덕였다.

게다가 그들이 맛본 것은 미당뿐만이 아니었다. 연회 자리에는 명과 동남아에서 들여온 새로운 향신료들과 더불어 커피와 커피콩을 쓴 음식도 몇 가지 준비되어 있었다.

그간 후추에만 주로 의존하던 이들에겐 미각의 혁명이나 다름없을 듯하다.

하긴, 지금 유럽은 식문화가 발달되지도 않은 상황이기도 하고, 일부 나라를 제외하곤 테이블 매너조차 제대로 성립되지 않은 시절이다. 미래의 서양 사극에서 나오는 귀족 문화가 나오려면 지금으로부터 한참 더 시간이 흘러야 하기도 하지.

실제로 내가 연회용으로 따로 제작해 입고 있는 용포의 화려함을 보며 감탄하는 듯한 각국의 귀족들은 타이즈같이 착 달라붙는 바지 위에 넓은 소매와 치마처럼 늘어진 튜닉을 입고 있었고, 지나치게 많은 색을 조합했기에 내가 볼 때는 촌스럽기 그지없었다. 개중 부유해 보이는 이들은 나름대로 화려한 자수와 문양이 들어간 튜닉을 자주색으로 물들였으나, 내가 보기엔 거기서 거기였다.

그렇게 다들 음식에 만족하고 있을 무렵, 난 미래에서 굉장히 유명하다는 격언을 떠올리며 입을 열었다.

"다들 미당값으로 얼마까지 생각해 보고 왔나? 가장 높은 값을 부르는 나라에게 일 년간 교역할 권리를 주겠노라."

그래, 호갱님들, 얼마까지 알아보고 오셨어요?

　내 발언이 통역되어 전달되자, 장내는 금세 웅성거리는 소리로 가득 찼고 베네치아의 인사들은 금력에 자신이 있는지 환한 표정을 지었다.

　"다만, 일 년으로 제한된 권한을 따냈다 해도 미당의 교역은 아국의 새로운 맹방을 중계지 삼아 이어질 것이로다."

　"전하, 베네치아에서 조선의 새로운 맹방이 어느 나라인지 알고 싶다 하옵니다."

　역관 알 카이스가 베르나르도의 말을 전달하자, 난 불안한 듯한 표정을 짓고 있던 로마의 재상 루카스를 바라보며 답했다.

　"아국의 새로운 맹방은 로마다."

　그러자 불안한 표정을 짓고 있던 루카스는 내 말에 이내 환한 표정을 지었고, 베르나르도는 조금 씁쓸한 표정을 지었다.

　"또한, 이 자리에서 미당 교역권을 따내지 못한 나라에도 새로운 기회가 있노라. 앞으로 사라이에선 후추를 비롯한 여러 향신료를 판매할 것이니."

　그러자 로마를 자청하는 신성로마의 사절 측에서 거기엔 미당처럼 특별한 권리가 필요하냐며 질문을 했다.

　"아니다. 미당은 아국에서도 귀한 향신료이기에 이런 결정을 했을 뿐, 다른 향신료는 제한 없이 누구든 찾아오는 이에게 판매토록 할 것이다."

그렇게 내 말이 전달되자, 먼 길을 온 사절단들은 환한 표정을 지었다.

그간 사절단을 통해 유럽의 시세를 파악해 본바, 미당은 금값과 비슷하게 거래되는 후추와는 비교조차 할 수 없이 비쌌고 워낙 풀린 양이 적어 판매자가 부르는 게 값인 실정이었다.

게다가 기존에 귀하게 여기던 후추도 구하기 쉬운 것이 아니라, 마치 화폐처럼 쓰이는 실정이었고. 이제 사라이에 오면 베네치아를 거치지 않아도 언제든 후추를 비롯한 여러 향신료를 구할 수 있게 되었으니 유럽의 나라들엔 더할 나위 없이 기쁜 소식이 될 거다.

이후 즉석에서 벌어진 미당 교역권의 입찰은 금화 100만 두카트를 제시한 베네치아의 승리로 끝이 났다.

이는 현 유럽에서 강국의 1년 치 예산에 필적할 만한 거금이었고, 일전에 동유럽 연합군이 내게 분할 배상 하기로 한 금액에 맞먹을 정도였다.

내가 볼 땐, 겨우 1년의 단기 독점 교역권을 위해 저만한 예산을 투자한 것은 손해이다. 미당이 금보다 비싸다곤 하나, 연간 수출량이 한정된 미당을 팔아선 저만한 지출을 벌충하는 건 무리겠지.

내가 볼 땐 베네치아에서 다소 손해를 보더라도 초장부터 금력으로 경쟁자들의 기를 눌러 이후로도 미당을 계속 독점하고 싶어 하는 듯하다.

어쩌면 내가 생각한 것 이상으로 값을 올리려 들 수도 있겠지. 그러다간 유럽의 왕따가 되어 고립될 수도 있을 텐데, 베네치아가 자칫 잘못하면 오스만과의 전쟁이 아니라 다른 강국 때문에 망할 수도 있겠다는 생각이 들었다.

또한 내가 알기론 로마도 쇠락했어도 나름대로 부유했기에 그만한 돈을 지급할 수도 있었겠지만 내 배려로 중간 기항지역을 확보한 데다 오스만에 대비해야 하는 사정상 돈을 아낀 것으로 보인다.

"전하, 로마의 재상 루카스가 전하의 배려에 깊은 감사를 표하며, 앞으로 양국이 좋은 관계를 유지하길 바란다고 고했습니다."

"그래, 그의 말대로 앞으로도 좋은 관계로 남았으면 좋겠군."

루카스가 기뻐하는 건 내 배려로 인해 미당을 거래하지 않아도 많은 영향력을 행사할 수 있기 때문일 것이다.

사라이의 입지는 흑해와 카스피해 양쪽 모두와 강으로 이어져 있다.

물론 강폭이 좁고 얕은 곳도 있기에 대형 선박만으론 이동이 힘들긴 하지만, 미리 준비한 소형선으로 갈아타는 것만으로도 편하게 올 수 있기도 하다.

이곳과 인접한 나라를 제외하면 수많은 이들이 흑해를 통해 이곳으로 오게 될 것이며 콘스탄티노폴리스에선 금각만을 드나드는 선박을 상대로 세금을 거둘 수 있고 나름대로 영향력을 행사할 수 있게 될 것이다.

로마의 관료들이 내게 거듭 감사를 표하며 연회 겸 미당 입찰이 끝났다.

이젠 이곳의 일은 당분간 김경손에게 맡겨두려 한다.

그리고 지금쯤이면 내 명에 따라 사라이로 파견하도록 한 내 동생 안평과 관원들이 천산 북로를 통해 이동 중일 테지.

내가 여기서 할 일은 끝이 났군.

집으로 돌아가야 할 시간이다.

*   *   *

광무왕이 인마로 대지를 가득 메울 만한 초원의 후예들을 이끌고 조선으로 귀환할 무렵.

조선의 수도 한성에선 새로운 노예 수급에 한창이었다.

과거 시험이란 명목하에 입신양명을 꿈꾸는 젊은이들이 몰려들었고.

개중 일부는 화령이나 구주 출신도 있었다.

"우후(于後), 소문을 듣자 하니 이번 시험의 장원은 부여 가문의 장남이 확실하다고 하던데, 듣던 대로 그렇게 수재일까?"

밀양 출신의 김종직이 같은 실학원 출신의 유자광에게 묻자, 그는 핀잔을 주듯 답했다.

"계온(季溫) 형, 형 코가 석 자인데 그런 걸 신경 써서 뭐해. 술 때문에 작년의 식년시에 응시 못 한 건 기억 안 나?"

"어허, 그거야 내가 도성의 풍취에 취해 잠시 일탈했던 거고, 올해는 달라."

"이번 시험은 주상 전하께서 서역에 친정하시어 승전한 기념으로 열린 별시니까, 이동 시간을 고려하면 도성에 살던 이들이 유리하긴 한데…… 내가 볼 땐 형에겐 별로 해당하는 사안이 아닌 거 같아."

"흐흐, 내가 이번엔 거금을 들여 그간 나왔던 시험 문제가 적혀 있는 족보를 사서 열심히 공부했지."

"형, 또 이상한 치들의 꼬임에 넘어갔구나. 우리 스승님이 하신 말씀 잊었어?"

"응? 그게 무슨 말이야? 스승님이 뭐라고 하셨길래 그래."

"하, 수업 중에도 맨날 놀 궁리만 하니 기억 못 하는구나."

"으음…… 뭐라고 하셨었냐."

"스승님은 소위 족보라고 하는 건 수험생을 노린 협잡이니까 믿지 말라고 하셨어. 그거 믿고 공부 소홀히 한 이들은 죄다 낙방했었다고."

"…무려 100냥이나 주고 산 건데, 내가 속은 거라고?"

"형, 애초에 매해 문제 내는 이도 바뀌잖아."

"그래도 어느 정도 예측이 되지 않겠냐? 내게 이걸 판 이가 이번 시험은 삼 년 전에 나왔던 문제와 비슷하게 나올 차례라고 해서 그것만 공부했는데……."

"형, 실무 능력을 보겠다고 사용했던 실제 행정 기록을 무작위로 뽑아서 그걸 개선해 보라는 문제가 나오기도 하는데, 일개 서생들 따위가 어떻게 예측해? 형은 그냥 그럴듯한 소리에 속은 거야."

"하, 미치겠네. 이걸 어쩌지?"

"그냥 평소 실력대로 보고 가야지, 뭘. 어떻게 해."

"작년에 응시 못 한 건 공부가 모자랐다며 어떻게든 넘겼는데, 이걸 본가에서 알면 아버지가 날 죽이려 드실 거야."

"그러게 평소에 잘했어야지. 평소에 농땡이 치니까 그러지."

"하아, 산학… 아니, 지금은 수학이지. 아무튼 숫자만 보면 머리에 쥐가 날 거 같은데 어쩌겠냐."

"형, 내가 아버지에게 들었는데, 요즘은 형이 희망하는 사관이 되려면 여러 가지를 두루 알아야 한대."

유자광의 아버지 유규의 직책은 겸사복장이며, 금군의 특성상 많은 사관을 접하게 된다.

"그러냐. 그냥 전처럼 경전 해석하거나 시문 짓는 걸로 시험 보면 내가 장원이 될 텐데……."

"딱히 그럴 것 같지도 않은데."

"쯧, 그나저나 요즘 양인 응시생이 너무 늘어서 그런가. 합격 정원이 늘었어도 경쟁률은 거의 그대로인 거 같아."

"형, 예전의 법도대로면 나도 시험 볼 자격 같은 건 없었어. 주상 전하 덕에 모두에게 출세할 만한 기회가 주어진 거야."

그러자 김종직은 유자광이 서자 출신인 것을 떠올리며 무안한 듯 말을 이었다.

"아… 그랬지. 잊고 있었네."

유자광은 서얼금고법이 개정되자, 체아직을 거쳐 정식으로 관직에 진출한 서자 출신의 관료들을 보며 희망을 품었고.

노골적으로 자신과 어머니를 차별하던 아버지 유규와 사이가 좋진 않았지만, 소학당에 다니며 학문에 재능이 있음이 드러나자 아버지에게 인정받아 실학원까지 다니게 된 것이었다.

그렇기에 그는 누구보다 주상에게 고마움을 느끼고 있었고, 그분을 위해 일하며 충성을 다하고 싶어 했다.

"형, 슬슬 시작할 거 같은데, 난 내 자리로 갈게."

"그래, 부디 내가 공부한 범위에서 나왔으면 좋겠다."

"나도 그러길 빌게."

하지만 시험 문제는 김종직의 기대를 배반했다.

북동쪽 개척에 관한 자신의 견해를 적는 서술형 문제와 더불어, 지금은 공무원이 되어버린 아전이나 볼 법한 장부, 즉 그가 끔찍이도 싫어하는 숫자가 가득한 문제들이 나왔다.

그렇게 김종직이 한숨을 쉬며 시험을 볼 무렵, 유자광은 평소 꾸준히 공부한 대로 최선을 다해 문제의 답을 적어갔고.

그의 곁에선 옛 이자, 지금은 주상에게 성씨를 하사받은 부여가의 장남, 부여정홍이 문제를 풀어내고 있었다.

그는 최연소 장원급제의 영예는 자신의 차지라고 생각하며 그간 쌓아온 학식을 자랑하듯, 거침없이 답안을 적어갔다.

아직 약관이 되지 못한 정홍은 구주에서 전쟁이 벌어질 당시, 피신시키려던 아버지의 배려 덕에 조선에 오랫동안 머물며 수학했고.

구주 출신이란 편견을 넘은 뛰어난 학식을 갖추게 되어 도성의 유명 인사가 되었다.

부여가의 차기 가주이기도 한 그가 학문에 뛰어나다는 사실을 알게 된 아버지는 앞으로 가문의 장래가 밝다며 틈만 나면 아들을 자랑하고 다니기도 했다.

그렇게 시간이 흘러 수많은 응시생의 만감이 교차한 특별시험이 마무리되었고, 일주일 후 합격자가 발표되는 육조 거리의 광장에 수많은 이가 몰려들었다.

명단에 자신의 이름이 없는 것을 본 김종직은 허공에 날린

100냥과 함께 아버지에게 어찌 변명해야 할까 고민했고.

상위는 아니지만 나름대로 준수한 성적으로 합격한 유자광의 해맑은 모습은 그를 한층 더 우울하게 만들었다.

그렇게 자신의 성적을 확인한 응시생들은 그 와중에 구주 출신의 천재가 장원을 차지했는지 궁금해하며 명단을 확인했고, 그곳엔 생소한 이름이 적혀 있었다.

그리고 도성 출신의 응시생들이 서로 이야길 나누며 장원의 정체를 추적하기 시작했다.

"김시습이 누구지? 내가 아는 사람 중에 저런 학사가 있었나?"

"우리가 모르는 걸 보면 지방에서 올라왔겠지."

"그건 그렇고, 구주의 천재가 아원(차석)이 되었군. 딱하네, 누구나 다 이번 장원의 후보로 그 아일 꼽았었는데."

"장원이 아니면 어때, 저 나이에 아원으로 급제한 것도 길이 길이 남을 일 아닌가?"

그러자 말을 꺼낸 이와 사이 좋게 낙제한 서생은 고개를 떨구며 답했다.

"그것도 맞는 말이군. 내가 급제하게 될 날은 언제쯤이 되려나."

그러자 조용히 듣고 있던 서생이 고개를 갸웃거리며 말했다.

"잠깐. 나 저 이름이 왠지 익숙한 것 같기도 한데……."

"그래? 자네가 아는 사람인가?"

"어디서 봤었더라……."

한참을 고민하던 그는 첫 문예전에 참여했다가 낙방했던 기억을 떠올리곤 손뼉을 쳤다.

"아, 매월당 선생! 김생이세정벌기의 저자 매월당 선생의 명호가 저거였어. 당시엔 매월당이란 별호가 없었기에 기억이 가물가물했던 거였어."

"어엉? 매월당 선생은 예조 소속이 아니던가?"

"글쎄, 나도 모르겠네만……. 어쩌면 자기 명예를 드높이고 싶어서 응시한 걸지도……."

"하, 정말 더럽군. 그저 명예를 위해 시험을 쳐도 되는 거야? 오늘부터 매월당 선생의 작품은 보지 않겠어."

그러자 이야길 꺼낸 서생이 답했다.

"풍속서관에 신작이 뜨면 바로 달려갈 친구가 말은 잘하는군. 그나저나 세상엔 천재가 너무나 많아. 우리 같은 범재들은 어찌 살라고……."

당사자가 들으면 결코 아니라고 억울해할 만한 소문이 퍼지는 와중에, 예조에 마련된 작업실에서 신작을 쓰다 소식을 들은 김시습은 황당함을 금치 못했다.

"대감, 소생이 정말 장원이란 말입니까?"

김시습의 질문을 들은 예조판서 신숙주는 빙긋 웃으며 답했다.

"그렇네. 내가 장담하지 않았던가. 자네가 나서면 장원은 따놓은 당상이라고."

"…그거야 정식 관원도 아닌 제가 예조의 업무를 도왔으니 그런 것 아닙니까."

"사실 내가 아니래도 예조의 관원들 모두가 자넬 관원이나 다름없이 대해주고 있지 않은가."

"전 관원이 아닌 일개 문인일 뿐이니, 부당한 처사입니다."

"자네보다 늦게 예조에 들어온 이들에겐 선배 대우도 받았으면서 이제 와서 그러는 건 이치에 맞지 않은 듯하네."

"……."

"그리고 정식으로 급제했으니 말하지. 자네가 외직을 마친 다음 일할 곳이 어딘지 말 안 해도 알겠지?"

"차라리, 외지에서 일하는 게 더 마음 편할 듯합니다. 잠시 글에서 벗어날 수도 있고요."

"아니, 집필을 쉬면 안 되네."

"어째서입니까?"

"그야 주상 전하께서 내 장계의 답신을 보내시어 자네의 신작을 기대한다고 하셨으니까."

"…그렇습니까."

"그건 그렇고 일전에 살펴보니, 자네가 이번 해에 저작으로 벌어들인 금전이 내 한 해 녹봉에 버금갈 정도이던데. 도리어 내게 고맙다고 해야 하는 것 아닌가?"

"그럼 뭐 합니까. 그걸 써볼 시간조차 없는데."

"그건 자네에게만 국한된 일이 아닌 것 알잖나? 나랏일을 하는 이들이 장신구나 의복, 혹은 안경에다 신경 쓰는 이유가 그거라네. 자네도 이참에 그쪽으로 취미를 가져보는 건 어떤가?"

그 말을 하는 신숙주 역시 보옥이 달린 금 귀걸이와 팔찌를 하고 있었고, 최근엔 자신의 호패를 개조해 화려한 장식과 보옥을 달고 다니며 자랑하곤 했다.

"노력해 보겠습니다."

김시습은 고갈된 머리를 쥐어 짜내며 신작을 집필하다 막히자, 자신이 어쩌다 이리 된 것인지 한탄하며 옛일을 떠올려 보았다.

김시습은 오랫동안 예조에 출퇴근하며 작업을 하다 보니 자신도 모르게 동화되었고, 예조의 일이 바쁠 땐 순수한 호의로 관원들의 일을 도왔으며 그 결과, 자연스레 업무의 양이 늘어갔다.

최근 서역 정벌의 여파로 해야 할 일이 많아지자, 몸속에 피 대신 비싼 커피가 흐르는 게 아닐까 할 정도로 본인은 원하지 않는 호사를 누리며 신작 집필과 업무를 동시에 해냈고.

예조의 관원들은 김시습에게 선망과 존경의 눈빛을 보냈다.

김시습은 뭔가 돌이킬 수 없는 수렁에 빠진 것 같아, 그를 흐뭇하게 바라보는 신숙주에게 관원도 아닌 자신이 나랏일에 관여하는 건 옳지 않다며 반항을 시도했다.

그러자 신숙주는 이참에 정식 관원이 되면 되겠다며 강제로 시험을 치게 한 것이었다.

억지로 떠밀리듯 시험을 치게 된 그는 너무 티 나게 못 보면 신숙주의 뒤끝을 감당하지 못할 것 같아 그저 적당히 적어 내면 낙방할 거라 여기며 답을 적었지만, 응시생 중 그 누구보다 실무로 강제 단련된 그의 답안은 거의 만점에 가까웠다.

그렇게 장원이 된 김시습은 자신은 평생 예조에서 벗어날 수 없게 되었다며 절망했고 입신양명의 꿈을 품고 급제해 관원의 길을 걷게 된 병아리들은 자신의 앞날이 어찌 될지도 모른 채 마냥 기뻐하고 있었다.

*　　　　*　　　　*

1459년의 봄, 지평선을 가득 메우며 빠르게 달린 광무왕의 행렬은 천산 북로를 거쳐 몽골의 초원에 진입했고 이는 서역의 소식을 모르고 있던 초원의 주민들에겐 충격이 되었다.

선두에서 서서 누구보다 빠르게 달리는 광무왕을 따라 모두가 경쟁하듯 말을 달렸는데, 그 모습만으로도 역사에 길이 남을 만한 장엄한 광경이었다.

그들의 행군은 은연중에 서로의 경쟁의식을 불러일으켰고, 가장 뒤처지는 일족이야말로 이후 개최될 쿠릴타이에서 발언권이 줄어들 것이라 착각하게 만들 정도였다.

한편 몽골에 남아 있던 귀족, 즉 노얀들은 그나마 단편적으로 에센의 패전 소식을 접했기에, 드디어 올 것이 왔다고 생각하며 일족을 이끌고 카라코룸에 모여 있었다.

몽골의 노얀들은 그들의 뛰어난 시력으로도 차마 가늠이 불가능한 인마의 행렬이 끝없이 몰려오는 광경에 그만 질려버렸고, 완벽하게 압도되어 마치 죄인이라도 된 듯한 기분을 느끼며 당당한 모습으로 카라코룸에 입성한 광무왕에게 무릎을 꿇고 말았다.

광무정난 당시의 무용담으로만 전해 들었던 광무왕 본인을 영접한 노얀들은 본능적으로 그에게 거스를 수 없다고 느끼며 광무왕과 적당히 교섭해 세를 보존하려던 기존의 계획을 철회하고 스스로 충성을 맹세하고 말았다.

그렇게 몽골의 노얀들이 충성을 맹세하고 나자, 그들은 난데없는 외침을 듣게 되었다. 광무왕의 수하가 된 유목 일족들이 누구라고 할 것 없이 예케 쿠릴타이의 부활을 외치고 있었던 것이다.

그들은 알현 겸 충성 서약을 마친 후 광무왕의 측근들에게 물어 사정을 파악할 수 있었다.

예케 몽골 울루스, 즉 대원 제국 시절을 거쳐 갈라졌던 옛 칸의 핏줄들이 한데 모여 광무왕을 따라온 것에 경악을 금치 못했고 황금 씨족도 아닌 데다 몽골과는 연관조차 없다고 생각했던 조선의 왕이 칸의 자리에 올라야 한다는 분위기를 보곤, 기겁할 수밖에 없었다.

"우리의 고귀한 핏줄과는 연관조차 없는 광무왕이 어찌 칸의 자리에 오를 수 있단 말이오?"

원역사에서 에센에게 황금 씨족이 몰살되는 와중에 간신히 살아남아 잠시 동안이나마 칸의 자리를 차지했었던 보르지긴 만두울이 분통을 터뜨리자.

원 태조 칭기즈칸의 이복동생 가계이자, 지금도 나름대로 성세를 구가하는 벨구테이 가문의 토구스가 맞장구쳤다.

"맞습니다. 에센도 칸의 지위를 존중해 대우해 주었건만. 이건 결코 용납할 수 없는 일이지요."

그들은 에센의 아버지 토곤이 황금 씨족의 후손 중 적당한 인물을 칸으로 내세웠던 과거와 그것을 자신들이 당시 눈감았던 것을 잊었고.

시작부터 허수아비 칸으로 옹립된 당사자인 타이순 칸이 에센에게 어떤 대우를 받았는지 잘 몰랐기에, 당사자가 들었다면 분통이 터질 만한 말을 서슴없이 할 수 있었다.

"흠. 마음에 안 들긴 하나, 우리에게 광무왕에게 대항할 힘이 있소?"

평소 만두울과 사이가 좋지 않았던 볼쿠의 지농(친왕) 바얀 뭉케가 목소릴 내자, 만두울은 눈살을 찌푸리며 답했다.

"비록 그럴 만한 힘이 없어도, 다른 방법이 있을 거요."

그러자 토구스가 만두울을 두둔하듯 말했다.

"우리의 전통, 예케 쿠릴타이가 조선에서 개최된다 하니, 거기서 목소리를 내는 것이 좋겠지요."

"무슨 목소리? 지금 우린 도망친 칸의 행방조차 모르고 있는 실정이 아닌가."

바얀 뭉케가 아픈 현실을 지적하자 만두울은 한숨을 쉬었고, 토구스는 의기양양한 표정을 지으며 답했다.

"칸은 계시지 않지만, 그분의 아들이 있습니다."

"설마 칸이 에센의 누이에게 얻은 아들을 새 칸으로 옹립하자는 말이요? 그 아인 투먼 소로가 보호하고 있을 텐데, 언제 확보한 건가?"

바얀 뭉케의 물음에 토구스는 의기양양한 표정을 지으며 답했다.

"칸의 장남, 토구스멩케 님의 신변을 보호 중입니다."

토구스멩케는 타이순 칸이 강압에 따라 에센의 누이를 새로운 정실로 맞이하기 전 얻었던 아들이며 에센에 의해 후계자 자격을 잃고 군에 복무했다.

"허, 대체 언제 움직인 거요? 내가 알기론 그분의 아들들은 모두 서쪽 전선으로 간 걸로 아는데."

"천산 인근에서 병참을 맡다 조선군에게 패해 달아났었다고 하더군요. 돌아가면 책임을 추궁받을까 하여 신분을 숨기고 은거하던 것을 우리가 발견해 보호 중입니다."

그러자 만두울이 자신의 탐스러운 수염을 쓰다듬으며 말을 꺼냈다.

"흐음… 칸의 장남이라……. 이거 쿠릴타이에서 내놓을 만한 좋은 패가 생겼군요."

"그렇지요. 우리가 광무왕에게 충성을 맹세하긴 했어도, 칸의 자리마저 내어 주는 건 결코 있을 수 없는 일입니다."

"좋소. 나도 이번만큼은 그대들의 뜻에 동참하지."

"볼쿠의 지농께서 힘을 실어주신다니 다행이군요."

토구스가 웃으면서 답하자, 만두울도 바얀 뭉케의 얼굴을 바라보며 말을 꺼냈다.

"쯧, 어쩔 수 없군요. 이번만큼은 나도 지농과 뜻을 같이하는 수밖에."

그렇게 몽골 내에서 나름대로 영향력을 발휘하는 일족의 수장 셋이 뭉쳤고, 이들은 일족과 더불어 정체를 숨긴 칸의 장남을 데리고 조선행 행렬에 참여했다.

그렇게 광무왕의 행렬이 몽골의 초원을 가로질러 국경의 요새들을 통과한 후, 심양에 도착하자 바얀 뭉케가 한숨을 내쉬며 감상을 내비쳤다.

　"하, 이곳은 본래 우리 선조가 고려에게 내려 주었던 울루스가 아닌가."

　그러자 토구스가 씁쓸한 표정으로 답했다.

　"그렇지요. 고려의 후신인 조선이 거꾸로 우릴 다스리게 될 거라고 그 누가 생각이나 해봤겠습니까."

　"소문을 듣자 하니, 조선이 그리도 부유한 나라라던데."

　그러자 바얀 뭉케와 떨어져 있던 만두울이 어느새 다가와 답했다.

　"그 말이 맞소. 우리 일족은 조선에 복속한 일족과 물자를 거래한 적이 있어서 잘 알고 있지요."

　"대담하군, 에센이나 소로에게 용케 걸리지 않았어."

　"그땐, 적발된다면 일족을 이끌고 조선에 투항하겠다는 마음을 먹고 나섰었으니까."

　"그런 그대가 지금은 어떻게든 광무왕의 칸 즉위를 막으려고 애를 쓰니 웃기는 노릇이군."

　"우리에게 칸이란 자리가 외부의 일족에게 쉽게 내어 줄 만큼 하찮은 것이오?"

　"아니지. 우리가 에센의 통치를 용인한 것도 그가 처음과는 다르게 칸의 자리를 탐내지 않고 타이시에 머물렀기 때문 아 닌가."

그러자 토구스가 웃으며 이 두 명의 정곡을 찔렀다.

"그러시는 두 분께서는 용기를 낸 칸과 에센의 전쟁이 벌어 졌을 때, 무엇을 하셨습니까?"

토구스의 말대로 만두울과 바얀 뭉케는 내전 당시 누구의 편도 들지 않았고.

언제나 그랬던 것처럼, 전황을 관망하다 승자인 에센을 따 랐을 뿐이었다.

"그건 그대의 일족도 마찬가지가 아닌가?"

바얀 뭉케가 되받아치자, 토구스는 여전히 웃는 표정을 지 으며 답했다.

"아닙니다. 우리 일족은 부족하나마 칸에게 물자를 지원하 기라도 했었지요."

"말은 잘하는군. 그러면서 에센에게도 줄을 대고 있던 걸 내가 모를 거라 생각했나?"

"그거야, 초원의 혈족이라면 당연한 처사가 아닙니까? 하물 며 두 분의 일족보다 세가 약한 우리가 살아남으려면 더한 일 이라도 해야겠지요."

"이번엔 초원의 대의에 따라 어쩔 수 없이 협력한다만, 여전 히 마음에 들지 않는 말만 골라서 하는군."

"천성이 이런 걸 어쩌겠습니까? 그건 그렇고, 서역에서 온 우리 일족들은 몇몇을 빼곤 말조차 잘 안 통하는 이들이 많더군요."

"그렇겠지. 워낙 떨어져 있던 기간이 길었으니… 옷도 요상하게 입은 걸 보니 우리의 전통 따윈 잊은 것 같더군."

그러자 만두울이 바얀 뭉케에게 동의하듯 고개를 끄덕이며 토구스에게 답했다.

"서역의 일족들은 회교를 믿는 이들이 많더군. 생김새를 보니 우리의 혈통이 맞는지도 불분명해 보이고."

대부분 킵차크 칸국의 후신인 그들은 오랜 시간 동안 튀르크계와 동화했고.

칸국의 노예 사냥터였던 모스크바를 통해 슬라브 계통의 핏줄도 많이 섞여 몽골계로 보이진 않을 정도로 이질적인 외모를 가지고 있었다.

"그런 것 같지는 않던데요? 카잔이란 나라의 칸이었다는 무함마드의 이야길 들어보니, 그쪽의 가계가 두 분보다 더 직계에 가깝던데요?"

"뭐? 그럴 리가 있나?"

"무슨 말도 안 되는 소리야."

토구스의 말에 나름대로 혈통에 자부심을 가지고 있던 두 명이 반발하자, 이내 토구스가 답했다.

"아닙니다. 무함마드가 제게 보여준 가계도를 보니, 그쪽은 태조의 직속 가계가 맞아요."

"…누구의 후손인데?"

"주치 울루스의 계승자, 바투 칸의 직계 후손이더군요."

만두울은 토구스의 말에 반신반의하며 되물었다.

"그 정도면 쿠빌라이 칸의 후손인 타이순 칸보단 못하겠지만, 충분히 칸의 계승권을 주장할 만한 핏줄인데? 그런 이가 뭐가 부족해서 순순히 광무왕을 따르는 거지?"

"그야 잘 모르지요. 우리가 모르는 무언가가 더 있는 게 아니겠습니까. 어쩌면 광무왕에게 깊이 심취했을지도요."

그러자 바얀 뭉케가 심각한 표정을 지으며 끼어들었다.

"인정하긴 싫지만, 납득이 갈 법도 하다. 나도 광무왕과 대면했을 때, 그리도 두렵던 에센의 얼굴 따위 머릿속에서 깡그리 날아갈 정도였으니까."

바얀 뭉케의 솔직한 고백에 만두울과 토구스는 각자 고개를 끄덕이며 답했다.

"나만 그런 게 아니었군."

"사실, 저도 그런 느낌을 받았었지요."

바얀 뭉케는 이내 스스로에게 다짐하듯 말을 이어갔다.

"그렇다 해도 에센에게도 넘보지 못하게 했던 칸의 자리만큼은 허용할 수 없지."

"예, 맞습니다. 그러니 우리 셋이 힘을 모은 게 아니겠습니까?"

그들이 임시로 준비된 처소에서 이야기를 나누는 사이, 광무왕은 아버지 심양왕 세종과 재회해 기쁨을 나눴고.

그사이 쿠릴타이를 위해 수많은 게르(천막)가 심양성 부근의 초원에 세워지기 시작했다.

그러자 모든 몽골계를 비롯해, 북방에 남아 있던 여진계 일족의 장들까지 화령에 모여들기 시작했고, 1459년의 6월이 시작될 무렵 모든 준비가 끝이 났다.

마치 궁전을 연상케 하는 거대한 게르가 주둔지 중심에 세워져 있었고, 일찍이 도착한 몽골의 노얀들이 초조하게 기다리는 와중, 누가 정해준 것도 아닌데 세가 약한 순으로 먼저 천막 안으로 들어오기 시작했다.

허나, 조선의 사정을 모르는 몽골의 노얀 일동은 그런가 보다 하며, 쿠릴타이의 시작을 기다릴 뿐이었다.

그들은 본래 자신과는 별다른 관계도 없는 주르첸(여진)이 동급으로 묶이게 되었다며 불평했지만, 나름대로 달라진 형세에 순응하고 있기도 했다.

북방 일족의 장들이 대부분 자리를 차지한 와중에 서역에 살던 몽골계 다음으로 건주위의 적삼로가 입장했고, 뒤이어 후룬의 내요곤이 좌중을 깔아보듯 바라보며 들어와 몽골 노얀들의 심기를 거슬렀다.

그리고 마지막으로 현재 조선의 비호 아래, 가장 큰 성세를 누리는 오도리의 동소로가무와 코르친의 두르벤이 같이 입장하니 코르친에 대한 소문을 들었던 몽골의 노얀들은 비로소 뒤늦게 들어오는 순으로 그들의 위세가 갈린 것을 깨닫게 되었다.

"젠장."

"하, 이런 빌어먹을."

"…이건 상상도 못 했네요."

광무왕의 칸 즉위에 반대하려 뭉친 세 명이 짧게나마 그들의 심정을 내비치자, 뒤이어 모두가 기다리던 이가 대회의장 쿠릴타이의 게르에 입장해 열화와 같은 환호를 받았다.

광무왕의 열렬한 추종자들은 천세를 외치며 그들의 군주를 찬양했고, 이런 분위기가 익숙하지 않은 몽골의 노얀들은 주뼛거리며 어색하게나마 그들을 따라 해 분위기를 맞췄다.

그렇게 열광하던 인원들은 광무왕의 손짓 한 번에 일제히 조용해졌고, 분위기를 따라 천세를 외치던 몽골 노얀들은 그만둘 시기를 맞추지 못해 뻘쭘한 표정을 지어야 했다.

"북방의 일족들은 잘 들으시오! 주상 전하께서 쿠릴타이를 윤허하셨기에, 맥이 끊겼던 예케 쿠릴타이의 부활과 개최를 이 자리에서 선언하는 바이오!"

"와아아아아!"

가별장 이브라이를 통해 광무왕의 발언이 전달되자, 이곳에 모인 장들은 다시 한번 진심으로 기뻐했다.

이번엔 몽골의 노얀들도 자신들의 옛 전통이 성대하게 부활한 것에 기뻐하며 눈물을 흘렸고.

그들과 다르게 음모를 꾸미는 삼인방 역시 억지로나마 참았지만, 결국은 약간의 수분이 체외로 빠져나가는 손실을 감수해야 했다.

그렇게 쿠릴타이가 정식으로 개최되자, 조선에 복속한 지 오래된 이들이 광무왕에게 칸의 자리에 오르라며 주청했고 광무왕의 답변이 이브라이의 통역을 거쳐 그들에게 전달되었다.

"전하께서 하교하시길, 황금 씨족도 아닌 상이 칸의 자리에 오르는 건 옳지 못하다 하셨소."

그러자 기껏 큰마음 먹고 뭉쳤던 세 명은 허탈한 표정을 지으며 한숨을 내쉬었고, 내심 눈치가 보여 어떻게 말을 꺼내야 할지 고민하던 와중에 다행이라 여겼다.

"하지만, 모두가 인정할 수 있는 적법한 명분을 받아 정당한 절차를 거친다면, 여러분의 청을 받아들일 수도 있다고 하셨소."

그 말을 들은 삼인방은 금세 다시 표정이 어두워졌고, 이내 광무왕을 지지하는 목소리들이 여기저기서 들려왔다.

또한 카잔의 군주였던 무함마드가 나서서 자신 또한 광무왕의 칸 즉위를 찬성한다며 크게 소리쳤다.

그렇게 장내의 이들이 하나같이 새로운 칸의 즉위를 기정사실화하고 있을 무렵, 삼인방 중 가장 직위가 높은 이가 최대한 용기를 짜내어 소리쳤다.

"볼쿠의 지농인 바얀 뭉케가 감히 전하께 한 말씀 올리겠소!"

그러자 이브라이가 광무왕 대신 답했다.

"전하께서 허하셨소."

"칸의 행방조차 묘연한 시점에 우리 마음대로 그분을 끌어내리는 건 옳지 못하오."

그러자 이브라이의 아버지이며 코르친의 족장인 두르벤이 바얀 뭉케를 바라보며 아는 척을 했다.

"이거 간만입니다."

"거의 이십 년 만의 재회인데, 예도 갖추지 않고 이러는 건 경우에 안 맞네."

"뭐, 그렇다 치죠. 친왕께선 그나저나 나름 핵심을 짚으셨는데… 그럼 어떻게 해야 좋겠습니까?"

"비록 지금 행방이 묘연하다곤 하나, 쿠빌라이 칸의 직계인 타이순 칸이 계시네. 그분의 부재를 틈타 우리 예케 몽골 울루스와 어떤 연관도 없던 광무왕 전하께서 칸의 자리에 오르는 건 우리의 전통과 법도를 정면으로 부정하는 일이 되는 걸세!"

그러자 두르벤은 예전 같았으면 하지 못했을 대담한 말을 꺼냈다.

"에센의 눈치나 보던 우리 친왕께서 안 뵌 사이에 담이 꽤 늘었나 봅니다. 이거 제가 직접 꺼내서 확인해 보고 싶을 정도인데요?"

그러자 바얀 뭉케는 두르벤의 입을 찢어버리고 싶은 충동이 들었으나, 최대한 감정을 절제하며 답했다.

"나와 싸우자는 말이냐?"

그러자 두르벤은 이죽대는 표정을 지으며 답했다.

"굳이 못 할 것도 없지요."

그러자 이브라이가 끼어들었다.

"전하께서 하교하시길, 친왕의 발언은 충분히 나올 만한 이야기이기에, 두르벤 노얀의 선을 넘은 발언은 용납할 수 없다며 사과하라 명하셨습니다."

그러자 두르벤은 광무왕에게 능숙한 조선말로 사죄했고, 뒤이어 바얀 뭉케에게 몽골어로 사과했다.

"좀 전의 발언은 제가 좀 지나친 듯합니다. 부디 화를 가라앉히시죠."

바얀 뭉케는 언젠간 지금 받은 수모를 갚을 거라 생각하며 답했다.

"알면 되었네. 관대한 내가 참고 넘기지."

"그나저나, 친왕께서도 말을 조심해야 할 겁니다. 행여라도 광무왕 전하의 권위를 의심하시거나 깎아내리시려 한다면…
아시겠죠?"

바얀 뭉케는 자신을 주시하는 광무왕의 시선을 느끼곤, 최
대한 정중한 태도로 답했다.

"내 이미 광무왕 전하께 충성을 맹세한 몸인데, 어찌 그럴
수 있겠나."

"그럼, 계속 말씀하세요. 저도 경청하지요."

그렇게 두르벤이 침묵하자, 바얀 뭉케는 좌중을 상대로 말
을 이어갔다.

"아무튼, 칸의 행방이 묘연한 이 시점에 새 칸으로 적법한
분이 더 계십니다."

그러자 그에게 호응하듯, 조용히 있던 만두울이 물었다.

"지농, 그게 대체 누굽니까?"

"타이순 칸의 장남, 토구스멩케 님이 건재하시어, 친히 이곳
까지 오셨소."

바얀 뭉케의 소개와 함께 토구스멩케가 모습을 드러내자,
장내는 잠시 소란스러워졌다.

그 틈을 타 토구스멩케를 칸으로 즉위시키려는 의견을 관철
시키려 바얀 뭉케가 말을 이어가려 했지만.

그러나 이내 또 다른 인물이 게르에 등장하며 바얀 뭉케의
말이 이어지지 못했다.

"지농, 오랜만이군. 그리고 아들아, 이리 다시 만나게 되니 정말 기쁘기 그지없구나."

이제껏 행방이 묘연하던 타이순 칸, 보르지긴 톡토아부카가 쿠릴타이에 모습을 드러낸 것이었다.

제3장
시간

쿠릴타이를 위해 모여 있던 몽골의 귀족, 노얀들은 타이순 칸의 느닷없는 등장에 경악했지만, 당사자는 평온한 표정을 지으며 말을 이어갔다.

"난 지농의 충심이 이 정도일 줄은 일전에 미처 몰랐었네."

타이순 칸이 웃으면서 옛일을 상기시키자, 바얀 뭉케는 당황한 심정을 최대한 숨기며 답했다.

"칸이시여, 전 언제나 칸의 제일가는 충신이었습니다."

"그래? 이전엔 몰라봐서 미안하군. 그런데… 내가 중원에서 귀환한 에센과 싸울 때, 자네의 일족은 어디 있었지?"

"…그건 어디까지나, 칸께서 맡기신 영지를 대신 다스리는 임무에 충실하기 위해서였습니다."

"그런가?"

"예, 그렇습니다."

바얀 뭉케를 조소하며 바라보던 타이순 칸은 곧바로 자신의 맏아들 토구스멩케에게 물었다.

"아들아, 넌 내 뒤를 이어 칸이 되고 싶으냐?"

모든 일족의 수장 앞에서 갑자기 지목받은 토구스멩케는 아버지와 재회한 기쁨을 나눌 사이도 없이, 황급하게 답했다.

"아, 아닙니다. 칸께서 건재하신데 제가 어찌 그 자릴 탐할 수 있겠습니까?"

"순순히 지농을 따라온 걸 보면, 그런 마음이 없었던 건 아닌 거 같은데?"

"죄송합니다. 결코 그런 의도는 아니었습니다. 어디까지나 칸이 돌아오실 때까지만 그 자릴 맡아두려 했을 뿐입니다."

"못 본 사이에 언변이 많이 늘었구나. 그리고… 칸이라는 자리가 무슨 마음대로 주고받을 수 있는 것처럼 말하는데, 아들아, 내가 그리도 우습더냐?"

"아닙니다. 제가 어찌 그런 마음을 품을 수 있겠습니까?"

타이순 칸의 발언은 단순히 아들을 겨냥한 것이 아니라, 평소 그를 허수아비 취급한 몽골의 귀족들을 모두 공격하는 말이었고.

동시에 칸의 눈총을 받은 삼인방과 몽골의 노얀들은 입장이 바뀌어 죄인이라도 된 양, 고개를 숙일 수밖에 없었다.

토구스멩케는 평생 에센과 황금 씨족들의 눈치만 보던 아버지가 극적으로 달라진 것을 보며 의아해했지만.

그와 동시에 칸의 위엄이 살아났다고 생각해 기쁜 마음이 들었다.

"내가 에센에게 잡혀 볼모나 다름없는 생활을 할 때, 그대들은 무엇을 했는가?"

"……."

몽골의 노얀 중 누구도 칸의 물음에 대답할 수 있는 이는 없었다.

"내게 충성을 다한다 하곤, 실질적으론 에센을 주인으로 인정하고 충성하며 그에게 병사와 물자를 기꺼이 바쳤지. 내 말이 틀렸나?"

"……."

몽골의 노얀들은 지난 일을 통렬히 지적하는 타이순 칸에게 그 어떤 말도 할 수 없었으며.

타이순 칸이 그나마 최소한의 칸 대우라도 받던 통치 전반기를 제하고, 광무정난 후 에센에게 패전하고 잡혀 종마 신세가 되어 겪었던 수모를 일일이 열거하기 시작하자, 그의 사정을 모르던 장내는 경악에 빠졌다.

"그래, 내가 그렇게 살았다. 하지만 그 누구도 날 구하려고 한 이는 없었어. 모두가 에센을 칭송하며 섬기기 바빴지. 심지어 내 아들들마저도."

그러자 토구스멩케가 억울한 표정을 지으며 답했다.

"오해십니다. 아버지, 전 에센 때문에 강제로……."

그러나 타이순 칸은 아들의 말을 끝까지 듣지 않고 그대로 말을 이어갔다.

"하지만, 이런 날 보호하고 극진히 대우해 준 분이 계셨지."

그러자 침묵하고 있던 바얀 뭉케가 물었다.

"그게 누구입니까?"

"바로 광무왕 전하와 심양왕 전하시다."

"그럼… 이제껏 조선 왕실의 비호를 받으며 숨어 계셨던 겁니까?"

"그래. 황금 씨족으로 태어난 이래, 철저하게 타인에게 농락만 당하고 살던 내가 처음으로 편하게 지낼 수 있었지."

"…그렇습니까."

"그렇다. 그리고 이번 쿠릴타이를 빌어 칸으로서 마지막 명령을 내리겠다."

"마지막 명령이라니, 어찌 그런 말씀을 하십니까? 이제라도 칸의 자리에서 저희를 이끌어주시지요."

타이순 칸은 바얀 뭉케의 말을 무시하곤, 평생을 허수아비로 살았던 전과는 달리 칸의 위엄을 실어 외쳤다.

"초원의 일족들이여! 칸의 이름으로 명하노니, 감히 찬탈을 시도한 볼쿠의 지농, 그리고 그에게 동조한 토구스와 만두울의 일족을 잡아라!"

칸의 명령이 떨어지자, 쿠릴타이에 모여 있던 이들은 누구라고 할 것 없이 지목당한 당사자들을 잡기 위해 움직였고.

지목당한 삼인방은 당황하며 소리쳤다.

"우린 반역자가 아니오! 그저 법도를 지키려……."

"칸, 오해십니다!"

"부디 자비를!"

그 누구보다 빠르게 바얀 뭉케를 향해 달려간 두르벤은 당황한 그에게 주먹을 날렸고, 쓰러진 그를 짓밟으며 비웃듯 내뱉었다.

"이거, 내가 아까 말한 대로 지농의 담이 얼마나 큰지 직접볼 수 있게 되어 기쁘기 그지없소이다."

"이 천한 놈이!"

"반역자 주제에 아직도 정신을 못 차렸군. 더러운 염소 같은 새끼. 퉤."

두르벤은 개를 들먹이는 조선의 욕과 동급인 욕을 하며 얼굴에 침을 뱉었고, 모욕을 당한 당사자는 수치심에 몸을 떨었으나 할 수 있는 것이 없었다.

쿠릴타이를 위해 모여 있던 삼인방의 일족들은 졸지에 반역자가 되어, 모두 줄에 묶이는 신세가 되었으며.

그렇게 오래간만에 부활한 쿠릴타이의 첫 의제는 졸지에 역당의 색출이 되었다.

"칸이시여, 감히 칸의 자리를 넘본 토구스멩케를 어쩌하면 좋겠습니까?"

다른 죄인들을 포박해 감금한 두르벤이 토구스멩케만을 남겨둔 채로 묻자, 타이순 칸은 냉정하게 답했다.

"음, 내 아들이긴 하나 역당과 엮인 죄인이다. 예외를 둘 순 없지."

"아버지, 부디 자비를 베풀어주십시오! 그저 저들에게 억지로 끌려온 게 제 죄일 뿐입니다."

그러자 사태를 지켜보고 있던 광무왕이 이브라이를 통해 의사를 밝혔다.

"칸, 전하께서 전교하시길, 그의 죄를 엄중히 조사하고 만약 죄가 없다면 풀어주겠다고 하셨습니다."

"그렇소? 아들아, 광무왕 전하께서 널 이리도 생각해 주시는구나."

"칸의 자비에 그저 감사드릴 뿐입니다."

"감사를 받아야 할 사람은 내가 아니다."

칸의 말이 떨어지자, 토구스멩케는 광무왕에게 절을 하며 크게 외쳤다.

"광무왕 전하, 전하의 은혜에 그저 감사드립니다."

토구스멩케를 끝으로 반역자들이 회의장에서 사라지자, 몽골의 노얀들은 행여라도 그들과 엮일까 눈치를 보기 시작했고.

타이순 칸은 그들이 에센에게 부역했던 과거를 먼저 정직하게 밝히면, 죄의 경중을 보고 판단하겠다며 청문회를 유도했다.

그렇게 쿠릴타이가 열리고 있는 회의장은 역당 삼인방과 교류가 있던 몽골의 노얀들이 이 일과 무관하다며 항변하는 장소가 되고 말았으며.

몽골의 귀족들은 그간 에센에게 협력했던 행적을 좌중 앞에서 낱낱이 고하며, 그저 용서받길 바라는 처지가 되었다.

그들이 나름대로 최대한 줄인 죄의 고백이 끝나자, 검증을 위해 서로가 알고 있는 죄를 실토하게 했고.

그들은 어떻게든 살아남기 위해 각자 알고 있는 서로의 치부를 들어내기 시작했다.

결국 에센에게 적극적으로 협력했던 노얀 몇 명이 악질 부역자로 판명되어 회의장 바깥으로 끌려 나가고 말았다.

아침에 시작한 회의도 어느새 한나절 가량이 흘렀고 소동이 간신히 진정될 무렵, 휴식을 위해 잠시 식사 시간을 가지게 되었다.

쉬는 시간이 끝나고 회의가 재개되자, 타이순 칸은 광무왕에게 허락을 얻어 발언을 이어갔다.

"그대들은 보았는가! 황금 씨족과 노얀이라 자칭하던 반역자들의 추악한 민낯을! 우리의 위대한 선조들이 지금의 우리 모습을 보면 얼마나 애통해하시겠나?"

그러자 코르친의 족장 두르벤이 칸에게 호응하듯 소리쳤다.

"칸의 말씀이 맞습니다!"

"그래서 결심했다. 초원의 후예를 한데 묶지 못한 내겐 칸의 자격이 없기에, 우릴 이끌 만한 자격이 있는 분에게 그 자릴 넘기겠다고."

칸의 말이 떨어지자, 동소로가무와 두르벤이 동시에 답했다.

"칸께선 옳은 결정을 내리셨군요."

"저 두르벤은 칸의 용단을 지지하겠습니다."

현재 조선 북방에서 가장 큰 세력을 지닌 수장 둘의 지지를 얻은 칸은 웃으며 말을 이어갔다.

"누군가는 전하의 가문이 우리 예케 몽골 울루스와는 연관이 없다고 생각할 수도 있는데, 그건 잘못된 생각이다."

그러자 두르벤이 질문했다.

"그게 정말이십니까?"

"그래, 정말이다. 내가 그간 심양왕 전하께 고려와 조선의 역사에 대해 배웠지. 조선의 태조이신 강헌왕께선 쌍성총관부의 밍간(천호)이였으며, 그의 부친이신 환조(桓祖)께선 다루가치(達魯花赤, 총독)였으니 결코 우리와 무관하지 않다."

조선의 태조 이성계와 환조 이자춘이 몽골과 연관이 있었다는 사실이 칸의 입을 통해 알려지자, 장내는 열광하기 시작했고 광무왕은 티가 나지 않게 한숨을 쉬었다.

"그리고 현재 심양왕부의 주인이신 분은 조선의 상왕이시며 광무왕의 부친이시다. 본래 심왕이란 작위가 어떤 자리더냐!"

회의장에 모인 이들은 심양이 조선의 전조 고려와 연관이 있는 건 알지만, 자세한 사정까진 잘 모르기에 침묵했다.

그러자 가별장 이브라이가 덧붙이듯 칸의 설명을 보충했다.

"쿨루크 칸께서 고려의 왕에게 내리셨던 작위입니다."

타이순 칸은 이브라이의 설명에 힘입어 주먹을 추어올리며 소리쳤다.

"그렇다! 또한 심왕이란 작위는 지농(친왕)이기에 유사시 칸의 작위를 계승할 만한 자격이 되는 것이다. 현 심양왕부는 조선의 소속이니, 그 군주이신 광무왕 전하께선 대원의 칸으로 손색이 없으신 것이다!"

조선이 고려를 계승하긴 했으나, 심왕을 역임하던 왕씨와는 혈연관계가 없는 현 이씨 왕가를 이전 왕가와 동일시하는 타이순 칸의 의견은 지나친 비약일 뿐이었다.

게다가 상왕에게 심양왕의 작위를 내린 건 칸이 아니라, 정통제 주기진이었기에 타이순 칸의 말은 전부 이치에 어긋난 궤변이었으나.

광무왕을 칸으로 옹립하기 위해 이곳에 모인 이들에겐 아무래도 상관없었으며.

그럴듯한 명분이 생긴 것에 그저 기뻐할 뿐이었다.

"사실 난 오이라트의 악적 토곤에게 억지로 칸으로 옹립되었지. 그가 죽고 난 후에도 아들인 에센에게 대항할 힘이 부족해 우릴 하나로 이끌지 못했고. 결국, 나라를 이 지경으로 만들었다."

지나간 일을 담담하게 읊는 타이순 칸의 모습에 회의장에 모여 있던 이들은 숙연해졌다.

"하지만 그 누구보다 우릴 강한 하나로 만들어주실 군주가 나타나셨으니, 난 기쁜 마음으로 그분께 칸의 자리를 바치겠노라."

그들이 가장 바라던 말이 칸의 입에서 나오자 그것을 이들은 흥분한 듯, 기대감이 고조되었고.

마침내 모두가 바라고 있던 발언이 이어지게 되었다.

"광무왕 전하, 나라를 제대로 다스리지 못한 죄인 보르지긴 톡토아부카가 감히 청컨대, 부디 칸의 자리에 올라 우릴 이끌 어주시길 바라옵니다."

타이순 칸이 회의장 상석에 앉아 있던 광무왕에게 무릎을 꿇고 칸의 상징, 대원 제국의 전국 옥새를 꺼내 바치자.

광무왕이 마침내 입을 열었고 그의 발언은 가별장 이브라 이를 통해 좌중에게 전달되었다.

"전하께선 칸의 청을 일부만 받아들이겠다고 하셨소."

그러자 누구보다 광무왕의 극렬한 지지자인 동소로가무가 외쳤다.

"전하, 청의 일부만 받아들이겠다 하심은… 설마, 칸의 자리 에 오르지 않으시겠다는 말씀이십니까?"

동소로가무의 말이 끝나자, 이브라이를 거치지 않은 광무 왕의 전언이 크게 울려 퍼졌다.

"아니다. 어려운 결단을 내린 보르지긴의 작위와 권위를 유 지하되, 이 사람은 대한(大汗)이 되어 초원을 통합할 것이다."

종종 혼용해서 쓰이던 칸, 혹은 가칸(可汗)과 대칸(大汗)의 개념을 완전히 분리하여, 대한이 되어 모든 초원 일족의 군주 로 등극하겠다는 광무왕의 발언이 떨어진 것이다.

일찍이 조선에 신종하여 조선말을 아는 수장들은 기쁨에 몸을 떨었고, 뒤늦게나마 통역을 거쳐 광무왕의 선언을 전해 들은 이들 역시 환호하기 시작했다.

"우리의 대칸이시여! 부디, 만고의 성세를 누리소서! 만세! 만세! 만만세!"

쿠릴타이에 모인 이들은 이제껏 잘 지키고 있던 만세의 금기조차 잠시 잊었고.

모두가 진심으로 기쁨의 만세를 연호하며 유목민족들이 모여 하나가 된 나라의 탄생을 기뻐했다.

＊　　　　　＊　　　　　＊

아버지께서 내게 작은 선물을 준비했다고 하시더니, 이런 의미였나 보다.

내가 보기엔 허점투성이지만, 타이순 칸이 보여준 유려한 언변도 그렇고.

저들에겐 그럴듯하게 들리는 명분들은 전부 아버지가 미리 연습시킨 듯하다.

최초의 계획은 타이순 칸을 명목상이나마 북경의 바지 사장에게 충성하게 하고, 내가 에센의 뒤를 이어 몽골을 간접적으로 통치하는 식으로 나가려 했었다.

그러나 그런 내 계획을 들은 아버지께선 쿠릴타이가 개최되면 모든 게 순리대로 흘러가게 될 거라 하셨다.

아버지가 말씀하신 순리의 결과, 난 타이순 칸에게 칸의 작위를 넘겨받게 되었고.

난 상황이 예상밖으로 흘러가는 것을 보곤, 최초의 계획을 절반만 수렴해 보르지긴 왕부를 존속시키며.

타이순 칸보다 높은 대칸의 자리를 만들어 오르는 것으로 쿠릴타이의 첫날을 마무리 지었다.

타이순 칸에게 떠넘겨지다시피 받은 광활한 초원의 면적을 떠올려 보니, 앞으로 처리해야 할 업무가 얼마나 될지 몰라 절로 한숨이 나왔다.

오이라트가 장악했던 몽골의 영토에서 바이칼호 이남의 모든 영역과 천산 북로를 조선이 전부 차지하게 된 거나 마찬가지니, 인력이 얼마나 더 필요할지 감조차 오지 않는다.

쿠릴타이의 첫날 일정을 마치고 내가 처소에 들자 가별장 이브라이는 내내 얼굴에서 웃음을 거두지 않은 채, 흐뭇해 보이는 표정으로 날 바라보고 있었다.

"자넨 내가 대한의 자리에 오른 게 그리도 좋은가?"

"신이 섬기는 군주께서 비로소 대칸으로 등극하신 경사스러운 날인데, 어찌 그런 기쁨을 숨길 수 있겠사옵니까."

이브라이는 내 곁에서 오래 지내며 조선의 풍습에 익숙해지긴 했지만, 그의 근본적인 감성은 여전히 유목 일족인가 보다.

"그런가."

"예, 이는 신뿐만이 아니라 다른 신하들 역시 마찬가지일 것이옵니다."

"내금위장도 그리 생각하는가?"

그러자 김수연이 내게 답했다.

"신은 스스로 판단하지 않고, 그저 명하신 것을 받들 뿐이옵니다."

평소처럼 덤덤한 투로 답하던 그의 표정을 살펴보니, 말하는 내내 입꼬리가 올라가 있었다.

"지금 내금위장의 표정을 수경에 비춰주고 싶군."

감정을 잘 드러내지 않는 김수연이 이럴 정도면, 처소 밖을 지키고 있는 겸사복장 유규도 마찬가지려나.

내가 앞으로 할 일을 정리해 보려 하자, 이브라이가 물었다.

"신이 앞으로도 계속 주상 전하로 칭해야 하옵니까?"

"본국의 신료들과 상의해 방침이 정해지기 전까진 하던 대로 전하라 부르게."

"예, 알겠습니다."

"그나저나, 내가 칸의 선위를 허락하지 않았으면 저들의 반응이 어땠을 거라 생각하나?"

"쿠릴타이에 모인 이들은 모두 전하께 충성을 맹세한 신하들이옵니다. 전하께서 어떠한 결정을 내리시든 기꺼이 따랐을 것이옵니다."

"그런 뻔한 대답 말고 솔직한 속마음을 알고 싶네. 그러니 자네의 생각부터 말해보게나."

"전하, 몽골의 노얀들은 대원 시절의 영화에 기대어 살아가는 이들이 대부분이옵니다. 그들이 황금 씨족이란 혈통에 집착하는 것도 그런 연유입니다."

"그래. 나도 아네."

"또한, 전하께선 옛 대원의 칸이 보여줄 법한 위세를 지니셨습니다. 또한 이번 원정에 참여한 이라면 그만한 영예를 전하의 곁에서 누림이 마땅하다 여기고 있습니다."

"음, 말의 두서는 없지만, 자네가 뭘 말하려는지 알 것 같군. 이번 원정에 참여한 일족의 구심점으로 내가 필요했다는 건가?"

"송구하옵니다. 신의 언변이 그다지 좋지 못하여… 이는 기존의 풍습 때문이기도 합니다."

"자네가 말하고자 하는 바는 대원의 주류가 되지 못했던 이들이 황금 씨족이란 장벽에 가로막혔던 구습을 타파하고 싶었다는 건가?"

"예, 그렇사옵니다. 모두가 그런 건 아니겠지만, 저의 일족처럼 황금 씨족에게 밀려났던 이들의 마음은 그럴 겁니다. 또한 대원 시절, 천시 받았던 여진계 일족들도 그런 마음일 겁니다."

아직도 몽골의 풍습이 진하게 남아 있는 북방의 일족들은 나를 중심으로 새로운 세력 구도를 짜고 싶어 했었나 보다.

이번 쿠릴타이가 아니었어도 언젠간 나를 칸으로 추대하려 했겠네.

"그럼 서역에 자리 잡았던 황금 씨족들이 내게 충성을 바치며 칸으로 지지한 이유는 뭐라고 생각하나?"

"신이 짐작건대, 그들 나름대로 서역에서 황금 씨족의 혈통을 이어가긴 했으나, 대부분 말도 잘 통하지 않을 정도로 많은 부분이 변했습니다."

"본국의 황금 씨족들에게 그들의 혈통과 정당성을 인정받지 못할 가능성이 컸다는 건가."

"예. 그런 연유인 듯싶고, 에센에게 많은 전사를 잃었기에 전하의 권위에 기대어 누리던 세를 보존하고 싶은 마음이 클 듯합니다."

"그런가."

"그리고 그런 이유들보다 가장 큰 이유가 따로 있습니다."

"그게 뭐지?"

"저를 비롯한 북방의 모든 이들은 진심으로 전하의 용맹과 권위를 기꺼이 인정하고, 마음속으로 깊이 감복하고 있사옵니다."

"그런가……."

"예, 애초에 황금 씨족이란 혈통의 권위도 원 태조 대칸에 의해 비롯된 것입니다."

조금 들뜬 듯한 모습으로 쉬지 않고 말을 하던 이브라이는 잠시 숨을 고르더니, 엄숙해 보이는 표정을 지으며 말을 이어 갔다.

"신을 포함해 충성을 맹세한 이들은 광무왕 전하시야말로 원태조를 뛰어넘을 군주시라 여기고 있사옵고, 전하께서 새로이 쓰실 역사에 이름을 남기고 싶어 합니다."

내 신하들의 열망을 나도 모르게 억누르고 있었던 건가.

"그런가, 잘 알겠네."

내가 대칸의 자리에 오른 건, 사실상 건원칭제를 하고 황제가 된 것이나 마찬가지다.

이다음은 적당한 명분을 내세워 북명의 신료들과 바지 사장을 안심시켜야 할 것 같다.

또한 이제부턴 외왕내제의 체제로 전환하고, 슬슬 다음 단계로 나아갈 차례인가.

그러기 위해선 첫 번째로 선결해야 할 과제가 있다.

바로 조선만의 독자적인 연호다.

아버지의 위대한 업적 중 하나가 바로 조선의 실정에 맞는 독자적인 역법 체계를 정비하신 거다.

아버지의 주도하에 이순지가 완성했고, 지금도 사용 중인 칠정산 역법이 바로 그 결과다.

다만 명과 관계 때문에 대외적으로 드러내지 못했을 뿐이며, 우리만의 독자적 역법을 꺼림칙하게 생각하던 일부 신료들도 지금은 당연하다는 듯이 칠정산을 사용 중이기도 하다.

하지만, 이제 달라질 거다.

아버지의 존호가 붙은 역법과 더불어 조선의 시간이 바로 앞으로의 세상의 표준이 될 것이다.

*   *   *

쿠릴타이에서 원정에 참여한 북방 일족들의 논공행상이 한창일 때, 군기감과 장인청의 수장인 가선대부 장영실은 최근 대부분의 일을 제자 최공손에게 맡긴 채 자신의 연구에만 몰두하고 있었다. 그런 스승을 제자가 찾아왔다.

"스승님, 요즘 뭘 고안하시길래, 작업실에서 불출하고 계십니까?"

"아, 왔느냐?"

최공손이 둘러본 장영실의 처소 안엔 실패한 수많은 부품이 널브러져 있었으며.

그의 스승이 작업하던 선반 위엔 숫자가 새겨진 둥근 판과 만들다 만 금속제 톱니바퀴들이 놓여 있었다.

"이게 다 뭡니까?"

"으음… 이걸 뭐라고 설명해야 하나……. 제자야, 본디 내가 가장 좋아하는 것이 뭔지 아느냐?"

"갑자기 왜 그런 질문을 하시는지는 모르겠는데, 스승님께서 좋아하시는 건 크고 아름다운 거포가 아니겠습니까."

최공손이 당연하다는 듯 답하자, 장영실은 어이없다는 표정을 지으며 말을 이어갔다.

"참나, 너와 내가 같이 지낸 지도 그리 오래되었건만, 제자란 놈이 아직도 이 스승에 대해 이리도 모르니 원……."

그러자 최공손은 억울한 표정을 지으며 답했다.

"제가 스승님께 배운 게 화기를 비롯해 병장기를 만드는 법뿐인데, 그걸 어찌 알겠습니까?"

"그런가? 아무튼, 내가 병기 만드는 것보다 좋아하는 건 시간을 측정하는 기물이다."

"아아, 그럼… 스승님의 옛 작품인 앙부일구(仰釜日晷)나 자격루(自擊漏) 같은 기물을 새로 만드시려 하십니까?"

"그래, 이참에 이걸 시계(時計)라고 이름 붙이고 기존과는 궤를 달리하는 새로운 방식으로 만들어보려고 한다."

"새로운 방식이요?"

"너도 잘 알다시피, 앙부일구는 해가 뜨지 않으면 무용지물이고, 상왕 전하의 명을 받아 별빛과 달빛으로 시간을 측정할 수 있게 만든 일성정시의(日星定時儀)도 있지만, 둘 다 날이 흐리면 사용하지 못한다는 약점이 있단다."

"그렇다 해도 스승님의 걸작, 자격루가 있지 않습니까."

제자의 물음에 스승은 미간을 찌푸리며 답했다.

"그것 또한… 실패작이나 마찬가지야."

"어째서요?"

"그게 고장이 나면 고칠 사람이 오직 나뿐이라 실패라 여겼었는데, 지금은 다른 의미로 생각이 바뀌었다."

장영실은 근 이십여 년간 발전한 화학과 더불어 최근 새로이 정립되어 가는 학문, 과학의 지식으로 인해 여러 가질 깨우쳤다.

"어떻게 바뀌셨습니까?"

"자격루는 물이란 동력원에 의존하는 한, 끊임없이 오차가 생길 수밖에 없단다."

"그렇습니까? 이 제자는 자격루의 작동 원리에 딱히 신경 쓰지 않아서 몰랐습니다."

"그래, 이는 내가 따로 실험을 해보고 알게 된 건데. 덥고 건조한 기후엔 금속 통 안의 물이 조금씩 줄었고, 비가 오고 습하게 변하면 되레 늘어났었다."

"으음……. 그렇다 한들 염려하신 것만큼 큰 오차가 생기지는 않을 듯합니다만……."

"제자야, 네가 아는 가장 작은 단위를 읊어봐라."

"분, 리, 사, 홀, 미, 섬, 사, 진, 애, 묘…… 더 해야 합니까?"

"모를 줄 알았는데, 의외로구나."

"스승님 밑에서 수학한 것도 몇 년만 지나면 스무 해가 됩니다. 그리고 저 중 몇 가지는 총을 만들 때 규격을 맞추기 위한 도량형으로 쓰이고 있지 않습니까."

"그래, 만약 시간을 저만한 단위로 잘게 쪼갠다 치고, 네가 내 제자가 된 기간 동안, 자격루에서 오차가 난 시간이 얼마나 될 거라 생각하느냐?"

"아무리 길어봐야 1각 정도지 않겠습니까?"

"아니다. 내 계산에 따르면 최소 사나흘 가량은 된다."

"그렇게나 크게 차이가 납니까?"

"그래, 아주 조금의 오차라도 그게 모여서 쌓이면 그만한 시간이 된단다."

"그럼… 지금 작업하고 계신 건 새로운 동력원을 이용해 시간의 오차를 줄인 기물이란 말씀이신지요?"

"그래, 일전에 네가 새로운 포가를 만들어보겠다며 화포를 나무틀에 줄로 고정해 놓은 걸 보고 떠올려 봤다."

최공손은 훌륭한 장인이 되었지만, 여전히 엉뚱한 시제품을 만들다 스승에게 타박당하기 일쑤였다.

그가 나름대로 고안해 시험했던 포가는 신축성이 좋은 줄을 이용해 총 12개의 화포 고리에 연결해 묶어 고정시키는 방식이었다.

새로운 시제품은 발사 후 반동으로 밀려나는 바퀴형 포가를 대체할 목적으로 제작되었고, 얼핏 보면 반동을 흡수하며 빠른 재장전을 목적으로 한 미래의 주퇴복좌기의 기본 개념과도 비슷했었다.

하지만 그의 시도는 발상만 좋았을 뿐이고, 고작 줄로만 고정한 화포는 발사 후 반동으로 인해 앞뒤로 끊임없이 흔들리며 제작자의 기대를 배반했다.

새로운 포가의 시험장에선 고안한 당사자는 물론이고, 이를 지켜보던 다른 장인들마저 무안한 표정을 지어야 했다.

"스승님께선 그때, 비웃으시지 않으셨습니까."

"크크큭, 비웃은 게 아니라 내가 네게 영감을 얻은 상황이 어이없어 웃은 것뿐이야."

"그게 그거 아닙니까."

"아무튼, 이 둥근 판이 시간을 표시하는 전면부고, 태엽 통이 움직이는 동력으로 균형추가 흔들리게 된다. 그럼 일정한 간격을 두고 시간을 표시하는 침이 돌아가게 된단다."

"스승님이 말씀하신 태엽통이란 건, 얇게 만든 판철이 둥글게 말려 들어가 있는 바퀴 모양의 부품입니까?"

"그래. 이것이 시계의 핵심부품이자 동력원이다. 이 기구를 이용해 비틀어두면 수축했던 판철이 진동하며 태엽통을 움직이게 한단다."

"고작 그 정도만으로 동력이 될 수 있겠습니까? 금세 멈추게 될 텐데요?"

"정말 그런지 볼 테냐?"

최공손은 이번만큼은 스승의 발상이 잘못되었다 여기곤, 기꺼이 보겠다고 응했다. 그는 장영실이 나무틀에 대고 조립한 태엽통과 균형추(탈진기)의 움직임을 관찰했다.

태엽의 힘이 다하면 금세 움직임을 멈출 것이란 그의 예상과는 다르게, 태엽통에서 시작된 회전운동은 그의 생각처럼 멈추지 않았다.

최공손이 1각이 넘는 시간 동안 관찰한 결과.

태엽통과 직접 연결된 바퀴 모양의 부품은 쉬지 않고 돌아가며 균형추를 움직였고.

닻과 유사한 모양의 균형추는 좌우로 흔들리며 아랫부분에 맞닿아 있는 톱니를 움직였다.

또한 닻 양 끝에 위치한 요철이 톱니와 맞물리며 움직임을 제어하는 것을 알게 되었다.

"이건… 그간 이 불초 제자가 알고 있던 상식이나 개념과는 궤를 달리하는군요."

"본래는 내가 만들었던 거리 측량기, 기리고차(記里鼓車)에 이용했던 무게 추 낙하 원리를 응용해서 시계를 만들려 했었는데, 네 덕에 다른 원리를 떠올릴 수 있었단다. 이게 온전히 완성되면 네게도 공이 있단다."

"아닙니다. 어찌 제가 스승님의 업적에 멋대로 손을 얹을 수 있겠습니까. 그건 그렇고, 제가 보니 미세하게나마 움직이는 속도가 일정하지 않은 것 같습니다."

"그래, 바로 봤다. 어디까지나 시험작이라 톱니의 정밀함이 조금 모자라. 그래서 내가 한 치, 아니, 일체의 오차 없이 완벽한 톱니를 만들고 있었다."

"…이게 완성되면, 그 크기는 어느 정도나 되겠습니까?"

"아직은 내부 구조에만 신경 쓰느라 생각 안 해봤는데…….
책장이나 의걸이장처럼 방 한편에 둘 정도는 될 것 같구나."

"자격루의 크기와 비교하면 엄청나게 작아진 거네요."

"아니다. 이건 그저 시험작이고 최종적인 내 목표는 탁자 위에 올려둘 수 있도록 작게 만드는 거란다."

"그만한 크기는 상상이 잘 안 가는군요. 그럼 시간은 어떤 식으로 가늠하게 됩니까?"

"내가 각침과 시침이라 이름 붙인 부품이 일정한 간격으로 돌아가면서 이 원형 판에 적힌 숫자를 가리키게 될 거다. 그럼 그걸 보고 시간을 가늠하게 되는 거지."

"그렇군요. 주상 전하께서 돌아오셔서 완성된 시계를 보신다면 놀라실 겁니다."

"아니다. 전하께선 이걸 보시자마자 내가 생각지 못한 개선 안을 내놓으시겠지."

"설마 그러시겠습니까? 이건 세상 그 누구도 고안하지 못했던 스승님의 걸작이 아닙니까."

"아니. 일찍이 상왕 전하와 주상 전하께서도 가장 신경 쓰고 계시던 게, 역법을 비롯해 시간을 측정하는 방법이었단다."

"그렇습니까?"

"내가 이걸 만들 수 있던 것도 상왕 전하께 여러 가지 이치가 담긴 학문을 배웠기 때문이니, 온전히 내 발상만으로 이걸 만들었다고 하긴 뭐하다. 하물며 네 작품을 보고 작동법의 실마리를 잡았으니."

그러자 최공손은 얼굴을 붉히며 답했다.

"스승님, 그건 좀 기억에서 지워주시면 안 되겠습니까?"

"그럴 리가 있나, 가장 아끼는 제자 덕에 실마리를 잡았는데. 내 행장록에도 그날의 일과 더불어 기뻤던 심경이 상세히 적혀 있단다."

"아, 스승님⋯⋯. 그런 걸 적으시면 어찌합니까. 제발 좀 지워주시지요."

"어허, 사관도 일체의 가감 없이 모든 일을 기록하는데, 어찌 네가 스승을 핍박하려 드느냐."

"스승님은 사관도 아니시고, 행장록은 사초가 아니지 않습니까."

"일개 개인의 기록이라 해도 훗날엔 중요한 사료가 될 것이야. 그러니 지워줄 수 없단다."

"하아……. 그러시지요."

"애초에 네가 철모르던 시절에 했던 망상의 기록도 주상 전하께 올라갔기에 사관이 기록했을 텐데, 여기서 더 부끄러워질 여지가 있긴 하냐?"

스승의 확인 사살과도 같은 공격에 최공손은 머리를 감싸쥐었고, 이내 한숨을 내쉬며 답했다.

"그걸 생각해 보니, 전 후세에 어떤 사람으로 기록될지 차마 상상이 잘 안 가네요."

"혹시 아냐? 시대를 앞서간 괴짜 천재로 기억해 줄지도 모르지."

"그럴 리가요. 위대한 스승님을 둔 멍청이 제자로나 남으면 다행이죠."

"아무튼, 너도 당장 할 일 없으면 이거나 깎아라."

장영실이 태엽을 내밀자, 최공손은 단호한 표정을 지으며 답했다.

"할 일이 없긴 왜 없습니까. 스승님이 제게 모든 일을 떠넘기신 바람에 서역의 새 영토로 보낼 화포를 생산하느라 눈코

뜰 새 없이 바쁩니다."

그러자 장영실은 아쉬운 표정을 지으며 입맛을 다셨다.

"쩝, 그게 다 나 없이도 네가 일을 잘하고 있으니까 믿고 맡긴 거지. 아무튼 당분간 나 대신 더 고생 좀 해라."

"예, 예. 이 불초 제자는 이만 물러가겠습니다."

제자가 돌아간 후 장영실은 심혈을 기울여 시계를 제작했고, 첫 시제품은 현재 조선에서 철저히 비밀에 부쳐지고 있는 비처로 옮겨졌다.

동양뿐만 아니라 세계를 통틀어도 최대 규모의, 천체망원경마저 갖춘 간의대가 바로 그곳이었다.

이 간의대는 현 조선의 역법인 칠정산의 토양이 된 장소였으며, 이순지가 정리한 토양에 장영실이 시계라는 씨를 뿌려, 광무왕이 구상하는 조선 표준시의 씨앗이 발아하기 시작했다.

제4장
아이누

1459년의 여름, 난 근 1년 만에 궁으로 돌아왔다.

그간 나를 대신해 대리청정하고 있었던 홍위는 눈 밑이 퀭한 모습으로 날 맞이했다.

아들이 내 귀환에 눈물마저 흘리며 부자의 재회를 기뻐하는 모습에 난 왠지 모를 미안함이 느껴졌다.

아들아, 미안하구나.

아빠가 어쩌다 보니, 서역에 다녀와서 네가 왕위를 물려받으면 해야 할 일을 더 늘려 버리고 말았구나.

난 아들과 감격스러운 재회 후, 보고 싶었던 아내들과도 대면했고.

내가 없던 사이 늘어난 가족들을 직접 확인할 수 있게 되었다.

서역 원정을 떠나기 전 중전과 후궁들에게 내 몸을 착취당한 결과, 중전과 홍씨, 그리고 양씨가 회임했기에 세 아이가 세상에 나오게 된 것이었다.

"상왕 전하께서 서신으로 이 아이들의 이름을 지어주셨습니다."

중전은 늦둥이로 본 딸아이가 귀여워 견딜 수 없는지, 세상 누구보다도 행복한 얼굴을 하고 있었다.

그녀는 유모에게 맡기지 않고 아이를 직접 어르며 내게 말했고, 난 고개를 끄덕이며 답했다.

"심양에서 이미 들었소. 중전 소생의 공주는 혜경(橞鶊), 홍씨 소생의 남아는 면(沔), 양씨 소생은 진(璡)이라고."

내가 후궁 소생의 아이들을 바라보며 답하자, 중전은 시선을 돌려 가족들이 모인 강녕전의 대청 한편에 앉아 있는 맏딸 경혜를 잠시 바라보며 말했다.

"그리고 그간 무던히도 속만 썩이던 공주가 드디어 부마가 될 이를 간택했사옵니다."

"그래요? 우리 딸의 마음을 사로잡은 이가 누군가요?"

"금주(衿州) 강(姜)가의 장자인데, 소첩이 볼 땐 전에 봤던 후보들하고 별로 다른 게 없는데, 저 아이도 결국 타협하고 눈을 많이 낮춘 듯합니다."

금주 강씨면, 귀주대첩을 승리로 이끈 명장 강감찬의 집안이다. 중전이 볼 땐 별다른 게 없었어도 경혜가 보기엔 특별한 게 있었겠지.

"그런가요. 그럼 이제 세자의 국혼도 준비해야겠어요."

홍위는 이제 장가를 갈 수 있다는 사실에 기뻐했고, 졸지에 지목당한 경혜는 부끄러운지 고개를 숙이며 중전의 시선을 외면했다.

그렇게 돌아온 첫날은 내가 없던 사이 궁에서 일어났던 일들을 가족들에게 들으며 잠시나마 안식을 누릴 수 있었다.

난 중전과 더불어 그날 밤을 보내고, 다음 날 조회를 치렀다.

회의의 주제는 내가 계승당한 대한의 작위와 더불어, 외왕내제의 체제를 정비하는 것이었다.

먼저 내 승전을 축하하는 인사가 이어졌고, 호칭에 대한 대신들의 의견이 오고 가는 와중에 신숙주가 내게 발언을 청했다.

"신, 예조판서 신숙주가 감히 성상께 아뢰겠사옵니다."

"그래, 예조판서의 발언을 허하노라."

"성상께서 대원 제국의 황위인 대칸, 즉 대한의 작위를 이으셨으니, 신하들은 마땅히 금상께 황상과 폐하라 칭함이 옳은 듯싶사옵니다."

"본래 황상이라 칭해야 옳겠지만, 북경의 당금 천자와 혼동을 줄 수 있으니, 폐하로 불리는 것이 나은 듯하군."

"그러면… 선대왕마마와 상왕 전하, 그리고 세자 저하의 호칭은 어떻게 정리하는 것이 좋겠습니까?"

"그 부분은 황국의 예법을 따라 전부 격상하는 것이 좋을 듯하군. 예조에서 방안을 정리해 서면으로 제출하게나."

"예, 예조판서 신숙주가 폐하의 명을 받들겠습니다."

신숙주는 내 명이 떨어지자, 누구보다도 빠르게 폐하라 칭하며 내 격을 높였고, 그에게 선수를 빼앗긴 이들은 아쉬운 듯한 표정을 지었다.

그렇게 나와 신숙주의 발언이 끝나자, 몇몇 대신들과 시기가 이르다며 반대하던 좌의정 김종서가 말했다.

"신이 사료건대, 이 일이 북경에 알려지면 조금 문제가 되지 않을까 싶습니다만……."

김종서의 염려에 난 고개를 저으며 답했다.

"그 부분에 대해선 좌상이 걱정하지 않아도 되네. 지금쯤이면 내가 보낸 전령을 통해 소식을 알게 되었을 것이니."

"그렇사옵니까?"

"짐이 대한의 작위를 이은 건, 어디까지나 북방을 통합하여 변방을 안정시키기 위한 고육지책이라 일러두었네. 일전에 했던 북방 통치의 연장이라고."

"으음……. 그래도 황위 덕에 양국의 격이 같아졌으니 불편해하지 않겠습니까?"

"아국을 제외하고 명과 관계를 맺고 있던 제후국들은 전부 외왕내제의 체제를 가지고 있네."

그러자 신숙주가 나를 지원하듯 답했다.

"폐하의 말씀이 지당하십니다. 하물며 남방의 월국에서도 황제를 지칭하는 걸 명에서도 잘 알고 있었지만, 모른 척하고 있을 뿐입니다. 하물며 중원보다 강성해진 아국에서 그들보다 못할 게 뭐가 있습니까?"

"예판 대감의 말도 맞지만… 무릇 나라 간의 격이란 게……."

그러자 신숙주는 빠르게 김종서의 말을 끊었다.

"그럼 계속 지금처럼 지내는 것이 좋단 말씀입니까?"

신숙주는 언제나 눈치를 보던 김종서에게 적절한 건수를 잡은 것이 마음에 들었는지 내 권위를 의심하냐며 파상공세를 이어갔다.

김종서는 그런 신숙주의 공격에 당황했는지 처음으로 그에게 백기를 올렸고, 김종서가 항복하자 소수파였던 반대 의견이 완전히 수그러들었다.

그건 그렇고 대월국이라……. 내가 잠시 잊고 있던 걸 상기

시켜 주다니. 고맙기 그지없군.

"내가 조정을 비운 사이, 월국의 양산왕(諒山王)이 사신의 수장으로 왔었다고 들었다."

양산왕 여의민(黎宜民)은 월국의 수양 같은 놈이라 할 수 있다.

반란을 일으켜 현재 군주인 인종 여방기와 그의 모후인 완씨를 살해한 패륜아지.

"예, 그러하옵니다."

"그럼 우리도 그 격에 맞는 인물을 보내는 게 인지상정이나……. 현재 그럴 만한 왕족들은 전부 군역을 수행 중이거나, 긴 여행을 감당하지 못할 고령의 이들뿐이로군. 참으로 아쉽기 그지없어."

원정 전에 신숙주와 월국 사신행에 관해 이야기한 적이 있으니, 그라면 내 의도를 눈치챘을 거다.

"…신이 직접 월국에 다녀오겠습니다."

"그래, 예판이 나서준다니 고맙군. 그에 대한 더 자세한 이야긴 나중에 하고, 본 의제로 다시 넘어가도록 하지."

그렇게 회의가 더 이어지고, 내 호칭이 먼저 정리가 되었다.

본래 성상이라는 표현도 따지고 보면 천자국에서나 쓸 법한 표현이기에, 성상과 주상의 호칭은 그대로 쓰이게 되었다.

그리고 공식적으로 기존에 사용하던 전하라는 호칭 대신

폐하로 나를 지칭하게 되었고, 난 자신을 지칭할 때, 짐(朕)이라 칭하는 것으로 정리가 되었다.

그렇게 귀국 후 첫 회의를 마치고 내 집무실인 천추전에 들른 난 전혀 예상하지 못한 광경과 마주하게 되었다.

차마 눈으로 가늠할 수 없을 정도의 서류가 탁자와 여러 대의 대차에 쌓여 있었던 것이다.

"이게… 다 뭔가?"

황망한 투의 내 물음에 김처선이 답했다.

"그간 세자 저하가 나름대로 처결하시긴 했으나, 우선순위에서 밀려 있었던 결재 사안들이옵니다."

"그런 것치곤, 너무 많이 밀린 듯한데?"

"폐하께서 북방에서 귀환하시면서 처리하셔야 할 장계와 사안들이 합산되어 그렇사옵니다."

"……"

하, 미래의 말론 이런 걸 보고… '이거 실화냐?'라고 하겠구나.

…이게 다 내가 쌓은 업보다.

난 자리에 앉아 탁자 위에 쌓여 있던 서류의 앞장을 보곤 지명과 중요도 순으로 분류했고.

김처선은 익숙한 손놀림으로 내가 분류한 서류들을 정리했다.

업무의 우선순위를 정하자 난 빠르게 내용을 읽으며 가부를 판단했다.

지금 가장 급한 몽골 초원 지방에 보낼 서류엔 타이순 칸에게 받았던 전국 옥새를 이용해 업무를 처리했다.

그러자 김처선은 내가 쓰는 새 도장을 보며 물었다.

"폐하, 그건 처음 보는 국새인 듯한데……. 새로 만드신 것이옵니까?"

"이거 말이냐? 짐이 칸에게 받은 대원의 전국 옥새다."

"그게 전국 옥새면, 남명에서 사용 중인 전국 옥새는 가품이란 말씀입니까?"

경태제는 북경을 탈출해 남경으로 도망치면서 명의 전국 옥새를 챙겼고, 현재 북명에서 사용 중인 옥새는 새로 만들었기에 대부분은 남명의 옥새가 진짜인 줄 알고 있었다.

"아니다. 본래 후당이 멸망하면서 진나라에서 만들었던 전국 옥새는 사라졌지. 이건 본래 옛 송나라에서 쓰던 걸 강탈해 원의 국새로 삼은 것이다."

그런 원나라도 세력을 잃고 쇠퇴하면서 전국 옥새의 소유권도 오이라트 일족으로 넘어갔지만.

에센이 허수아비로 만든 타이순 칸에게 상징으로나마 잠시 맡겨두었던 게 그의 손을 거쳐 내게로 넘어온 거였다.

"그럼… 이제 송의 적통을 이은 건 분열된 명이 아니라 본국이라 칭해도 무리가 없을 듯합니다."

김처선은 평소와 다르게 흥분했는지 눈을 빛내며 내게 말했고, 난 냉정하게 고개를 저으며 답했다.

"명을 주요 교역 대상으로 삼는 아국의 사정상 그럴 일은 없을 것이다."

"신도 그 부분은 잘 압니다만… 후대엔 어찌 될지 모르는 일이 아니옵니까."

"그래, 자네 말대로 언젠간 그런 날이 올 수도 있겠지. 그 전에 먼저 이 일들부터 전부 처리해야겠지만."

내가 쌓여 있는 서류를 가리키며 핀잔을 주자, 김처선도 나름대로 힘에 겨운지 고개를 떨구며 답했다.

"예, 알겠사옵니다."

급하게나마 북방, 그중에서도 몽골 쪽 서류를 먼저 정리하고 다른 업무를 처리하던 난 장영실의 이름이 적힌 보고서를 볼 수 있었다.

그가 시계라고 이름 붙인 기물의 원리와 더불어 제작 과정을 담은 보고서인데, 난 그것을 보자마자 자리에서 일어날 수밖에 없었다.

장영실이 보고서에 적은 시계는 그간 사용하던 물시계나 해시계가 아니었다.

그가 완성한 건 기계식 태엽과 추를 이용한 괘종시계였고,

그간 사용하던 것들과는 온전히 궤를 달리하는 물건이었다.

난 급한 마음에 처리하던 업무도 내팽개치곤 궁궐 외곽의 군기감으로 달리듯 행차했고, 모두가 놀라 날 맞이했다.

"주상 전하, 신이 승전을 경하드리옵니다. 기별도 없이 어인 일로 행차하셨사옵니까?"

장영실은 아직 전달을 받지 못했는지 전과 같은 호칭을 사용했지만, 지금 그런 사소한 걸 따질 때가 아니지.

"가선대부, 여기 적힌 이 시계라는 걸 실제로 완성했는가?"

내가 보고서를 보이며 묻자, 장영실은 고개를 숙이며 답했다.

"예, 시험작을 완성해 간의대에 두었사옵니다."

"그래? 당장 같이 보러 가세."

"예? 예."

장영실은 내게 떠밀리듯 함께 간의대로 향했고, 도착한 난 마침내 시계의 완성품을 볼 수 있게 되었다.

미래의 자료에서 여러 가지 시계를 보긴 했으나, 내 도움 없이 장영실이 발명한 시계를 보는 건 남다른 기분이었다.

내 키보다 약간 큰 괘종형 시계는 째깍대는 소리를 내며 시침과 각침, 사실상 시와 분을 나타내는 침이 돌아가며 시간을 표시해 주었고.

완성된 시계는 간의대의 천문학자들과 협업하여 시간을 맞춘 듯, 현재의 시간인 오후 3시 30분을 표기하고 있었다.

"그대가 실로 큰일을 해주었네."

장영실은 내 칭찬에 고개를 숙이며 답했다.

"성상께서 보잘것없는 늙은이의 공을 높이 세우시니, 그저 황송할 따름이옵니다."

"아닐세, 이거야말로 역사에 길이 남을 공적이나 다름없네. 마음 같아선 자네에게 당장 군호라도 내리고 싶은 심정이야."

"그건… 조금 지나친 듯싶사옵니다만……."

"가선대부가 고안하고 만든 시계 덕에 조선, 그것도 이 간의대를 기준으로 한 표준시를 정립할 수 있게 되었는데, 군호가대수인가? 내가 볼 땐 군호만으로도 모자라네. 혹여 바라는게 있는가?"

"신은 아무것도 바라지 않사옵니다. 일찍이 천대받던 삶에지쳐 모든 것을 포기했었던 미천한 이가 성상께 받은 은혜에보은하고자 벌인 일일 뿐이옵니다."

장영실은 내가 아니었으면 원역사처럼 조용히 사라졌을 거라 말한 거나 다름없기에, 난 고개를 저으며 답했다.

"당상관의 반열에 오른 이가 스스로 미천하다 여기는 건 모든 당하관에 대한 모욕일세."

"신이 지금 성상께 바라는 게 있다면, 성상의 제지이옵니다."

"내 재지를 바란다고?"

"예, 신이 이곳에 오기 전에도 저것을 작게 개량할 방안을 연구하고 있었사옵니다. 그래서 성상의 현명하신 발상이 필요할 듯하옵니다."

"그런가. 내가 도울 일이 있다면 얼마든지 돕겠네."

"참말이십니까?"

내 대답을 들은 장영실이 흡사 먹이를 노리는 매와 같은 눈을 보이며 나를 바라보았기에 나도 모르게 움츠러들었다.

"그렇네만……."

"그럼 먼저 신이 구상한 도면부터 봐주심이 어떻겠습니까?"

"그러지."

너무나도 기쁜 나머지 업무를 내팽개쳤던 난 장영실의 시계 도면과 더불어 각종 부품이 가득 담긴 대차를 받게 되었고, 동시에 직감했다.

당분간 야근은 확정이구나.

*   *   *

조정으로 귀환한 광무왕이 자진해 업무의 무덤을 파고 들어갔을 무렵, 그의 왕호를 딴 광무함은 본격적인 동쪽으로의 항해에 앞서 해삼위(블라디보스토크)를 거점 삼아 기항지가 될 만한 섬들을 찾고 있었다.

"산남(山南), 배 생활은 좀 적응되었느냐?"

광무함의 함장이자, 원정 함대 해사제독인 최광손이 친우 남빈의 아들을 선장실에 불러서 묻자.

광무함의 신입 무관 남이(南怡)는 부동자세를 취하며 답했다.

"예! 소관은 선임들의 배려로 인해 많은 걸 배우고 있습니다!"

"그래, 힘든 건 없고?"

"없습니다!"

"거참, 네 아비를 닮은 것인지 대답이 재미가 없네."

"송구합니다!"

최광손은 장난치듯 말했지만, 당사자인 남이는 하늘과도 같은 상관에게 큰 소리로 답할 수밖에 없었다.

"흐음, 아직도 육지 물이 덜 빠진 것 같군."

"송구합니다!"

남이는 세자 이홍위, 그리고 최영손과 함께 한성부 관아 소속으로 군역을 치렀지만.

광무함의 승선무관이 된 후엔, 육지와는 완전히 다른 선상 생활에 적응하느라 고생 중이기도 했다.

"자네, 지금 담당한 업무가 뭐지?"

"예, 현재 소관의 업무는 견시입니다!"

"…그래? 견시를 맡기 전에 했던 건?"

"취사를 담당했었습니다!"

"그런가. 얼마 안 남았구나. 조금만 더 버티면 될 거다."

남이는 최광손의 말뜻을 몰랐지만, 먼저 대답이 나왔다.

"예, 알겠습니다!"

광무함의 현 승선 인원은 1,068명이었고, 그중 지휘관급인 무관의 수는 40여 명이었다.

광무함에 처음 배치되었던 승무원의 절반가량은 최광손이 서역 항로를 개척할 때부터 최광손의 배에서 함께했던 이들이며, 나머진 개척 선단 소속으로 동행했던 선원들이다.

오랜 기간을 함께 고생했던 광무함의 모든 무관과 수병들은 출신지와 신분을 넘어 가족이나 형제 같은 유대감을 형성했고, 천하제일의 전함 소속이란 자부심과 함께 배타적인 성향을 띠게 되었다.

그 결과 그들은 새로 온 승무원을 훈련하기 위해 엄격하게 대했고, 신입 무관들은 함장과 상급 무관들의 묵인하에 수병이나 마찬가지의 대우를 받으며 고생하고 있었다.

대면을 마친 남이는 선장실에서 물러나 관찰 업무에 복귀했고, 세 시간 후 그의 시야에 거대한 해안선이 들어왔기에 그 소식은 곧장 선장실에 전달되었다.

"제독 대감, 아무래도 여긴 왜국 북쪽에 있다는 거대한 섬 같습니다."

최광손은 부관 첨절제사 왕충의 말에 해도를 짚으며 답했다.

"지금 우리가 해삼위에서 북동 방향으로 움직였으니, 아마 위치가 이쯤 되겠군."

최광손이 짚은 위치는 사할린 섬의 남쪽이자, 미래엔 홋카이도라고 불리는 섬의 최북단의 해협 소야 만(宗谷湾)이었다.

"저 땅에 상륙하실 겁니까?"

"굳이 오르지 않을 이유도 없잖은가. 그래도 왜국과 가까우니, 나름대로 말이 통하는 이들이 살 듯한데."

"예, 알겠습니다."

그렇게 최광손과 함께 선발된 탐험대 200여 명이 육지에 올랐고, 강줄기를 따라 남쪽으로 움직이며 여분의 식수부터 확보했다.

"이럴 때 누군가 나타날 법도 한데……."

최광손은 친우가 왕으로 재위 중인 다두 왕국, 즉 대만의 원주민과 적대적인 만남을 가졌던 기억을 떠올리며 말하자, 그와 같은 일을 겪었던 무관이 답했다.

"제독 대감, 말이 씨가 된다는데 그건 좀……."

그러자 최광손은 웃으면서 말했다.

"씨가 되라고 이러는 거야. 이번엔 왜국 말 할 줄 아는 녀석
도 미리 준비시켜 놨잖나."

현재 광무함의 승무원은 여러 나라 출신의 선원으로 이뤄
져 있었고, 개중 절반가량은 산동과 구주 출신의 이들로 채워
져 있었다.

나머진 조선계가 대부분이며, 신입 승무원 중엔 티무르와
벵골, 대월국과 마자파힛 출신으로 조선에 귀화한 선원들도
있었다.

"그리고, 너희들을 중무장시킨 건 혹시 모를 사태에 대비한
거니까, 긴장 풀지 말라고."

최광손의 말대로 무관들에게 판금 갑옷을 입혀 습격에 대
비하고 있기도 했다.

강에서 식수를 확보한 탐험대가 이틀간 이동해 거대한 호
수가 보이는 곳에 도착하자, 끊임없이 들리던 새소리가 멈췄기
에 사태를 직감한 최광손이 나지막이 말을 꺼냈다.

"자자, 손님… 아니지. 지금은 우리가 이곳의 손님이구나.
아무튼 이곳의 터줏대감들을 맞이할 준비를 하자고."

최광손의 말대로 이동하던 이들이 전투대형을 갖춘 채 멈
추자, 근처의 숲속에서 나무 막대와 활을 든 한 무리의 사람
들이 나와 탐험대에 천천히 접근했다.

그들은 짐승 가죽과 물고기 껍질을 기워 만든 신발을 신은

데다, 독특한 사선과 미로와도 같은 줄무늬로 장식된 외투를 입고 있었고.

개중 몇 명은 옷의 장식무늬와 비슷한 문양이 새겨진 단검을 허리에 차고 있었다.

"내 명령이 떨어지기 전까진, 공격을 금한다."

최광손의 명에 탐험대 일동은 절제하며 짧게 답했다.

"예."

"신노, 네가 나서서 말부터 걸어봐라."

"예, 제독 대감."

구주 출신의 수병 신노스케, 짧게 줄여 신노라 불리는 이가 나서서 왜국 말로 외쳤다.

"이보시오! 우린 이곳에 싸움을 바라고 온 것이 아니오!"

신노는 이 땅의 원주민들에게 왜국 말로 거듭 소리치며 말을 걸었지만, 그들에게서 돌아온 대답은 그가 알아들을 수 없는 말뿐이었다.

"저… 제독 대감, 저들이 쓰는 말은 제가 전혀 못 알아듣겠는데요? 완전히 헛짚은 듯합니다."

"하아, 어쩔 수 없군. 내가 나서는 수밖에."

한숨을 내쉰 최광손은 무기를 버린 채 경계하던 원주민들에게 접근했고, 숙달된 몸짓으로 몸의 대화를 시도하기 시작했다.

"나, 여기서 서쪽, 조선에서 왔다! 여기 사는 너희랑 안 싸워. 친하게, 지내자!"

최광손은 그간의 남방 항해 경험으로 여러 섬의 선주민들과 접하며 만국 공용어나 다름없는 신체적 언어를 터득했고, 나름대로 우호를 쌓을 수 있었다.

그런 최광손의 필사적인 몸부림이 통했는지, 몇몇 이들은 그런 그의 모습에 해맑게 웃었고, 나뭇가지로 땅에 그림을 그리며 답했다.

그렇게 조선과 아이누의 역사적인 첫 만남이 성사되었다.

*　　　　　*　　　　　*

최광손과 탐험대 일원들은 호수 남쪽에 있는 마을에 초대받아 원주민들과 함께 이동을 시작했다.

"제독 대감, 저들의 마을에 따라가도 괜찮겠습니까?"

본래 통역 임무를 위해 나섰으나, 지금은 본연의 임무로 돌아가 선임 수병으로 병사들을 통제하던 신노스케가 최광손에게 나지막이 묻자, 그는 웃으며 답했다.

"여태 만난 이들 중에서 우릴 초대해 놓고 공격했던 일족들이 있었냐?"

"아직 없었긴 합니다만……. 그래도 남방에서 제독 대감을 따라갈 때마다 마음 졸인 것도 사실이지요. 안 그렇습니까?"

신노스케가 앞에서 사주경계 하던 선임 무관 박장석에게 동의를 구하듯 묻자, 그도 작게나마 고개를 끄덕이며 긍정의 의사를 표했다.

"장석이 자네도 날 그리 미덥지 않게 생각하고 있었단 말이야?"

최광손이 박장석을 바라보자 그는 빠르게 시선을 돌리며 딴청을 피웠다.

"우리 첨절제사 나리도 이 자리에 계셨으면 고개를 끄덕이셨을 겁니다."

최광손의 오랜 친구이자 부관이며, 광무함의 부선장인 첨절제사 왕충은 배에 남아 있었다.

"아, 왕가가 여기 없으니 다행이로군."

최광손이 한숨을 쉬며 답하자, 신노스케가 잔소리하듯 말을 이어갔다.

"지난번 항해 때도 그랬지만, 주민들에게 아무거나 받아 드시는 건 좀 자제해 주십시오."

"현지 주민들과 우호를 쌓는 데는 초대받아서 같은 걸 먹는 게 만고의 진리인 거 몰라?"

"예, 마지막에 방문하셨던 마을에선 드신 걸 전부 게워내시곤 속탈이 나셨잖습니까."

"그때 먹었던 벌레가 너무 기름져서 그랬던 거지. 아니면 물이 나한테 안 맞았을 수도 있고."

"아무튼, 제독 대감께 탈이 생기면 안 됩니다. 최소한 선의(船醫)에게 먼저 먹어도 되는 건지라도 물으시고 드시지요."

"허이구, 우리 배엔 이리도 시어머니가 많아서 원…… 내가 제명에 못 살겠네."

"저… 아니, 저흰 제발 제독 대감께서 만수무강하시길 바라니 이러는 겁니다."

"그래, 그거 참 눈물 나게 고맙네."

"진심으로 드리는 말씀입니다."

본래, 광무함의 선임 수병이긴 하나 신노스케가 최고 상관이자 정2품의 품계를 가진 고관에게 이리 편하게 말하는 것부터가 최광손의 평소 성품을 대변해 준다 할 수 있었다.

가족처럼 뭉친 이들은 누구라고 할 것 없이 최광손을 맏형처럼 따랐고, 가끔 그가 보이는 무모한 행동에 가슴을 졸여야 했다.

그만큼 최광손은 승무원 모두에게 사랑받는 상관이었으며, 그가 만나는 현지인들조차 그에게 호감을 느꼈다.

최광손은 타고난 친화력을 바탕으로 대만의 다두왕 바타안을 비롯해 현 인도네시아 지방에 자리 잡은 마자파힛 왕국의 세력이 미치지 않는 여러 섬의 원주민 족장들과도 친구 사이가 될 수 있었다.

"그나저나, 저들의 마을 규모가 어느 정도인지는 모르겠는데, 이만한 인원이 전부 머물 만한 공간은 안 나오겠지?"

최광손이 지난 경험들을 살려 추측하자, 이번엔 선임 무관 박장석이 답했다.

"도착해서 상황을 보고 마을 바깥에 막사를 짓도록 하지요."

"그래, 그건 그렇고 여러 곳을 돌아다녔지만, 조선에서 가까운 곳에 이런 이들이 사는 걸 전혀 몰랐었네."

"저들이 자신을 지칭하는 명칭 같은 게 있었습니까?"

"잘은 모르지만, 나와 소통할 때 저들 자신을 가리키며 우타리라는 말을 반복하더군."

"그럼 저들 일족의 명칭이 우타리인 걸까요?"

"아직 모르겠네. 아이누라는 단어도 반복적으로 나온 걸 보면 두 명칭을 혼용해서 쓰는 걸지도."

그렇게 최광손과 박장석이 대화를 하며 호숫가를 따라 이동하고 있을 때, 그들의 눈에 거대한 불곰이 물고기를 입에 문 채 호수에서 나오는 광경이 들어왔다.

"전투대형으로!"

최광손의 명령이 떨어지자, 탐험대는 일사불란하게 판금 갑옷으로 무장한 무관들을 선두로 하여 장창과 총이 조합된 사격진으로 진형을 개편했다.

그들보다 앞서서 가고 있던 원주민들은 탐험대에게 뭐라 소리쳤지만, 조선 측에서 알아들을 수 있는 단어는 카무이라는 단어 하나뿐이었다.

탐험대와 30걸음 정도의 간격을 둔 불곰은 수많은 인원이 모여 있는 것을 보곤, 경계하며 천천히 걸음을 옮겼다.

"제독 대감, 명을 내려주시지요."

박장석의 물음에 속으로 시기를 가늠하던 최광손의 명령이 떨어졌다.

"지금이다, 쏴라!"

최광손은 혹시 모를 위협을 미리 제거한다는 판단으로 사격을 명했고, 50여 정의 총구에서 일제히 발사된 원추형의 탄환이 불곰의 몸을 파고들어 갔다.

그러나 이들이 예상하지 못한 사태가 벌어졌다.

수많은 총알을 몸으로 받아낸 불곰은 운 좋게도 치명적인 급소를 피해 살아남았고, 분노하여 탐험대를 향해 빠르게 뛰어오기 시작한 것이었다.

불곰이 돌진하자 몇몇 병사들은 당황했지만, 최광손은 침착하게 외쳤다.

"창을 세워라!"

최광손의 명에 따라 탐험대는 장창을 앞으로 내밀었고, 달려오던 불곰은 앞발을 휘둘러 창 한 자루를 부러뜨렸지만, 이내 수많은 병사의 공격에 자잘한 상처를 입으며 분노의 포효를 내지르게 되었다.

이윽고 불곰은 인간들을 위협하려 일어서서 거대한 덩치를 과시했고, 그 크기는 무려 2.5미터에 달했다.

탐험대 일원들 중 대부분은 이만한 크기의 곰을 본 경험이 없었고, 개중엔 곰을 아예 본 적도 없었던 이들도 있었다.

몇몇 인원들이 압도적인 크기를 자랑하는 불곰이 뒷발로 서서 양팔을 벌리는 모습에 겁을 집어먹자, 선두에서 판금 갑옷으로 무장한 무관들은 갑옷을 두들기며 쇳소리로 곰의 시선을 끌었다.

그 와중에 원주민들은 촉의 재질을 알 수 없는 목제 화살을 쏘아 탐험대를 지원했다.

최광손은 상황을 면밀히 파악한 후, 빠르게 재장전을 마친 초병들에게 지시했다.

"주목! 대웅이 일어서서 가슴이 노출되었으니 심장 부근을 노려 쏴라!"

최광손은 명령을 내림과 동시에 수석식 권총으로 불곰의 눈을 노려 쏘았고, 그의 공격을 신호 삼아 두 번째 일제사격이 개시되었다.

가슴을 노린 일제사격에 맞아 비틀거리던 불곰은 곧바로 넘어졌고 가쁜 숨을 들이쉬다 잠시 뒤 숨이 끊어졌다.

"허, 생명력이 질기기도 하지. 그나저나, 이리도 큰 곰은 난생처음 보네."

최광손은 진지하게 탐험대를 지휘할 때와는 다르게 금세 표정을 바꿔 호들갑을 떨었고.

탐험대원들은 부수입을 얻을 수 있게 되었다며 환호했다.

그러나 원주민들이 이들에게 다가와 곰을 가리키며 키문 카무이라는 말을 반복하면서 몸짓으로 무언가를 말하자.

탐험대 일동은 고개를 돌려 원주민과 유일하게 말이 통하는 최광손을 바라보았다.

그렇게 나선 최광손은 근 30분 가까이 그림과 몸짓을 동원한 원주민들의 설명을 끈기 있게 경청했고, 이해했다는 듯한 몸짓을 보이며 나름대로 파악한 단어를 섞어가며 대답했다.

"이 대웅이 키문 카무이라고? 이게 그대들의 산신령이란 건가?"

그러자 그들도 나름대로 최광손의 뜻을 이해하며 고개를 끄덕였고, 최광손의 양해하에 곰의 사체로 접근할 수 있었다.

"제독 대감, 설마 저들이 대웅을 가져가게 하시려는 겁니까?"

박장석의 물음에 최광손은 고개를 끄덕이며 답했다.

"일단은 그래."

수많은 총상을 입긴 했지만, 탐험대는 보기 드문 덩치의 불곰 가죽을 벗겨 가면 짭짤한 부수입을 올릴 수 있을 거라 기대했었다.

게다가 저만한 덩치의 곰이면 웅담 역시 거대할 거라 여겼기에 흔쾌히 사체를 내어 준 최광손의 조치는 자칫 잘못하면 불만이 터져 나올 만한 결정이라 할 수 있었다.

"제독 대감이 그리 결정하셨으면 그만한 이유가 있겠지요."

"뭐, 아쉽긴 해도 어쩔 수 없지요."

그러나 선임 무관 박장석과 선임 수병 신노스케가 어쩔 수 없다는 듯 고개를 끄덕이자, 다른 승무원들 역시 웃으며 선장의 지시에 불만을 가지지 않았다.

"대체 저들이 뭐라고 한 겁니까?"

박장석의 물음에 최광손은 자신이 이해한 만큼의 설명을 이어갔다.

"저들에겐 저 대웅이 산신령 같은 존재라고 하더군. 그래서 마을로 가져가 제사 같은 의식을 먼저 지내야 한다는 것 같아."

"아아, 그런 거였습니까? 여기선 대웅이 산군과 비슷한 대우를 받나 봅니다."

조선의 민간에서도 호랑이를 산군이라 부르며 존중하는 태도를 보였기에, 조선 출신 선원들은 금세 저들의 풍습을 이해할 수 있었다.

"나도 그걸 떠올리곤 여긴 산군이 없냐고 그림을 그려서 물어봤더니, 그런 짐승은 없다고 한 거 같다."

"그렇습니까?"

최광손과 박장석이 대화하는 사이, 원주민들은 그들이 적중시킨 화살 주변의 살점을 조악한 날의 단검으로 도려내려 애를 썼다.

그 광경을 본 최광손은 다마스쿠스 강철제 단검을 꺼내 내밀었고, 안면 하관에 끈이 달린 천 주머니를 매달고 있던 중년의 사내가 그것을 받아 잠시 살펴보곤 작업을 재개했다.

그리고 중년의 사내는 새로운 단검의 예리함에 놀라 감탄을 내뱉으며 다른 이들에게도 보여주었다.

최광손은 웃으면서 중년 사내에게 입과 몸을 동시에 움직이며 말했다.

"그게 마음에, 들었으면, 가져라. 선물이다."

그러자 중년의 아이누 사내는 환하게 웃으며 새 친구가 준 선물에 기뻐했고 그 역시 몸짓과 그림으로 최광손에게 지금 하는 작업에 관해 설명했다.

"제독 대감, 뭐라고 한 겁니까?"

최광손은 사실 설명의 반도 알아듣지 못했지만, 그간 쌓아온 눈치로 상황을 파악하곤 박장석에게 답했다.

"저들이 쏜 화살에 독이 발라져 있는 거 같은데. 그래서 부근의 살점을 잘라내는 거 같아."

"역시… 제독 대감께선 대단하십니다."

"뭐가?"

"저들과 알게 된 지 얼마 되지도 않았는데 나름대로 말이 통하고 있지 않습니까."

"하하, 응당 이 정도는 기본 아니겠어?"

원주민들이 독이 묻은 부분을 제거하자, 몇몇 수병이 불곰 사체를 나르는 것을 도왔고.

이들 일행은 해가 지기 전에 아이누의 마을에 도착할 수 있었다.

마을의 주민들은 수많은 외부인이 사냥을 나갔던 사내들과 함께 돌아온 것을 보고 놀랐지만.

최광손에게 단검을 선물 받은 사내가 무어라 설명하자 이내 태도를 바꿔 새로운 손님들을 환영했다.

주민들은 마을 중앙에 모여 사냥한 불곰을 신의 나라로 되돌려보내는 의식을 주관했고, 탐험대는 그 광경을 보며 입맛을 다셨다.

"제독 대감, 저기 저것들 보이십니까?"

신노스케가 가리킨 장대 위엔 수많은 불곰의 머리뼈가 독특한 무늬의 천 조각들로 장식되어 있었다.

"우리 눈엔 특이하긴 해도 여기선 흔한 광경이겠지."

"남방의 섬에선 인골을 저렇게 방치해 놓는 곳도 있었습니다."

"그건 방치가 아니라 그들 나름의 장례식이었어."

"어휴, 그렇다 해도 소관이 보기엔 영 꺼림칙하더군요. 그나저나 걱정입니다."

"뭐가?"

"이러다 나중에 사람을 잡아먹는 족속이라도 만나는 거 아닌가 해서요."

"먹을 게 없으면 그러는 이들이 있기도 하겠지. 내가 아는 한, 우리 쪽도 기근이 들면 시체를 먹는 이가 없었던 것도 아니고."

"그건 그렇지만, 사람을 잡아먹는 행위를 즐기는 족속이 어딘가에 있을 수도 있잖습니까."

"에이, 설마. 그건 지나친 생각 아니냐?"

"거, 저도 다른 무관 나리들에게 고사를 들었습니다. 옛 중원 땅에서도 사람을 여럿 잡아다 죽이고 먹었다던데요."

그러자 문관을 지망했었기에 나름대로 학식을 갖추고 있던 최광손이 고개를 저으며 답했다.

"혹시, 옛 상나라 이야기인가? 그건 먹은 게 아니라 이족을 잡아다 제물로 바친 거야. 그리고 옛 성현들의 노력으로 그런 악습은 결국 근절되었지."

"아무튼 옛 중원에 그런 선례가 있으니, 세상 어딘가에 비슷한 족속들이 없으리란 법도 없잖습니까."

"그런 극악무도한 놈들이 세상에 있겠냐. 걱정이 지나치구나."

"그런가요. 그나저나 여기 여인네들은 참 기괴하게도 생겼네요."

"뭐가? 혹시 입가에 뭔가 그려놓은 거 보고 말하는 거야?"

"예, 저거 아무리 봐도 화장 같은 게 아니라 자묵을 새긴 겁니다."

신노스케의 말대로 적령기가 된 아이누 여성들은 입가 주변에 먹으로 문신을 새겼고, 개중엔 얼굴의 절반가량을 덮는 문신을 한 노파도 있었다.

"신노야."

"예."

"네 고향에선 허연 얼굴에 눈썹을 동그랗게 밀고 이빨을 검게 물들이던 걸 미의 기준으로 삼았었다며. 그런 데서 자란 네가 저걸 보고 뭐라 할 깜냥이 되냐?"

그러자 신노스케는 창피한 표정을 지으며 답했다.

"…옛날에나 그랬고, 요즘은 안 그러는데요."

최광손의 말대로 일본의 전통 화장법은 납이 잔뜩 함유된 백분을 겉으로 드러나는 피부에 전부 바르고 둥근 눈썹에 이빨을 검게 물들이는 방식이었다.

그러나 왕명으로 인체에 치명적인 납이 함유된 백분의 유통이 구주에서 금지된 데다.

구주의 영주들이나 사족들이 조선의 문물을 받아들여 복식을 따라 하자, 영향을 받은 백성들도 달라지고 있었다.

"내가 보기엔 각자 보는 관점이 다른 것뿐이고, 외부인의 가치관으로 일방적으로 매도할 만한 기괴한 풍습은 없었어."

최광손이 그간 쌓아온 경험이 함축된 말을 꺼내자, 신노스케는 감탄하며 답했다.

"제독 대감께선 참으로 도량이 넓으신 거 같습니다."

최광손은 난데없는 칭찬에 쑥스러운 표정을 지으며 답했다.

"그래? 나도 처음부터 이랬던 건 아니야. 내 여러 친우 덕에 그렇게 변한 거지."

"아, 대감. 저들의 의식이 끝난 모양입니다."

불곰의 사체 주변에 여러 음식을 쌓아놓고 춤을 추며 노래하던 이들은 최광손에게 선물을 받았던 사내가 하늘로 화살을 쏘자 거기에 맞춰 노래와 춤을 멈추었다.

그렇게 의식이 끝나자, 중년의 사내는 이제껏 쓰고 있던 모자와 더불어 턱에 감고 있던 주머니를 풀었다.

"저 주머니가 뭔가 했더니, 사냥 도중에 수염이 거치적대지 않게 모으는 용도였구나."

최광손이 감상을 늘어놓자 신노스케는 다른 부분을 지적했다.

"저들도 우리처럼 머리를 짧게 유지하네요?"

"그러네. 저걸 보니, 유학의 도가 이 땅에 전파된 적이 없었다는 건 알 수 있군."

"그게 또 그렇게 되는 겁니까?"

"당연한 것 아니냐. 우리야 군무를 수행하는 몸이니, 전투력을 유지하기 위해 주상의 명을 받아 이런 머리를 하는 거지."

"그런데 소관이 이런 짧은 머리를 오래 하다 보니, 도리어 촌마게… 아니, 상투 튼 사람들이 되레 촌스러워 보이던데요."

"뭐 요즘은 무관들 따라 머리를 자르는 이들도 있다곤 듣긴 했어."

"예, 요즘엔 이발소(理髮所)라는 업장도 생겼다고 들었습니다."

"그나저나, 슬슬 배가 고픈데 저들의 제사상에 차려진 진설(차례 음식)만으론 부족하겠군. 우리도 가져온 걸 조리해 저들에게 대접하도록 하지."

"알겠습니다. 바로 취사 담당에게 전달하겠습니다."

최광손의 명에 따라 마을 바깥에서 대기하던 취사병들이 조리에 한창일 때, 중년 사내가 최광손에게 다가왔다.

"과웅손 닛파."

"아, 호로케우. 그 이름이 맞던가? 아무튼 내 이름을 기억하고 있었나 보군. 무슨 일?"

최광손이 몸짓으로 대화를 시작하자, 풍성한 수염을 드러낸 중년의 사내 호로케우는 의식에 동원된 음식을 먹는 시늉을 하며 최광손과 탐험대를 가리켰다.

그러자 최광손은 자신의 배를 가리키며 그것만으론 부족하다는 의사를 표했고, 이내 땅바닥에 그림을 그려가며 가져온 음식을 그들에게 나누어 주겠다는 뜻을 전달했다.

탐험대의 취사 담당이 가져온 쌀로 밥을 하는 사이, 최광손은 마을의 노인들에게 인사하며 친분을 쌓았고, 그들에게 사탕을 건네며 먼저 먹는 시범을 보였다.

사탕은 깨무는 게 아니라 녹여서 먹는 거란 최광손의 세심한 시범 덕에, 아이누 노인들의 치아가 상하는 불상사가 벌어지지 않았고.

그들은 평소 당분을 보충하기 위해 먹던 나무 수액을 몇십 배로 농축한 듯한 맛에 연신 감탄의 말을 내뱉었다.

"힌나라는 단어가 칭찬의 뜻인가?"

최광손이 기분 좋은 표정으로 노인들을 바라보자, 호로케우가 다가와 곰의 사체를 가리키며 몸짓으로 말했다.

"아아, 저걸 이제 해체하자는 건가?"

사내의 말은 곰을 신의 나라로 돌려보냈으니 그 은혜를 모두와 나누겠다는 뜻이었지만, 결과적으로 보면 최광손의 해석도 틀리지 않았다.

그렇게 불곰의 가죽이 먼저 해체되었고, 그것을 지켜보던 주민들과 탐험대의 일원들은 총알 세례로 인해 벌집처럼 너덜너덜해진 가죽을 보곤 각자 다른 의미로 한숨을 쉬었다.

주민들은 곰의 몸을 빌린 신령, 키문 카무이가 극심한 고통을 받아 죽은 것에 안타까워했고, 탐험대원들은 모피의 가치가 낮아진 것에 안타까운 마음을 금치 못했다.

곰의 사체가 해체되자, 산동 출신의 탐험대원이 최광손에게 물었다.

"제독 대감, 곰의 앞발이야말로 진미 중의 진미입니다. 소관이 나름대로 처리법을 배운 적이 있는데, 저기 참여하게 허락해 주시겠습니까?"

"그래, 내가 저들에게 이야기하지."

최광손은 아이누 사내들에게 양해를 구해 탐험대 측에서도 해체 작업에 참여하도록 만들었다.

그렇게 해체가 진행되자, 이들은 또 다른 난관에 부닥쳤다.

두꺼운 지방층 속에 박혀 있는 수많은 총알을 전부 끄집어 내야 했던 것이다

"대감, 이 대웅은 아무래도 겨울잠을 자려고 먹을 것을 잔뜩 먹고 몸을 키웠었나 봅니다. 총알이 제대로 안 먹힐 만도 했군요."

총알을 꺼내며 해체에 열중하던 산동 출신의 선원이 감상을 늘어놓자, 총알을 처음 본 아이누의 사내들은 자기들끼리 그것의 용도에 관해 이야기하며 손을 움직였다.

"아무래도 저들은 총이 대롱이고 총알을 독침의 일종으로 생각하는 모양인데."

눈치로 대화 내용을 짐작한 최광손이 추측을 늘어놓았고, 실제로도 거의 비슷한 대화가 오갔다.

"대감, 웅담 크기가 웬만한 곰의 두 배가량 되는 거 같습니다. 다행히 총에 맞아 상하지도 않았군요."

조심스럽게 내장을 해제한 탐험대원의 말에 최광손은 기뻐하며 답했다.

"그래? 귀환하면 비싸게 팔아서 자네들에게 전부 나눠 주지."

그렇게 생각지 못한 수입을 올리게 된 탐험대는 기뻐했고, 이윽고 주민들과 음식을 나누어 먹으며 친분을 쌓았다.

"대감, 여기 주민들의 음식엔 밥이 없는 것 같습니다."

선임 무관 박장석의 말에 최광손은 고개를 갸웃대며 답했다.

"혹시 이번 해에 농사를 망쳐서 쌀이 없는 건가?"

"그럴 수도 있겠네요. 어쩌면 기후가 추워서 농사가 안 되는 땅일 수도 있겠습니다."

"뭐, 직접 물어보면 알겠지."

최광손은 어느새 친구처럼 가까워진 호로케우와 이야기를 나누었고, 최광손이 이해한 대로라면 이들에겐 쌀이란 작물이 아예 없었다.

그가 알아낸 사실을 탐험대원에게 알리자, 그들은 모두 충격을 받아 식사를 멈추고 주민들을 불쌍한 눈으로 바라보았다.

"세상에 밥을 먹어본 적이 없다니……."

"허……. 밥이 없는 삶은 차마 상상이 안 가는데."

"제독 대감, 우리가 가져온 쌀을 나눠 주는 건 어떻겠습니까?"

어떤 대원들은 기꺼이 자신의 밥그릇을 주민들에게 내밀며 먹어보란 시늉을 했고, 생선과 토란의 일종이 들어간 국을 먹던 아이누 주민들은 생전 처음 보는 음식에 낯설어하면서도 관심을 보였다.

생전 처음으로 쌀밥을 맛본 이들은 처음엔 익숙하지 않은 맛으로 인해, 고개를 젓기도 했으나 오래 씹을수록 배어 나오는 은은한 단맛을 느끼곤 그 진가를 알아챘다.

그렇게 쌀 맛을 알게 된 아이누 측에선 조선과 교류해 나가야 할 필연적인 이유가 생기게 되었고, 조선에선 신대륙으로 진출하기 전 최고의 기항지를 평화롭게 확보한 것이나 다름없게 되었다.

제5장

기묘정변

　1459년의 가을이 끝나고 겨울이 시작될 무렵, 난 북방 해삼위를 통해 전달된 최광손의 장계를 받았다.

　대칸이 되어 늘어난 업무로 바빴던 내게 그가 보내온 소식은 반갑기 그지없었다.

　최광손은 본격적인 동쪽 항해에 앞서 기항지를 확보하기 위해 나섰던 탐험에서 북해도에 사는 원주민인 아이누와 접촉해 우호를 쌓을 수 있었다고 한다.

　생긴 것관 다르게 세심한 면이 있는 최광손은 그가 관찰한 아이누족의 풍습을 상세하게 적어 내게 보고했다.

또한 그가 남방과 서역 항로를 항해하며 접촉했던 주민들에 대한 보고서도 차마 셀 수 없이 많을 정도니, 훗날 중요한 연구 자료가 될 수 있을 거라 생각한다.

"원정 함대 해사제독이 새로 발견한 땅의 이름을 북해도라 명명하고, 저들의 요청대로 농사를 가르칠 권농관을 파견하려 하네."

최광손의 장계를 받은 다음 날 개최된 조회에서 내가 안건을 꺼내자, 농조판서 이천이 답했다.

"폐하께서 북해도라 명명하신 섬을 다두처럼 새 조공국으로 만드실 의도이시옵니까?"

"해사제독의 장계를 읽어보니, 그가 만난 일족은 외세와 교류도 없는 데다 성품이 순박하고 싸움을 싫어한다 하더군. 그런 이들론 내전을 통해 단기간에 왕국으로 성장한 다두처럼 만드는 건 힘들겠지."

"그럼 오랜 시간이 필요할 듯싶습니다."

"북해도가 규모를 갖춘 나라로 발전하는 건 짐의 치세엔 힘들 거라 보이네. 아조와 교류를 원하는 북쪽 해안가부터 시작하면서 차츰 영향력을 넓혀가는 정도가 현 상황에서 최선이라 생각되노라."

"예. 신이 생각하기엔 북해도가 왜국과 인접한 만큼, 왜국의 영주들에게 영향을 받고 있을 듯합니다."

"농판의 말이 맞네. 장계에 적혀 있진 않았지만, 북해도 남부는 인접한 가키자키 관부(蠣崎官部)가 영향력을 미치고 있으리라 짐작되네."

사실 이건 짐작이 아니라, 실제로 벌어지고 있는 일이다.

"그럼, 북해도 남쪽의 주민들은 왜국과 교류하거나 중이라는 뜻이십니까?"

"그렇네. 실제로 일전에 막부의 섭정 대신 호소카와 가문에서 보냈던 장계의 본주(本州, 혼슈) 북방에서 조공을 받던 이족과 분란이 일어났다는 문구를 미뤄 볼 때, 북해도와 연관된 일이라 생각되네."

1457년에 북해도 남부에 살던 아이누 족장 고샤마인의 봉기가 일어났고, 왜국의 호족들과 전쟁을 시작해 산발적인 교전을 벌이고 있다.

그 결과 원역사에선 근 100년에 가까운 기간 동안 아이누와 왜국의 분쟁이 벌어지게 되었고.

끝까지 저항하긴 했으나 하나가 되지 못한 아이누족은 왜국 측에 굴복하고 말았다.

"폐하께서 바라신다면, 서신 한 통만으로도 그들의 분란을 멈추실 수도 있으실 겁니다."

"그렇겠지. 하지만, 북해도의 주민에게 조공을 받던 영주들은 그 땅에 미련을 버리지 못할 걸세. 겉으론 짐의 명을 따르는 척하며 딴생각을 품을 수도 있네."

"현재 왜국을 다스리는 막부와 왜왕이 폐하께 신종했사옵
니다. 그런데 일개 영주 따위가 감히 폐하의 명을 무시할 수
있겠사옵니까?"

"그것도 맞는 말이지만, 왜국은 중원의 전국시대처럼 여러
나라의 연맹이나 마찬가지. 현 왜왕이자, 막부의 수장인 정이
대장군은 천자를 자칭하는 왜황(倭皇)과 더불어 명목상의 군
주이며 구주가 아국에 편입된 지금의 상황에선 지방 영주들
에 대한 영향력이 줄어든 상황이네."

"으음……. 신이 그곳의 사정에 어두워 착각하고 있었나 봅
니다."

"아닐세. 지금쯤이면 월국에 도착했을 예조판서나 예조의
관원들 말곤, 타국의 사정에 어두운 게 당연하겠지."

예조판서 신숙주는 얼마 전 내 명을 받아 대월국의 사신단
으로 파견되었다.

"아무튼, 북해도와 교류는 해사제독이 현지어로 소유야라고
칭한 마을에 권농관을 파견하는 것으로 시작하도록 하지. 아
국은 그들 스스로 힘을 키우도록 돕는 것이 최선이라 보이네."

그냥 군대를 보내서 개입하는 게 가장 쉬운 일이긴 하지만,
서역 원정의 여파도 있고 무리하게 군대를 보낼 만한 명분도
없다.

따라서 아이누 스스로 힘을 키우도록 간접 지원하는 게 이 상황에서 최선이라 생각된다.

"예, 신이 농조의 신입 관원들과 더불어 그곳에서 가까운 해삼위의 관원을 보내도록 조처하겠습니다."

"그리고 예조참판은 예조의 명의로 막부에 서신을 전달하게나."

내 말을 들은 예조참판 서거정이 질문했다.

"폐하, 어떤 내용의 서신을 보내면 되겠사옵니까?"

"북해도 북부의 이들이 짐에게 공물을 바치기로 약조했고, 아조는 그 대가로 관원들을 파견해 그들을 돕게 되었으니 현지 영주들의 협조를 바란다는 내용으로 적게나."

이 정도로 이야기해 두었으면 그 지방의 호족이나 영주들도 눈치를 볼 테고, 무력을 내세우던 기존의 방침을 바꿔 회유하려 들겠지.

"신 예조참판 서거정이 지엄하신 황명을 받들겠사옵니다."

북해도의 안건이 먼저 정리되자, 다음은 동진을 준비하는 원정 함대에 지원할 물자들에 대한 이야기를 나누었다.

난 원정대가 사용할 화약과 식량 그리고 의약품 등, 여러 가지 품목을 점검하도록 당부했으며.

거기에 덧붙여 가축으로 쓸 소와 돼지, 그리고 무엇보다 말을 여러 필 챙겨 가도록 지시했다.

또한 이번 원정에 식물학과 광물학의 전문가인 본초학자를 여럿 동행시키도록 지시했다.

그들에겐 따로 명령을 내려 새로운 종자나 약초, 그리고 비료로 쓸 초석과 인광석 같은 자원을 수집하도록 조치할 예정이기도 하다.

원정 함대 건을 마지막으로 회의를 마치자, 난 집무실인 천추전으로 돌아와 서류를 정리하며 동시에 앞으로의 계획에 대해 생각해 보았다.

이번 항해는 조선뿐만 아니라, 아이누와 신대륙 원주민의 운명이 바뀔 만한 계기다.

원역사에서 아이누는 왜국에 복속된 후, 철저하게 차별당하며 짐승만도 못한 취급을 당하며 살았고, 신대륙 원주민들 또한 비슷한 삶을 살았다.

아이누는 신분제가 사라진 미래에서도 그들의 전통문화와 말조차 강제로 잊히고, 공식 석상에서도 그들의 존재를 부정당했다.

당장은 아이누와 교역에서 얻을 만한 게 모피 같은 종류뿐이지만, 그 땅의 잠재력은 무궁무진하다.

지금의 채광 기술로도 개발할 만한 탄광과 금광도 있고, 그 무엇보다 엄청난 면적의 농경지를 확보할 수 있다.

또한 신대륙은 북해도와 비교조차 할 수 없을 정도로 무궁

무진한 잠재력이 있는 땅이다.

미래엔 우스갯소리로 신이 유일하게 은총을 내린 땅이 있다면 아메리카 대륙이라 할 정도로 그 땅에서 나지 않는 자원을 꼽는 게 더 빠를 정도기도 하고.

첫 항해는 캄차카와 베링 해협을 통한 항로를 확보하고 현지인들과 우호를 쌓으며 여러 가지 작물의 종자를 확보하는 것이 우선이기도 하다.

이후엔 원주민을 상대로 아이누에게 조치한 것처럼 지원하며 유화책을 펼 거고, 본국에선 전가 사변과 더불어 이주민을 모집해 살기 좋은 북미 쪽의 서해안 쪽부터 차근차근 잠식해 들어가는 게 목적이기도 하다.

현실적으로 내가 살아 있는 동안은 신대륙의 전역을 점유하는 건 무리겠지만, 후대엔 그곳을 조선의 영토로 남기는 것이 내 바람이다.

그 정도로 거대한 나라가 되면 조선이 연방제 국가와 비슷한 형태로 변할지도 모르지.

최광손의 원정 함대가 신대륙에서 감자를 비롯해 새로운 작물을 발견해 귀환하면, 극적인 변화가 생길 거라 상상하니 즐겁기 그지없다.

고추나 카카오 같은 기호품의 맛이 궁금하기도 하고.

무엇보다 경작할 수 있는 작물이 제한된 북방 영토는 물론이고, 조선 전역의 식량 생산량 단위가 달라질 거다.

공무를 처리하며 즐거운 미래를 상상하던 난, 평소보다 빠르게 일을 마치고 김처선을 불렀다.

"폐하, 신을 찾으셨나이까?"

"상선, 짐이 금일 처리해야 할 사안은 전부 분류해 대차에 두었네. 승지들을 불러 가져가도록 전하거라."

"예, 그리하겠습니다. 가선대부가 천추전에 들러 성상을 알현하겠다고 기별을 넣었사옵니다."

"오늘도?"

"예. 그렇사옵니다."

"알겠노라."

요즘 장영실은 하루가 멀다고 날 찾아와 시계의 제조 원리에 관해 묻고 있었다.

본래는 장영실의 요청으로 시계를 개선할 만한 방안을 찾아달라고 시작했던 일이지만…….

실상은 내가 장영실에게 부려먹히는 거나 다름없었고, 난 졸지에 사전을 뒤져가며 내가 한 발상인 양 여러 가지 기계식 시계의 도면을 그려야 했다.

그리고 얼마 전 아버지의 주도하에 심양의 화학자들이 뇌홍 합성에 성공했다.

뇌홍에 대해 알게 된 장영실의 제자 최공손은 스승을 따라

가는지, 날 찾아와 새로운 화기를 만들 수 있게 영감을 달라며 주청했고.

난 아무 생각 없이 그러겠다고 답했다가 지금은 스승과 제자가 번갈아 가며 내 업무실에 드나들고 있었다.

저들에겐 나란 존재는 말만 하면 뭐든지 꺼내는 도깨비방망이처럼 보이나 보다.

또, 근래 장영실과 그 제자가 배움을 빙자한 지식 착취를 일삼자, 거기에 영향이라도 받았는지 경연에 참석하는 이들도 주제와 상관없는 지식의 강연을 내게 청하게 되었다.

그들이 주로 묻는 건 화학 쪽이나 과학에 관련된 지식이었고, 난 미래에 검증된 상식이긴 하나 지금은 검증되지 않은 학설들을 내 가설인 것처럼 돌려서 이야기하며 넘기곤 했다.

또한 가설을 증명하는 건 내게 지식을 청한 이들의 몫이라며 떠넘긴 게 한두 번이 아니다.

대한의 작위를 얻어 격이 높아진 건 좋은데, 되레 일만 많아지고 여태껏 부리던 신하들에게 거꾸로 당하는 느낌이 든다.

이러다간 나도 제명에 못 살겠는데. 뭔가 다른 방도를 궁리해 봐야겠어.

*　　　　*　　　　*

한편 대월국 수도 동경(東京)을 방문한 신숙주는 인종(仁宗) 여방기(黎邦基)에게 융숭한 대접을 받고 있었다.

"예조판서 대감, 주상께선 광무제 폐하께서 대원국의 적통을 이어 대한의 자리에 오르셨다는 소식을 들으시곤, 실로 감축할 경사라 하교하셨습니다."

신숙주는 자신이 대월에 파견될 것을 예전부터 직감했고, 공무 중 짬을 내어 대월의 말을 익혀두었었다.

그 결과 대월국 통역의 도움 없이도 인종의 말을 전부 알아들을 수 있었고, 능숙한 대월어로 답할 수 있었다.

"조선국의 신하, 신가의 숙주가 성상을 대신해 대월의 군주께 감사의 말씀을 올립니다."

"그댄, 우리의 말을 할 줄 알았던 건가?"

"여기 오기 전에 시간을 내어 익혔습니다."

"듣자 하니, 단기간에 배운 어투가 아닌데……. 억양도 그렇고 영락없이 아국 출신 같노라."

"과분한 칭찬이십니다. 그저 얕은 재주일 뿐이지요."

"조선 예조의 수장이라더니, 실로 범상치 않은 재지를 지닌 듯하군. 혹여 다른 나라의 말도 할 줄 아는 게 더 있는가?"

"외신이 익힌 말 중 잘하는 순으로 꼽자면 중원의 말과 더불어 화령의 방언인 몽어와 여진어가 있사옵고, 그 외엔 파사와 회회, 마지막으론 유구와 왜어 정도입니다."

"보통 하나의 언어에 숙달되는 데도 오랜 시간이 걸리는 것으로 아는데……. 놀랍기 그지없군. 그대가 말하는 파사는 어느 나라인가?"

"옛 서역에 자리 잡았던 나라 페르시아를 이르는 말입니다. 티무르 왕국에선 파사어와 회회어를 혼용하기에 둘 다 배워야 했습니다."

"그런가……. 그댄 몇 개의 언어를 익혔지?"

여방기는 황망한 표정을 짓고 있는 대월의 통역관에게 묻자, 그는 고개를 숙이며 답했다.

"신의 능력이 부족하여, 조선의 말 한 가지만 익히고 있을 뿐입니다."

"그래? 배우는 데는 얼마나 걸렸나?"

"대략 7년 정도 된 듯합니다."

"조선국의 예조판서, 그대가 타국의 말을 익히는 데는 시간이 얼마나 들었나?"

"딱히 시간을 가늠한 건 아니나, 파사어와 회회어는 티무르의 사신단을 따라 이동하면서 배웠사옵니다."

"…다른 말도 그런 식이었나?"

"아닙니다. 명국의 말과 여진어는 소싯적에 취미 삼아 배운 것이옵고, 나머진 공무상 필요하여 익힌 것입니다."

조선의 끈을 잡고 출세하기 위해 조선어 공부를 했던 대월의 역관은 신숙주의 말에 큰 충격을 받았다.

역관의 말문이 막힌 사이, 인종은 감탄하며 칭찬을 이어갔으며 대화의 주제는 그가 관심 있는 쪽으로 흘러갔고, 학문에 관한 이야길 나누며 신숙주의 학식에 감탄했다.

"일전에 사신으로 다녀온 이에게 듣자 하니, 조선에선 주자학이 구닥다리 취급을 받는다던데, 그게 사실인가?"

"예, 요즘엔 실사구시 학파, 줄여서 실학파가 주류 학문입니다."

"실사구시면 사실을 근본을 두고 진리를 연구한다는 뜻인가?"

"예, 명확히 증명되지 않은 사실은 전부 가설일 뿐이라는 게 주요 논지입니다."

"…그건 기존의 학문과는 지나치게 궤를 달리하는 것 같은데."

"사람의 본성이나 마음은 하나의 개념으로 특정할 수 없으니, 다양한 해석이 가미될 수밖에 없고 가설로만 남는 게 맞사옵니다."

"그것도 틀린 말은 아니군. 그럼 다른 용도로도 쓰이나?"

"예, 세상 만물의 이치에도 통용되는 말입니다. 이 의복을 예로 들어보지요. 대월의 군주께선 의(衣)의 개념에 대해 완전히 이해하고 계시옵니까?"

"의복은 입은 사람의 격을 나타냄과 동시에 추위를 피하려는 용도가 아닌가?"

"그 말씀도 지당하십니다만, 외신은 옷에 대해 알지 못합니다."

"어째서?"

"외신이 입은 옷을 만드는 데는 수도 없이 많은 누에의 실과 뭔지 모를 재료로 만든 염료, 그리고 한 땀 한 땀 정성을 들인 자수가 들어가 있을 거라 추측됩니다."

"자세히는 몰라도 대강 그렇게 만들어졌겠지."

"외신 또한 그 방법을 모르기에, 알지 못한다는 말씀을 드린 것입니다."

"그게 실학에서 사물을 대하는 관점인가?"

"예, 실학은 사물을 대함에 있어, 정확한 개념과 사실을 추구하고 더불어 어떤 원리로 구성되어 있는지 탐구하는 학문입니다. 또한 막연히 알고 있는 사물이나 이치에 명확한 정의를 내리는 것이 목적이기도 합니다."

"전한의 제후이자 학자, 하간왕 유덕도 비슷한 말을 했던 거 같은데…… 맞나?"

"본래 실사구시란 단어가 처음 언급된 게 한서(漢書) 하간헌왕전(河間獻王傳)을 통해서니 그 말씀이 맞습니다."

"그럼 주자 대신 하간왕의 학풍을 따라가는 건가?"

"아닙니다. 아국의 실학은 외신의 군주께서 직접 가르침을 주셨던 문답집을 바탕으로 정립되었사옵니다."

"그대를 통해 실학이 형성되었다는 건가?"

"그건 아닙니다. 일찍이 제가 약관을 갓 넘었던 시절, 당시 세자……. 송구합니다. 정정하지요. 태자셨던 광무제 폐하께서 나랏일에 대해 아무것도 모르고 오만하게 굴던 외신에게 참된 가르침을 내려주시었습니다."

"으음, 그런가."

"그걸 지켜본 첨사원의 관원들이 문답집을 정리해 편찬했습니다. 거기에 성상께서 평소 경연에서 강연하시던 이야기를 덧붙여 경세국론(經世國論)이란 이름으로 여러 권의 책을 엮었고, 그것을 바탕으로 정립되고 있는 학문이 실학입니다."

"으음, 그런 게 있다니 읽어보고 싶군. 이 사람의 소양은 그대의 말을 따라가기 부족한 듯해. 창피하군."

"아닙니다. 대월의 군주께서는 신이 알현했던 군주들에게도 뒤처지지 않을 학식을 지니셨습니다."

신숙주가 직접 만나본 군주는 태상황 세종과 티무르의 현자 울루그 벡, 광무제 이향뿐이었기에 그의 말은 지나친 헌사였다.

"그런가, 빈말일지라도 칭찬 고맙네. 내 동생 평원왕이 아국에서 제일가는 학자인데, 그라면 자네와 좋은 말벗이 될 수 있을 듯하군."

"따로 연락을 주신다면, 그리하도록 하겠습니다. 그리고 말씀하신 책의 내용은 전부 외우곤 있으나, 전반부에 저의 젊은 날의 치기 어린 생각과 과오가 적나라하게 담겨 있어 차마 이자리에서 알려 드리기가 창피합니다. 따로 필사본을 적어 진상하지요."

"그래 주겠나? 정말 고맙네. 그리고 이야기가 길어진 듯한데, 먼 길을 오느라 피곤한 이를 너무 괴롭힌 게 아닌가 싶군. 물러나 쉬고 나중에 다시 이야기하도록 하지."

"배려에 감사드립니다."

그렇게 알현을 마친 신숙주는 사신단의 숙소로 돌아가 여방기와 약속한 경세국론의 필사본을 적었다.

밤이 깊을 무렵, 사신단의 숙소에 방문객이 등장했고, 신숙주는 그의 방문을 예상한 듯 고개를 숙이며 맞이했다.

"어서 오시지요, 양산왕(諒山王) 전하."

"이렇게 다시 만나 반갑소이다, 신 공."

"그간 신수가 더 훤해지신 듯합니다."

"그대가 여기까지 온 건… 내 제안에 지지를 표한 것으로 생각해도 되겠소?"

양산왕 여의민은 지난봄, 대월의 사신단 수장으로 조선에 방문했었다.

명의 뒤를 이어 패권국이 된 조선의 군주에게 눈도장도 찍을 겸, 관료들과 친분을 쌓아두어 거사를 일으킨 후에 정통성을 인정받으려는 사전 작업이었다.

그러나 그가 가장 만나고 싶었던 광무제는 서역 원정으로 자리를 비웠기에, 대리청정 중인 세자 이홍위와 예조판서 신숙주를 만나는 것으로 아쉬움을 달래야 했다.

그는 직접 반란을 이야기하진 않았지만, 속내를 캐내는 신숙주의 교묘한 언변에 말려들어 자기도 모르게 순리라는 말을 사용해 속내를 들켰다고 생각했다.

"아국은 그저 순리대로 흘러가도록 지켜볼 뿐입니다."

여의민은 자신이 실수로 흘렸던 단어가 대답으로 돌아오자 기뻐하며 답했다.

"그 말인즉슨… 조선에선 내가 거사를 일으켜도 개입하지 않겠다는 소리로군?"

"……."

신숙주의 침묵을 긍정으로 받아들인 양산왕 여의민은 주먹을 불끈 쥐며 말을 이어갔다.

"일전의 만남에서도 넌지시 이야기했지만, 요망한 늙은 여우가 선황을 충동질해 모후를 폐하곤 태자였던 날 일개 친왕으로 만들었지."

"예, 기억합니다."

"이미 모든 준비는 이미 끝났네. 내 명령이 떨어지면 이천의 군사가 궁으로 들이닥칠 것이다. 금군의 절반을 미리 포섭해 두었으니, 거사는 오래 걸리지 않을 거야."

"그렇습니까?"

"사신단이 휘말릴 수도 있으니, 오늘 밤은 숙소에서 나오지 않는 것을 권하지."

"알겠습니다. 무운을 빌지요."

"고맙네. 그동안 고민하던 게 한 번에 해결된 느낌이야. 내일은 용상에 앉아 그댈 새로 맞이하도록 하지."

"예, 그럼 살펴 가시지요."

그렇게 대월의 궁궐에선 기습적인 반란이 벌어졌고, 아무것도 모르고 있던 인종 여방기와 그의 모친 선자태후는 여의민의 반란군에 잡혀 유폐되었다.

다음 날 아침이 되자, 여의민이 장담한 대로 그는 대월국의 옥좌에 올라 신숙주를 맞이했고.

신숙주를 비롯한 예조의 관원들은 당황하지 않고 새로운 대월의 군주에게 예를 갖췄다.

"경하드리옵니다."

"그래, 이제야 모든 것이 순리대로 흘러가게 되었네."

"예, 그렇게 될 것입니다."

그렇게 숙소로 돌아온 신숙주는 아무 말 없이 서적을 집필했고, 예조의 관원들 역시 별다른 감상 같은 걸 내놓지 않고 여의민의 공신들을 만나며 친분을 쌓았다.

그렇게 사흘 동안 일정을 이어간 예조의 관원들은 숙소에 모여 미리 약속한 것처럼 눈빛을 나누었고, 신숙주가 숙소를 나서며 말했다.

"순리대로 가세나."

＊　　　　＊　　　　＊

대월국에서 역모가 일어난 지 사흘이 되던 날의 아침, 여의민은 승룡 황성(昇龍 皇城)의 편전에 출석한 정렬(丁列, 딘 리엣)의 모습을 발견하곤 웃으며 말했다.

"정상후(廷上侯)가 짐의 손을 들어주리라는 생각은 하지 못했는데, 실로 기쁜 날이라 할 수 있소."

여의민의 말을 들은 칠순의 노장은 침착한 말투로 답했다.

"소장은 그저 하늘의 순리를 따를 뿐입니다."

"으하하핫! 그런가? 아암, 짐이야말로 선황 폐하의 정통을 이은 장자가 아닌가. 하늘의 순리(順天)는 태조 고황제의 연호이기도 하니, 실로 그 말대로 이루어졌도다."

정렬은 크게 웃는 여의민에게 말없이 고개를 숙였고.

그 모습을 본 여의민은 자신을 지지해 군사를 지원한 호족들, 즉 새 공신들을 둘러보며 말을 이어갔다.

"혹시 정상후에 대해 모르는 이들이 있을 것 같아 미리 말해두는데, 금오위대장군(金吾衛大將軍) 딘 공은 태조 고황제를 따라 거병해 혼란하던 이 나라를 세운 개국공신이네."

여의민은 잠시 말을 끊고 자신과 비슷한 나이대의 젊은 공신들의 표정을 살핀 후, 다시금 말을 이어갔다.

"게다가 그는 중원의 침공에 맞서 명국의 정병을 두 번이나 격파해 그들의 야욕을 저지한 불세출의 명장이기도 하지. 이런 노신이 짐을 지지하니 천군만마가 가세한 거나 다름없도다."

그의 명성을 모르던 젊은 호족들은 여의민의 설명에 감탄하며 크게 소리쳤다.

"경축드리옵니다, 폐하!"

"감축드리옵니다!"

새 공신들의 축하에 여의민은 고개를 끄덕이며 응했고, 그들의 외침이 잦아들자 말을 이어갔다.

"물론. 정상후가 합류했다 해도, 그대들의 공을 가벼이 처리할 수는 없는 일. 일전에 약조한 대로 병사들과 군비를 지원한 그대들의 공은 섭섭지 않게 대우해 줄 것이로다."

"성은이 망극하옵니다."

"위천자가 늙은 여우 년의 꼭두각시로 놀아나는 동안, 그년의 일족에게 소외당하고 빼앗겼던 그대들의 한을 내가 풀어줄 것이로다."

호족들이 가장 듣고 싶어 하던 말이 여의민의 입에서 나오자, 그들은 열광하며 만세 삼창을 외쳤다.

"만세! 만세! 만만세!"

"그래, 이제 모든 것이 순리대로 흘러가는구나."

여의민은 조회를 마치며 저녁에 정상후를 위한 연회를 열겠다는 통보를 했고, 뒤이어 별궁에 유폐되어 있던 태후를 만나러 발걸음을 옮겼다.

"이제야 내가 받았던 수모를 돌려줄 수 있겠구나."

"…폐하께서 어떤 짓을 해도 전부 감내할 터이니, 부디 상황 폐하껜 자비를 보여주소서."

"상황? 네 인형이었던 위천자를 보고 상황이라 지껄이는 거냐? 이 요망한 늙은 여우야. 아직도 상황 파악이 안 되나?"

여의민이 늘 늙은 여우라 칭하긴 했지만, 선자태후 여씨는 아직 30대의 나이였으며, 여전히 아름다운 외모와 고운 음성을 유지하고 있었다.

"폐하, 말씀이 지나치십니다. 그래도 선황의 비인 제게 이러시는 건……"

태후의 외양과 목소리는 도리어 여의민이 그간 분노하던 원인이었기에, 그는 빠르게 말을 끊었다.

"사특한 네년이 선황을 꼬드겨 짐의 모후를 내치게 했다. 선황의 태자였던 이 몸을 친왕으로 강등한 것도 모자라, 역적

응우옌과 짜고 선황 폐하께 불궤를 범한 것을 짐이 모를 줄 알았느냐?"

대월의 선대 황제 태종 여원룡은 개국공신이자 승상이었던 완태(阮魔, 응우옌짜이)의 사가에 방문했다가 급서했고, 응우옌은 그 책임을 물어 처형당했었다.

"어찌 제게 그런 참람한 누명을 씌우려 하십니까? 하늘에 맹세코 전 그 일과 아무런 연관이 없습니다."

"닥쳐!"

분노한 여의민은 태후의 뺨을 주먹으로 쳤고, 예상치 못한 폭행을 당한 그녀가 쓰러지자 여러 번 걷어찼다.

"제발, 그만! 그만하세요."

태후가 비명을 지르며 애원하는 와중에도 무자비한 폭력은 멈추지 않았고, 여의민은 쓰러진 그녀에게 침을 뱉으며 말을 이어갔다.

"네년은 날 바보로 아느냐? 선황께서 붕어하시고 가장 큰 이득을 본 게 네년이다."

태후 여씨는 서러운 울음과 함께 고통스러운 비명을 토하며 간신히 답했다.

"…흐으윽, 아닙니다. 정말 억울한 모함이에요."

"네년은 돌도 채 지나지 않은 방 꺼(방기)를 황위에 올리고 수렴청정이란 명목하에 여황 노릇을 하며 무소불위의 권력을 취했다. 그런데도 모함이라고?"

"그건 어디까지나 혼란에 빠진 나라를 수습하려 한 고육지
책······. 결코 사욕을 위한 것이 아니었습니다."

"말은 잘하는군. 누군 보는 눈이 없고 듣는 귀가 없는 줄
아나? 일찍이 조선의 사신이 아국에 처음 방문했을 때 교만하
게 굴었던 것은 어디의 누구지?"

"그건··· 어디까지나 아국이 얕보이게 하지 않으려고 그리한
것입니다."

"개소리. 그리고 말로만 방 꺼의 친정을 허한다고 말하곤,
여전히 뒤에서 이것저것 간섭한 걸 모를 것 같으냐? 네년은 권
력욕에 미쳐 선황을 시해하는 데 가담했고, 이 나라를 어지럽
힌 요물이다."

"절대 그렇지 않습니다······. 믿어주세요."

입술이 터져 피를 흘리는 태후가 여의민의 다리를 붙잡으며
애원하자, 그는 그녀의 손을 뿌리치듯 걷어차곤 짓밟았다.

"아악!"

"네년은 이 손안에 다이비엣(대월)을 쥐었다고 생각했겠지?
이 나라는 결코, 네년의 수상 인형극처럼 돌아가지 않아!"

여의민이 태후의 오른손 위에 올린 발에 체중을 실어 짓밟
자, 그녀는 극심한 고통을 느끼며 비명을 질러댔지만, 그는 개
의치 않았다.

결국 소름 끼치는 소리와 함께 그녀의 손뼈가 으스러졌고, 여의민은 그녀의 비명에 만족스러움을 느끼며 근위병들을 불렀다.

"그 누구도 저년에게 접근하지 못하도록 해라."

여의민의 말이 끝나자, 그의 총신이자 근위대장으로 임명된 독반이 물었다.

"폐하, 어의를 부르지 않아도 괜찮겠습니까?"

"아니, 그대로 둬라. 내가 그간 받았던 수모와 고통을 저년도 느껴봐야 해."

그렇게 태후의 거처에서 나온 여의민은 곧바로 이복동생이자, 유폐된 여방기를 찾아 그의 침전으로 이동했다.

"혀, 형님. 제발 모후의 목숨만은 살려주십시오. 그래 주신다면 바로 형님께 선위하겠습니다."

"선위라니, 방 꺼야. 이상한 말을 하는구나."

"예?"

"본래 다이비엣의 황위는 장자이자 태자였던 내가 물려받았어야 하는 자리다. 네 녀석은 내 것을 멋대로 점유하고 있던 도적에 지나지 않아. 그런데 선위라고?"

"…송구합니다. 소제가 착각하고 있었습니다. 그럼 본래 형님의 자리로 돌아갈 수 있게 조처할 터이니, 모후의 신변을 보장해 주소서."

"크큭, 요망한 여우의 인형으로 살아온 것치곤 효심이 지극하구나."

"……."

"으음, 이걸 어찌하면 좋을까. 아, 넌 네 어미의 죄가 무엇인지는 아느냐?"

"소제의 머리가 우둔하여 잘 모르겠습니다."

"그년은 역신 응우옌과 짜고 선황께 불궤(不軌)를 범한 대역죄인이다."

"예? 그게 대체 무슨 말씀이십니까?"

"쯧쯧. 그년의 인형이긴 해도 스무 해 동안 황위에 있었으면서도 이렇게 눈치가 느려서야. 다시 한번 말해주지. 그년은 권력을 잡기 위해 선황을 시해한 사갈 같은 년이란 거다."

"형님, 형님께서 뭔가 잘못 아신 것 아닙니까?"

"허, 선황께서 순행 중에 응우옌의 집에 들렀던 이유는 아느냐?"

"은퇴한 개국공신인 그를 위무하려는 의도가 아니었습니까?"

"아니, 선친의 허물을 들춰내는 것 같아 나도 꺼림칙하지만, 거기엔 다른 목적이 있었다."

"그게 무엇입니까?"

"응우옌의 후처를 만나러 가신 것이지."

"…정말입니까?"

"그래, 당시 내 모후를 모함해 궁에서 쫓아냈던 네 어미는 선황을 독차지했다고 생각했다가 난데없는 새 경쟁자를 맞이하게 된 거다."

"그… 그런 일이. 소제는 금시초문입니다."

"아무튼, 후처를 빼앗긴 응우옌과 질투에 눈이 먼 네 어미가 손을 잡고 선황께 불궤를 범했다. 그년은 응우옌만 것으로 꼬리를 잘랐고. 그 뒤론 너도 알다시피 갓난아이였던 널 황위에 올리고 그년이 이 나라를 손에 넣었지."

"…소제는 믿기 힘든 이야기로군요."

"당시엔 나도 나이가 어려 의심만 했었고, 시간이 흘러 정세가 돌아가는 것을 보곤 심증을 확신으로 굳혔다."

"그럼, 형님의 말씀은 증거 없이 전부 정황을 통해 추측한 것이 아닙니까?"

"허, 감히 네가 내 말을 의심하는 거냐?"

"일국의 군주로서, 의심이나 정황만으론 일을 처리할 수 없으니 물은 것입니다."

여의민은 방기의 말을 듣곤 짜증이 나, 그의 명치 부근을 걷어차 버렸다.

"허수아비 자식이 어디서 다이비엣의 군주를 자처해? 야, 네가 아직도 황위에 있는 줄 알아?"

급작스레 명치를 걷어차인 여방기는 숨이 넘어가는 소리로 대답할 수밖에 없었다.

"끄어어……."

"건방진 새끼가 어디서 감히 내 말에 토를 달아. 나름 불쌍해서 대우라도 좀 해주려고 했더니만. 너도 네 어미처럼 만들어줄까?"

"커헉, 컥. 흐윽, 그게 무슨 말씀이십니까?"

고통이 어느 정도 진정된 여방기가 호흡을 다스리며 묻자, 여의민은 섬뜩한 미소를 지으며 답했다.

"지금쯤 네 어미는 바닥을 구르며 내가 그동안 맛봐야 했던 고통을 느끼고 있을 거다."

"설마, 모후께……."

"아니, 숨은 붙여두었다. 바로 죽이지 않은 걸 다행으로 생각해라."

"…형님."

"형님?"

"폐하! 부디 모후께 자비를 베풀어 주십시오. 이 아우가 이렇게 빌겠습니다."

여방기는 무릎을 꿇으며 석고대죄했고, 그것을 지켜본 여의민은 코웃음을 치며 답했다.

"글쎄, 모든 게 순리대로 이뤄졌으니 너와 네 어미도 순리대로 되겠지."

여의민은 그 말을 끝으로 여방기의 침전에서 나왔고, 집무실로 돌아가 대월의 황제로서 처리해야 할 서류들을 훑어보았다.

"하, 이 병신 같은 놈. 과거제도를 전국으로 확대하겠다니 제정신인가? 그리하면 뒷일이 어찌 될지 아예 모르는 건가."

현재 대월은 태조 여리(黎利, 레 러이)의 출생지인 청화(淸化, 타인 호아)의 호족들과 개국공신이 황실과 혼인 관계를 맺어 유지되는 체제였다.

그 결과, 조선의 전조 고려처럼 지방 호족들이 득세해 그들의 금력과 병사를 지원받아 나라가 굴러가는 상황이었다.

1442년 대월의 수도 동경에서 시범적으로 과거가 실시되었고, 그 후로 적게나마 진사 출신의 관료가 등용되었지만, 새 경쟁자들을 경계하는 호족들의 불만이 커질 수밖에 없었다.

"이리도 현실에 무지해서야……. 쯧. 참파 놈들이 세를 회복하고 남쪽을 위협하는 상황에서 분란을 만들 생각만 하다니. 멍청한 짓만 골라서 하는군."

여의민은 선자태후 여씨(黎氏, 레 티)의 일족이 권력을 독점하자, 불만을 품고 있던 청화의 호족에게 후한 대우를 약속하며 거사에 끌어들였고.

그 결과가 바로 지금의 상황이 된 것이었다.

"흠, 우선은 짐의 공신들에게 나눠 줄 보물과 공신전부터 챙겨봐야겠군."

여의민은 첫 업무에서 누가 봐도 과감하다 할 정도로 많은 농지와 더불어 막대한 재정을 공신들에게 내리기로 결정했다.

업무를 마친 여의민은 간단한 식사로 요기를 한 후, 근위대장을 통해 지시를 내렸다.

"저녁에 예정된 연회에 조선의 사신단 수장인 신숙주를 초대하라."

"사신단 일행이 아니라 한 명만 초대하시는 겁니까?"

"그래, 비록 짐의 거사를 묵인했다곤 하나, 그의 속내를 알 수 없어. 그러니 조선 측의 감시도 철저히 하라."

"예."

"폐제와 늙은 여우에게 접근하는 놈이 있을 수도 있으니, 그쪽도 감시를 철저히 하고."

"명을 받들겠습니다."

여의민의 진영에 합류한 정상후를 환영하는 연회가 시작되자, 참여한 호족들은 그간 소문으로만 들었던 미당이 들어간 음식을 맛보곤 감탄했다.

"허, 아무리 봐도 평소에 먹던 것하고 똑같은 음식인데, 이리도 맛이 달라질 수 있는 건가."

"그러게 말이오. 미당이란 게 금만큼이나 비싸다던데, 이 정도면 금이 아깝지 않군."

"조선에서 폐하를 지지하기로 했다니, 앞으로 이런 걸 자주 맛볼 수 있게 되지 않겠습니까?"

"그간 레 타이 놈들이 교역권을 독점하고 자기들끼리만 이 맛을 즐겼다고 생각하니, 분통이 터지는군."

미당은 대월에 정식으로 수출된 적이 없으며 대월에 유입된 미당은 대부분 조선을 방문한 사신단이 선물로 받았던 적은 양뿐이었기에, 이들은 증오에 눈이 멀어 착각하고 있을 뿐이었다.

"아, 저기 오는 이가 조선의 사신인가 보군."

어느 호족의 말에 연회장에 모여 있던 사람들의 시선이 신숙주에게 집중되었고, 주목받은 그는 유창한 대월어로 상석에 앉은 여의민과 정상후 정렬을 바라보며 예를 표했다.

"조선의 예조판서, 신가가 하늘의 순리를 바로잡을 분께 인사 올리겠습니다."

신숙주의 발언을 들은 호족들은 자기들끼리 감상을 비췄다.

"허, 저 사람이 뭘 좀 아는군."

"우리말을 참 잘하네요. 눈 감고 들으면 우리 고향 토박이인 줄 알겠어요."

이곳에 모인 호족들이 각자 비슷한 감상을 늘어놓는 사이, 여의민은 호탕하게 웃으며 대답했다.

"하하, 이 일을 계기로 양국이 더 가까워질 수 있으리라 생각하네. 변치 않는 우호를 위해 내가 그대에게 술을 내리겠으니, 이리 가까이 오게나."

신숙주는 말없이 고개를 숙이며 대답을 대신했고, 이내 여의민에게 천천히 다가갔다.

"자, 한 잔 받게."

여의민이 빈 술잔을 내밀며 종용하자, 신숙주는 냉막한 표정으로 답했다.

"역천의 수괴, 난신적자의 술을 내가 순순히 받을 거라 생각했느냐?"

"……"

여의민은 전혀 예상치 못한 신숙주의 발언에 놀라 잠시 할 말을 잃었고, 이내 화를 내며 소리쳤다.

"뭐가 어쩌고 어째? 좀 전에 내게 하늘의 순리를 운운한 건 전부 가식이었나? 내 정식으로 그대의 군주에게 항의할 것이다!"

"네놈이 뭔가 착각하고 있는 듯한데, 그 말은 네게 한 게 아니야. 안 그렇습니까?"

"뭣?"

여의민이 놀라 주변을 둘러보자, 곧바로 대답이 들려왔다.

"그렇소. 하늘의 순리는 네게 허락되지 않았다. 이 가증스러운 역적아."

대월의 명장, 정상후 정렬은 말을 마침과 동시에 칠순의 나이가 무색할 정도로 빠르게 움직여 여의민의 목덜미를 틀어쥐었고.

그에게 잡힌 여의민이 반항하려 했지만, 정렬의 손아귀는 마치 쇠로 만든 틀이라도 된 것처럼 굳건했다.

"아아악! 이거 놔! 금군은 뭘 하느냐?"

비명과도 같은 여의민의 외침이 울려 퍼지며 금군과 호족들이 일제히 움직이려 했지만, 이어진 정렬의 말에 곧바로 멈춰야 했다.

"움직이지 마라. 누구든 그 자리에서 한 발짝이라도 움직이는 순간, 이 패륜아 난신적자의 목을 비틀어 버릴 것이다."

그러자 여의민의 근위대장이 소리쳤다.

"정상후, 정녕 제정신이시오!"

"그래, 여기 모인 이 중에 신 공과 나만이 제정신이지."

"정녕, 뒷일을 생각하지 않으려는 거요?"

"난 개국공신 중에 유일하게 살아남은 이다. 이런 뒷방 늙은이의 말년에 순리를 되돌릴 기회가 왔는데, 뒷일 같은 걸 걱정할 것 같으냐?"

"만약 폐하의 보체에 무슨 일이라도 생기면, 정상후의 일족은 물론이고, 조선의 사신들도 무사하지 못할 거요!"

그러자 신숙주가 웃으면서 답했다.

"내가 여기서 살아 나가지 못하면, 아국의 자랑인 원정 함대가 이곳으로 오겠지."

근위대장은 잔평과의 전쟁에서 명성을 떨친 광무함과 원정 함대의 소문을 떠올렸지만, 억지로나마 강한 모습을 보였다.

"지금이라도 늦지 않았소! 우리에겐 삼천의 정병이 있으니, 사신단에게 더 큰일이 벌어지기 전에 마음을 돌리시오!"

"본관은 그들에 대해선 걱정하지 않네. 우리 무관들도 있고, 지금쯤이면 정상후의 정병들이 황성으로 들이닥치고 있을 테니."

그러자 목을 잡힌 고통으로 인해 신음하던 여의민이 새된 목소리로 답했다.

"뭐?!"

"고작 삼 일간 옥좌에 올랐다고, 천하를 얻었다고 생각했느냐?"

신숙주가 여의민을 비웃을 무렵, 그의 말대로 정상후의 정예병들이 사흘 전 전투의 흔적이 남아 있는 궁궐에 들이닥쳤고, 그것은 삼일천하의 막이 내리는 신호가 되었다.

제6장

백경

　대월의 황궁 승룡 황성은 사흘 전, 여의민의 반란군이 습격하는 통에 외성과 내성의 주요 출입문들이 죄다 파손된 상황이었다.

　찬탈자 여의민을 호위하려 다수의 근위병이 연회장에 몰려든 상황에서 정상후 정렬의 정예병 1천가량이 성 동쪽의 홍하(紅河)를 건너 방비가 허술한 동문으로 들이닥쳤고.

　지휘관들이 연회에 참석하느라 자릴 비운 호족의 사병은 수에서 유리하긴 하나, 지휘 체계의 마비로 대응이 늦을 수밖에 없었다.

그 결과, 빠르게 외성의 출입문을 돌파당한 반군 측은 외성을 포기하고 내성으로 집결했고.

　뒤늦게나마 지휘 체계를 수습 후, 군제를 정비하여 내성의 문들을 사수하며, 정상후의 정예병과 치열한 전투를 벌였다.

　내성의 전투가 한창일 때, 황성의 동남쪽에 위치한 주인 없는 왕부(王府)의 장원에선 두 집단의 대치가 한창이었다.

　정상후와 함께 여의민을 인질로 잡고 있는 신숙주와 대치하던 근위대장 독반의 지시를 받은 별동대가 조선 사신단을 인질로 잡기 위해 들이닥친 것이었다.

　반군의 별동대가 사신단의 숙소로 배정된 왕부의 장원을 둘러싸곤, 강제로 끌고 온 역관을 통해 의사를 전달했다.

　"참의 영감, 이들이 말하길, 병기를 버리고 순순히 투항하면 신변에 위해를 끼치지 않고 조선으로 돌려보내겠답니다!"

　신숙주와 인종 여방기의 만남 당시 자리에 동행했었지만, 대월어를 통달한 조선의 예조판서 덕에 할 일이 없었던 역관 배덕(裵德, 부이 득)은 의외의 장소에서 본연의 업무에 충실할 수 있었다.

　그렇게 신숙주가 부재한 상황에서 최선임자이자, 차관급 관료인 예조참의 김질(金礩)이 크게 소리쳤다.

　"대국의 관원이자, 예조에 몸담은 관료로서 목에 칼이 들어와도 역당에게 투항할 수는 없다고 전하게."

정창손의 사위인 김질은 원역사에서 사육신을 고변해 죽게 만든 밀고자지만, 여러 가지 일을 겪고 절개를 지닌 사대부가 되어 있었다.

"저어… 참의 영감, 소생이 이러는 건 어디까지나, 이들의 위협을 받아서 그런 겁니다. 제 본의가 아님을 양해해 주시지요."

배덕은 대월의 사신단을 따라 조선에 세 번이나 다녀온 적이 있기에, 조선군의 무서움을 잘 알고 있었다.

"본관도 그대의 사정이 딱함을 알고 있네. 행여라도 나중에 문제 삼지 않도록 하지."

"감사합니다, 참의 영감!"

배덕과 대화를 마친 김질은 그를 지키고 있던 이에게 말했다.

"겸사복 첨사께서 나서실 때가 온 것 같습니다."

김질이 사신단과 동행한 겸사복 선임 무관에게 정중하게 청하자, 지목받은 이시애(李施愛)가 답했다.

"성상께서 소장을 여기로 보내신 이유가 여기 있었나 봅니다."

이시애는 유규에 이어 차기 겸사복장으로 거론될 만큼 전도유망한 무관이었으며, 광무제를 따라 종군한 서역 원정에서도 공을 세운 바 있었다.

"예, 이번 일은 예조에서 대외에 극비로 하고, 시간을 들여 처리한 일입니다."

"그럼, 예조에서 양산왕의 반란을 미리 확신하고 있었단 말입니까?"

"그건 아닙니다. 그저 수집한 정보로 그럴 확률이 높으리라 추측만 할 뿐이었지요. 단지 예판 대감께선 일전에 양산왕이 사신으로 왔을 때 이야기를 나눈바, 그는 반드시 역모를 일으킬 종자라 확신하셨지만요. 한눈에 보기만 해도 알 것 같다고 하시더군요."

"그럼 어째서 대월왕에게 알리지 않은 겁니까?"

"심증만 갈 뿐, 확실한 증좌가 없었고, 대월 측에서 우리말을 믿어준다는 보장도 없었습니다. 그렇기에 폐하께선 예판 대감에게 전권을 일임하시어 우릴 이곳으로 보내셨습니다."

"그래도 미리 움직였으면 희생이 줄었을 수도 있잖습니까?"

"아닙니다. 이미 우리가 이곳에 도착했을 땐, 손을 쓰기 늦었습니다. 자칫 잘못했으면 왕궁이 아니라, 수도 전역이 전장이 될 수도 있었고, 대월과 아국의 전면전으로 흘러갈 가능성도 있었습니다."

"으음, 그렇습니까."

"예, 그리하여 저를 비롯한 예조의 관원들은 대감의 계획대로 양산왕의 대적자가 될 만한 조력자를 찾아 신중히 움직인 것입니다."

"으음……. 그럼, 지금은 눈앞의 역당부터 치우면 되는 겁니까?"

"예. 그렇게 하시면 됩니다."

"알겠습니다. 일단 참의 영감께선 처소 안으로 들어가 지원을 부탁드립니다."

"예. 그럼, 부탁드립니다."

이시애의 명령이 떨어지자, 전신에 판금 갑옷을 두르고 무기 없이 방패로 무장한 겸사복 무관 50명이 숙소의 입구를 지키러 나섰다.

이시애 역시 개방되어 있던 면갑의 가리개를 내리며, 부관에게 귓속말로 조용히 지시했다.

"자넨 신입을 지켜보면서 혹시 모를 사태에 대비하게나."

부관은 원정 함대 해사제독 최광손의 맏아들이자, 겸사복 신입 무관인 최계한을 힐끗 바라보곤 조용히 답했다.

"알겠습니다."

그렇게 조선 측의 전투준비가 끝나자, 김질이 숙소의 문 뒤에 숨어 크게 외쳤다.

"배 역관, 역당의 무리에게 무력행사를 개시할 테니, 자넨 거기 말려들지 않게 잘 숨어 있게나!"

"예? 예!"

배덕이 들었던 말의 앞부분만 떼어 근위병 측에게 전달하자, 그들은 신경질적인 욕설을 내뱉으며 전투태세를 갖췄다.

상대가 조선의 정예 무관이라곤 하나, 6배의 머릿수를 믿은 여의민의 근위병이자 별동대원들은 반원의 형태로 입구를 막아선 검사복을 둘러싼 채 천천히 움직였다.

대치하던 형세를 깬 것은 머릿수를 믿은 근위병 측이었다.

"포위 섬멸진을 펼쳐라!"

이번 반란을 통해 출세한 호족 출신의 지휘관이 외치자, 명령을 받은 직속 부관이 의아해하며 되물었다.

"포위 섬멸진이 뭡니까?"

청화의 젊은 호족이자, 지난 황성 전투에서 나름 기발한 전략으로 혁혁한 공을 세웠던 지휘관 정병은 속으로 시대를 뛰어넘는 자신의 재능을 이해하는 이가 없다며 한탄하며 말을 이어갔다.

"저들을 원형으로 둘러싸 포위하라는 이야기다. 우리가 다수이니, 포위한 사이 출입구와 맞닿아 있는 후방에 전력을 집중해 확보하면 인질까지 잡을 수 있다. 그렇게 되면 우리의 승리나 마찬가지다."

"아아, 그런 거면 쉬운 말로 하시지. 왜 알아먹지도 못할 단어를 쓰고 그러십니까."

"쯧, 시대를 앞서간 천재인 내가 참아야겠지."

정병이 혀를 차며 작게 중얼대자, 부관이 물었다.

"더 지시할 게 있으신 겁니까?"

"아니. 앞서 말한 명령이나 수행해라."

"예."

그렇게 300 대 50의 전투가 시작되었다.

겸사복 무관들을 포위한 별동대는 충실한 무장을 갖추고 있었다.

은색 비늘처럼 생긴 찰(札)을 촘촘히 꿰어 만든 찰갑을 입은 데다 창날 옆편에 도끼날이 달린 월극(鉞戟)을 든 중갑극병이 뒤편에 자리 잡았고.

극병처럼 찰갑을 입은 데다 대도와 역삼각 모양의 방패를 장비한 병사들이 대열을 맞춰 전진하며 상대적으로 소수인 겸사복 무관을 압박했다.

"후열은 팽배를 위로 올려라!"

이시애의 지시가 떨어지자, 후열에 서 있던 무관들이 방패를 머리 위로 들어 월극을 내리치는 공격에 대비했다.

반군의 별동대가 오와 열을 맞춰 엄중한 포위 진영을 유지한 채 대도와 대월극을 이용해 공격을 시작하자, 겸사복 무관들은 방패로 방어했고, 전장이 된 장원의 입구는 쇠를 두들기는 굉음으로 가득 찼다.

"예조참의, 지금이라도 기회를 봐 탈출해야 하는 것 아닌가? 소수긴 하지만 궁사가 저들의 후열에서 대기 중인 것으로 보이네."

황궁의 연회가 시작되기 전, 사신단과 인접한 장원에 머물다 졸지에 이곳에 끌려오다시피 한 평원왕(平原王) 여사성(黎思誠)이 불안한 표정으로 묻자.

그에겐 생소한 병장기를 손질하던 김질은 여사성과 소통 가능한 명국어로 답했다.

"평원왕 전하, 지금 이곳이야말로 황궁에서 가장 안전한 곳입니다."

역관을 통해 전언을 들은 여사성은 의아한 표정을 지으며 말을 이어갔다.

"그대는 바깥의 상황을 보고도 어찌 그리 태평한가? 내 나름대로 군략을 공부했던바, 전투에 승리하려면 적보다 많은 수의 병사와 치중을 갖추고 유리한 지형을 선점하는 것이 선결 조건이네."

원역사대로라면 훗날 대월 황제가 될 성종 여사성의 말을 들은 김질은 평온한 표정으로 답했다.

"예, 그 말씀이 맞습니다."

"치중은 말할 것도 없고, 본래 왕부의 모든 장원은 방어전을 상정하고 만든 것이 아니니, 지형에서도 불리하네. 또한 지금은 수배의 병력 차가 나는 상황이며, 언제 증원이 들이닥칠

지도 모르지 않는가."

"아뢰옵기 송구하오나, 평원왕 전하의 말씀은 일반적인 상황에서나 통용될 법한 격언입니다."

"뭐라? 혹시, 그대는 지금 들고 있는 걸 믿는 건가?"

"꼭 그런 건 아닙니다. 이건 어디까지나, 호신 겸 아군을 돕기 위해 준비한 것이고. 소관이 믿는 것은 아국의 무관들입니다."

김질이 손에 들고 있는 건 수석식 강선총이었고, 다른 관원들도 활이나 총을 점검하고 있었다.

본래 사신단의 숙소인 왕부 구역은 승룡 황성의 성벽 밖에 있었기에, 만약을 대비한다는 명분으로 겸사복 무관의 갑주와 방패가 반입될 수 있었지만.

창검을 비롯한 활과 화살, 그리고 화약과 화기 같은 무기는 들일 수 없었다.

그러나 이들은 여의민이 반란을 일으켜 혼란한 틈에 총과 궁시를 숙소에 몰래 들여오는 것에 성공했고.

예조 관원들은 수병들이 쓰던 10여 정의 수석총과 20장(張)의 활을 손에 넣을 수 있었다.

"내가 보기엔 특이한 갑옷을 입은 것 말곤, 별다른 게 없어 보이는데. 내가 모르고 있는 게 있나?"

"예. 백문이 불여일견이라 했으니 나중에 보시면 아시게 될 겁니다."

김질의 말이 끝남과 동시에 예조 관원들의 무기 점검이 끝났고, 이들은 담벼락이나 지붕, 혹은 창문에 몸을 숨기며 본격적인 전투준비를 마쳤다.

반란군 별동대의 지휘관은 포위진 양익에 병력을 집중시키고 장원의 담장을 넘어 출입문을 확보하려 했지만 의외의 사태에 직면했다.

화포와 비슷하지만, 조금 다른 소리와 함께 발사된 탄환이 후방에 있던 궁사의 머리통을 꿰뚫는 것을 시작으로, 화살들이 날아가 장원의 담을 넘으려던 이들의 얼굴에 꽂힌 것이었다.

여사성은 김질과 함께 그 광경을 지켜보다 말했다.

"…자네들, 예조의 관료가 아니라 무관이었던 건가?"

여사성의 말은 이제껏 자신을 속였다고 생각한 김질을 타박하는 투였다.

"아닙니다. 바깥에서 싸우고 있는 무관들을 제외하곤 저를 비롯해 여기 남아 있는 이들은 모두 아국의 문과 시험인 대과를 통과해 임용된 문관들입니다. 그리고 여긴 위험하니 안쪽으로 들어가 숨으시지요."

그러자 아직은 십대 특유의 치기가 남아 있는 여사성은 부루퉁한 표정으로 말을 이어갔다.

"아깐 자네가 여기가 가장 안전한 곳이라 하지 않았나. 그리고 세상천지에 이런 문관들이 어딨나? 그댄 날 기만하려는 건가?"

"평원왕 전하, 아국의 사대부는 이곳의 관료들과 다릅니다. 우린 일찍이 글을 배우는 나이부터 육예(六藝)를 연마하며 자연스레 활 쏘는 법과 말 타는 법을 익히게 됩니다. 또한 과거에 합격해 관원이 되면 아국의 변방에서 하급 행정관으로 근무하며 군역을 대신하지요."

"……"

여사성은 김질의 대답에 놀라 침묵했고, 김질은 세우고 있던 총을 전방으로 겨누며 답했다.

"또한, 변방의 임지는 호랑이와 곰, 혹은 이리나 표범 같은 맹수가 즐비한 곳이니, 육예에 미숙한 이도 스스로 살아남으려 궁시나 총을 다루게 됩니다. 잠시 귀를 막으시지요."

"뭐라?"

김질은 말을 마침과 동시에 담장을 넘어오려던 병사를 총으로 쏘아 절명시켰다.

경악하던 여사성은 김질의 마지막 말에 뒤늦게 반응해, 고막을 울리는 소리와 함께 인상을 찌푸려야 했고, 이내 처음 보는 총의 위력에 놀라 눈을 부릅떴다.

밀대를 이용해 탄을 재장전하는 김질이 무언가를 말했지

만, 귓속이 울리고 있는 여사성은 반응하지 못하고 주변을 두리번거렸다.

"잠시 결례를 범하겠습니다!"

김질은 담장 밖에서 곡사로 날아온 화살이 장원의 지붕에 꽂힌 것을 보곤, 자신의 몸으로 여사성을 짓누르듯 덮었다.

대략 스무 발의 화살이 안쪽으로 날아 들어왔고, 각자 엄폐물을 이용해 화살 공격을 피한 예조의 관원들은 곧바로 후방의 궁수들에게 반격하며 수를 줄여갔다.

예조의 관원들이 싸우는 사이, 이시애가 지휘하던 출입문 전방의 진형에서도 변화가 생겼다.

"첨사 나리, 예조의 관원들 덕에 적당한 시기가 된 것 같습니다."

상관과 함께 적의 공격을 막아내던 부관이 건의하자, 이시애는 전장을 살펴보며 답했다.

"나도 그리 생각하네. 관원들에게 위협이 될 만한 병력도 없어졌으니, 이제 가보자고."

"예."

이시애의 신호가 전달되자, 방패로 적의 공격을 막아가며 진형 유지에 급급한 것처럼 보이던 겸사복 무관들은 들고 있던 방패를 무기처럼 이용해 반격을 시작했다.

반군의 병사들이 감당하지 못할 괴력이 겸사복 무관들에게서 발휘되었고, 다수가 소수를 힘으로 억누르고 있던 형세가 역전되었다.

완전한 원형이 될 뻔한 포위진은 삽시간에 갈려 나가며 여러 개의 곡선이 되었고, 찰갑으로 중무장한 병사들은 그들이 입은 갑옷의 구조로는 흡수하지 못할 만한 충격을 받아 무력화되었다.

시대를 앞서갔다 착각하던 별동대의 지휘관은 자신의 군략이 붕괴하는 과정을 실시간으로 지켜보며 정신이 아득해졌으며.

알아들을 수 없는 말, 즉 조선말로는 목을 내놓으라고 고함치며 반란군에게 빼앗은 월극을 들고 달려온 무관의 우렁찬 함성과 함께 몸에서 목이 분리되고 말았다.

최광손의 아들 최계한은 첫 출전에서 아버지가 한 것처럼 적군의 지휘관을 사살하는 공적을 세워 선임 무관들의 칭찬을 받았고.

별동대를 정리한 겸사복은 잠깐 휴식을 취한 후, 전투가 벌어지고 있는 내성을 지원하려 움직였다.

겸사복이 합세해 이어진 전투는 결국 다음 날이 되기 전, 정상후의 병사들이 여의민이 인질로 잡혀 있던 연회장을 점거하며 끝이 났고, 여의민의 삼일천하 역시 막을 내리게 되었다.

그렇게 대월의 반란이 무사히 수습될 무렵, 최광손의 원정 함대는 캄차카반도를 지나 유빙이 흐르는 베링 해역에 도달해 있었다.

*   *   *

예조의 관원들이 겸사복 무관들과 함께 대월에서 무용으로 명성을 떨칠 무렵, 그들의 후임으로 내정된 별시 장원급제자 김시습은 여러 동기와 함께 북방의 부임지로 향하고 있었다.

"우후, 자네완 여기서 헤어져야 할 듯하군."

김시습의 말에 여정 중에 그와 나름대로 친해진 유자광이 공손히 답했다.

"예, 매월당 선생. 언젠가 다시 만날 날을 기다리겠습니다."

둘의 나이 차이는 고작 4살이었기에 조선의 풍습상 친구가 될 수 있었으나.

문인으로서의 명성과 더불어 예조에서의 불법적인 경력을 인정받은 김시습은 동기들에게도 선배 대우를 받으며 존대를 들어야 했다.

"계온 형도 나중에 보자고."

일찍이 개정된 과거의 절차엔 합격자 면접이자, 답안 검증 과정인 면시(面試)가 있었고, 이번 별시에서는 그 과정에서 차술(借述) 혹은 대술(代述)이라 불리는 부정행위가 적발된 이가 있었다.

그 결과 차점자로 발탁되어 별시에 간신히 합격한 김종직이 유자광에게 답했다.

"그래, 언제 다시 만나게 될지는 모르지만, 우편으로 서신을 주고받자."

부임지인 파저강 인근의 후주로 먼저 떠난 유자광이 시야에서 사라지자, 김종직이 김시습에게 공손히 말했다.

"매월당 선생, 듣자 하니 북방에선 육예에 능하지 못하면 살기 힘들다던데 정말일까요?"

"그렇다 하더군요."

"이거 큰일이군요. 소생이 말은 그럭저럭 탈 줄 알지만, 활쏘기엔 능하지 못합니다."

"그렇습니까?"

"제 지망은 사관인데, 듣자 하니 요즘은 사관이 되려면 육예를 비롯해 여러 가질 검증한다던데……."

"그 말이 맞습니다. 사관이라면 대제학 대감처럼 전장에서 폐하의 뒤를 따를 만한 능력이 있어야 하니까요."

광무제의 전담 사관이자 홍문관 대제학인 유성원(柳誠源)은 광무정난 당시 무관으로 변장해 갑옷을 입고 따라다니며 보고 들은 것을 모두 사초로 남겼다.

그 영향으로 말미암아 현재 조선의 사관은 문무겸전의 소양이 요구되었다.

"으음……. 그렇군요. 그럼 임기 동안 모자란 소양을 잘 갈고닦아야겠습니다."

그렇게 이야기를 나누며 여정을 계속하던 김시습은 김종직을 포함한 다른 동기들마저 먼저 보내고 길잡이와 둘만 남게 되자, 긴 한숨을 내쉬었다.

"하아, 내 코가 석 자인데 뭘 안다는 듯이 잘난 척한 거지."

김시습은 본래 어린 나이에 어머니를 잃고 계모의 손에 자라며 고생했었기에, 육예 중 활쏘기와 말타기를 제대로 배우지 못했다.

그런 사정을 알고 있는 예조참판 서거정의 배려 덕에 그는 얌전한 성미의 말을 선물 받아 부임지로 떠나기 전까지 피나는 연습을 했기에, 나름대로 봐줄 만한 실력을 갖추게 된 것이었다.

그는 앞서가는 여진계 출신의 길잡이에게 다시 한번 목적지에 관해 물었다.

"이보게, 앞으로 얼마나 더 가야 하는가?"

"소인이 지금같이 나리의 속도에 맞춰 가게 되면 한 달은 더 걸릴 듯합니다."

"…속도를 올려보지."

"어차피 중간에 동평부에 있는 관아에 들러야 하니, 거기서부터 속도를 내시지요. 자칫 잘못하면 탈이 날 것입니다."

김시습의 기량을 정확히 꿰뚫어 본 길잡이의 말에 그는 절로 수긍할 수밖에 없었다.

"알겠네. 그리하도록 하지."

그렇게 보름가량 두만강의 북동쪽 방향으로 이동한 김시습은 마치 바다를 연상케 하는 거대한 호수를 접할 수 있었고.

뒤이어 바람에 흔들려 물결치듯 풀이 움직이는 광활한 초원의 모습에 감탄했다.

"허어……. 서면으로 보던 것과는 아주 다르군. 그런데 겨울에 저리도 많은 풀이 자라고 있다니, 대단하군."

"풀이요?"

"저기 바람에 흔들리는 거 전부 갈대나 같은 게 아닌가?"

"아아, 저건 호밀이라 부르는 겨우내 작물입니다."

"추운 이곳에서 겨울에 농사를 짓는다고?"

"예. 호밀은 일찍이 서역에서 들여왔고, 심양에 계신 태상황 폐하께서 개량한 종자로 겨울 농사를 짓는 게지요."

예조의 담당 업무가 아니라 이쪽의 사정에 어두웠던 김시습은 고개를 끄덕이며 답했다.

"…그랬었나."

그렇게 미타호에 가까워지는 김시습의 눈에 들어온 건 성벽

과도 같은 담장이 둘러쳐져 있는 거대한 건축물들이었다.

"저건 또 뭔가?"

"저거요? 이곳의 주민들이 모여 사는 거주 시설입니다. 토루(土樓)라고 하지요."

"생긴 게 마치 요새와도 같군."

"맞습니다. 출입문만 닫으면 바로 작은 성으로 변하지요."

"허, 실로 대단하군."

"아, 이건 전부 예조판서 대감의 덕입니다."

김시습은 예상치 못한 이가 언급되자, 놀라며 되물었다.

"자네, 혹시 신 대감을 말하는 건가?"

본래 건주위 출신인 사내는 자신이 겪었던 옛일을 떠올리며 말을 이어갔다.

"예. 본래 악적 이만주가 자리 잡았던 이곳을 이리 바꿔놓으신 건 그분이십니다. 이런 식의 집단 거주지를 고안하신 것도 그분이시고요. 제가 알기론 명나라 남쪽 출신의 장인에게서 이런 토목법을 들여왔을 겁니다."

김시습에게 신숙주란 인물은 매일매일 신작을 종용하는 동시에 관원도 아닌 그를 착취하던 악덕 상사였으며, 억지로 과거 시험을 보게 만든 이기도 했다.

그는 여러 개의 토루를 지나 거대한 성벽에 둘러싸인 거대한 성읍을 보곤, 감탄했고 새삼 신숙주를 달리 보게 되었다.

'일전에 여기 사는 호적 수만 근 2만에 달한다고 얼핏 들었던 거 같은데……. 대감께선 아무것도 없던 호숫가에 이만한 성읍을 일구어낸 건가…….'

현재 도성 일대를 관장하는 한성부에 등록된 호적 수는 5만에 달했고, 인구수는 근 30만에 가까웠으며, 이는 지난 전쟁으로 인구가 줄어든 북경과 비슷한 수치기도 했다.

1428년, 태상황의 치세에 시행했던 호적 조사 당시, 호적 수 1만 6천과 더불어 10만이 조금 넘는 인구를 가진 것과 비교해 보면 가히 폭발적인 성장이라 할 수 있었다.

미타주가 속한 동평부는 20년도 되지 않아 10만에 가까운 인구가 몰려들어 북방의 중심지로 번영하게 되었으니, 이곳을 개척한 신숙주의 공은 대단하다고 할 수 있었다.

김시습은 성읍 안쪽의 번화한 풍경을 둘러보며 나름 감탄했고, 호숫가엔 고기잡이를 위한 배들마저 여럿 있는 것을 보곤 한강의 나루터들을 떠올렸다.

김시습은 관청에 들러 자신의 신분을 증명하곤 신고를 마쳤고, 약속한 장소로 발걸음을 옮겼다.

"볼일은 끝났는가?"

"예, 나리께서도 일 보셨습니까?"

"그렇네. 여기서 처리할 공무는 전부 마쳤네."

"그럼 오늘은 여기서 묵고 내일 다시 가시죠."

"아까 지나 오면서 보니 여기도 욕탕이 있는 거 같은데, 거기 딸린 숙소에 묵는 게 어떤가?"

"안 그래도 그렇게 할 참이었습니다."

김시습은 욕탕에서 따듯한 물에 몸을 담그며 노곤한 몸을 달랬고, 뒤이어 깨끗한 이부자리에서 단잠을 청했다.

다음 날이 밝자, 그는 자신의 부임지인 흑룡강(黑龍江, 아무르강)의 흑수군(黑水郡)도 이곳과 같길 바라며 여정을 이어갔다.

그는 고단한 일정 끝에 그가 듣고 싶어 했던 말을 길잡이에게 들을 수 있었다.

"나리, 다 왔습니다. 여기가 나리께서 부임하실 새 임지입니다."

"아무것도 없는 것 같은데……. 뭔가 착각한 것 아닌가?"

"나리께서 안력이 좋지 못해 안 보이시는 듯한데, 저~어기 20리 앞을 보시면 작은 고을이 보이실 겁니다."

김시습은 그가 가리킨 방향을 봐도 별다른 차이점을 느끼지 못했다.

"으음……. 거긴 내가 보기엔 그냥 숲인데, 뭔가 있는 건가?"

"나리, 혹시 부임지에 대해 모르고 여기까지 오신 겝니까?"

"아닐세. 100호가 새로 이주한 마을이라 들었고, 나름대로 해야 할 일에 대해 파악했네만."

"그럼 흑수군의 주업이 뭔지는 아시겠군요."

"수렵으로 먹고사는 마을이라 들었네."

"그 말씀이 맞습니다. 여긴 조선과 화령의 엽사들을 모아둔 마을입지요."

그의 말을 들은 김시습은 이내 불길한 예감을 떠올리며 말을 이어갔다.

"혹시… 나도 여기서 수렵에 나서야 하는 건가?"

"예, 맞습니다. 지난번에 여기 왔던 나리는 적응하시는 데 꽤 오래 걸렸는데, 나리께선 다르신 것 같습니다."

"…관원이 공무 대신, 수렵에 나서야 하는 이유가 뭔가?"

"여긴 사내들 대부분이 사냥하러 자리를 비우기에 마을이 텅텅 비어 평소에 할 일이 거의 없을 겁니다."

"그것이랑 사냥이 무슨 연관인가?"

"이런 수렵 위주의 마을은 자기가 먹을 것은 스스로 잡아야 하는 관습이 있지요."

"관원에겐 나라에서 내려주는 녹이 있는데, 그것만으론 부족한 건가?"

그러자 길잡이는 현실을 지적했다.

"관원들에게 먹을 걸 녹봉으로 내려주진 않잖습니까. 요즘 녹봉은 전부 금전이 아니었습니까?"

"…그 말이 맞네."

"여긴 시전도 없는데, 돈으로 먹을 걸 살 수 있겠습니까? 주민들에게 얻거나 거래하는 것도 한계가 있어요. 이런 덴 식량이 돈보다 귀해요."

"미리 좀 알려주지 그랬나. 이럴 줄 알았으면 시전에서 먹을 거라도 잔뜩 샀을 텐데."

"거, 다른 나리들과 이야기하는 걸 들어보니, 현지 사정을 바싹 꿰고 계신 것 같아서 잠자코 있었지요."

"……."

"아무튼, 새 임지에 오신 걸 환영합니다."

김시습은 주변에서 주워들은 말로 동기들에게 아는 척을 하다 스스로 무덤을 팠고, 현실적인 생존 문제부터 고민하게 되었다.

＊　　　＊　　　＊

"제독 대감, 추운데 안으로 들어가 계시지요."

북해를 항해하던 최광손은 친우이자 부선장인 왕충의 말에 고개를 저으며 답했다.

"아니, 나도 여기서 얼음덩이를 감시하려고."

"그 안대가 그리도 마음에 드신 겁니까? 누가 보면 근방에 사는 주민인 줄 알겠습니다."

최광손은 직전에 들른 섬의 주민에게 선물로 받은 모피 옷
과 더불어 생소한 모양의 안대를 쓰고 있었다.

왕충이 안대라고 칭하긴 했지만, 최광손이 쓰고 있는 건 이
누이트족이 순록의 뿔을 가공해 만든 보안경의 일종이었다.

얼굴의 절반을 가리도록 만들어진 안대는 눈이 맞닿는 부
분에 가로로 길게 홈을 파 앞을 살필 수 있게 되어 있었다.

"그럼. 새 친우가 내게 준 선물인데, 당연히 마음에 들지."

최광손은 일전에 들렀던 섬에서 만난 이누이트의 마을에서
몸의 대화법을 이용하여 친분을 쌓았고, 그들의 족장에게 식
량을 비롯한 여러 선물을 받아 다시 길을 나선 것이었다.

"…대감께서 산동에 부임했을 당시에 소관을 비롯한 다른
이들에게 조선말을 배우라고 강요하신 게 엊그제 같은데, 참
으로 많이 변하셨습니다."

최광손은 본래 명국의 말조차 익히기 싫어하는 성미였지만,
대만을 비롯해 남방 항해를 거쳐 여러 원주민을 만나며 소통
전문가로 변해 있었다.

"거, 사람이 살다 보면 필요에 따라 바뀔 수도 있는 거 아닌
가? 그건 그렇고, 마을에서 선물로 받은 안대가 꽤 많은 것으
로 아는데, 다들 이 좋은 걸 왜 안 쓰고 있는 거야?"

"써본 이들 말론, 시야를 가려 불편하다고 하더군요. 지금

바다에 떠다니는 얼음덩이가 즐비하고, 거대한 빙산이 함대에 접근할지도 모르는데, 그런 걸 쓰게 생겼습니까?"

"으음……. 이거 뭐라 말로 설명하긴 힘든데, 이걸 쓰고 견시에 나서는 게 더 좋을 것 같아."

"그리 말씀하시는 연유가 있는 겁니까?"

"지금 견시 임무에 나선 수병들은 하나같이 눈의 통증을 호소하고 있잖아."

"으음……. 그렇긴 합니다."

"지금 내가 이걸 쓰고 지켜본바, 눈이 아프거나 부시지도 않고 도리어 편한 느낌이야."

이들이 항해 중인 베링 해역엔 많은 얼음덩이가 부유 중이었고, 자외선이 거기에 반사되어 안구를 자극하는 증상인 설맹(雪盲)증을 일으키는 것이었다.

"그렇습니까? 그럼 제가 먼저 시험해 보지요."

왕충이 자신의 선실에서 안대를 찾아와 쓰자, 그 모습을 본 최광손은 웃었다.

"하하하."

"뭐가 그리도 우스우십니까?"

"자네 눈에 한일(一)자… 아니, 정음의 으 자 두 개를 떼어 붙여놓은 듯 보여서."

"…그건 대감도 마찬가지 아닙니까."

최광손은 한참 동안 뱃전에서 바다를 바라보며 왕충과 옛 이야기를 나누다가 다시 물었다.

"써보니까 어때?"

"확실히 제독 대감의 말씀대로인 듯합니다. 눈부심도 덜하고, 나름 적응되니 시야를 그리 가리지도 않는군요."

"그렇지? 견시 임무를 맡은 녀석들에게 낮엔 안대를 쓰고 나서라고 해. 다른 배에도 그리 전하고."

"알겠습니다."

워낙 튼튼하게 제작된 데다, 선박 밑면에 구리판을 두르기까지 한 광무함이 선두에서 자잘한 유빙을 부수며 원정 함대를 선도 중이었고.

그 뒤를 따르는 30여 척의 대형 갤리온들이, 혹시 모를 거대 빙산의 충돌을 피해 조심스럽게 항행하고 있었다.

이들이 항로를 더 위로 잡아 이동했다면, 거대한 빙산과 유빙에 갇혀 항해조차 할 수 없었겠지만.

다행히도 이들은 알래스카로 이어진 섬들을 따라 움직이고 있었고, 해역엔 적당히 헤쳐 나갈 만한 얼음덩어리들이 떠다니고 있었다.

물론 거기엔 최광손의 친구가 된 이누이트 족장의 조언이 한몫했다.

본래 원정 함대는 새로 발견하는 땅의 해안선을 해도로 남기려고 최대한 대륙에 붙은 연안을 따라 이동하려 했었지만.

이 시기의 북쪽 바다는 얼어붙어 사람이 걸어 다닐 수 있다는 조언을 듣고 계획을 수정한 덕이었다.

원정 함대는 해삼위에서 출발한 지 두 달하고도 보름이란 시간 끝에 베링해에서 벗어났고.

안개가 자욱한 알래스카만 인근에 도달했을 무렵, 이변을 감지해 돛을 접고 속도를 낮춰야 했다.

"…여긴 선이라도 그은 것처럼 갈려 바다의 색이 다르네. 대체 무슨 현상이지?"

최광손의 말대로 새하얀 거품의 선으로 바다를 나눈 듯, 마치 칠흑과도 같은 시커먼 색의 해수와 상대적으로 밝은 색의 바닷물이 대비를 이루고 있었다.

이제껏 본 적 없던 자연의 경이를 목격한 왕충이 놀란 표정으로 최광손에게 말했다.

"주변에 자욱한 안개도 그렇고……. 마치 세상의 끝에 도달한 느낌이군요."

"자넨 그런 걸 믿나? 우리가 사는 땅이 거대한 원형이란 건 우리가 곳곳을 돌아다니며 진즉에 증명이 끝난 걸로 아는데?"

"그건 그렇지만……."

"하다못해 승선 중인 학자들이 새로운 시계랑 관측기구까지 들고 왔는데, 부선장이란 이의 입에서 그런 말이 나오면 다들 어떻게 생각하겠어?"

"송구합니다. 소관도 이럴 정도니, 수병들의 동요 또한 만만찮을 겁니다."

"그럴 수도 있겠군. 신노야!"

넋을 잃고 신기한 광경을 바라보던 신노스케는 최광손의 부름에 뱃전으로 달려와 답했다.

"제독 대감, 부르셨습니까?"

"그래, 행여 이상한 소리 하는 녀석들이 나오지 않게 단단히 단속하거라."

"대감, 사실… 소관도 겁이 납니다."

"뭐가 그리도 겁이 나나?"

"배가 저기로 들어가면 가라앉을 것 같은 기분도 들어서요. 어떤 놈은 요괴나 괴이가 저 밑에 살고 있을 것이라고 떠드는 놈도 있습니다."

"이보게, 장석이. 자네도 그러나?"

그러자 광무함의 선임 무관인 박장석이 불안한 표정으로 답했다.

"조금, 꺼림칙해 보이긴 합니다."

"허, 자네들도 이럴 정도면, 뒤따라오는 배들도 지금 같은 상황이겠군."

이들이 그런 대화를 나누던 사이, 각종 잡무를 거쳐 나름 대로 배에 적응해 가던 신입 무관 남이가 외쳤다.

"제독 대감! 소관은 겁나지 않습니다. 대감께서 허락하시면 제가 몸소 뛰어들어서 증명하겠습니다."

추운 바다에 빠지는 순간 즉사할 것은 자명한 사실이지만, 최광손은 그런 남이의 허세에 웃으며 소리쳤다.

"산남, 말 잘했다. 들었지? 우리 막내도 이러는데, 너희는 뭐가 그렇게 겁이 나냐?"

지목당한 남이의 나이로 볼 땐 이들 중에서 막내가 맞긴 하지만, 그는 정식 무관이기에 최광손의 말을 정정해 달라고 하고 싶었다.

그러나 그는 아버지의 친우이자, 하늘과도 같은 상관의 말에 토를 달 수 없었기에, 얌전히 자신에게 쏠리는 시선을 받아들이며 주목받는 것을 즐겼다.

남이의 느닷없는 도발은 최광손과 함께 서역과 남방을 탐험하며 자부심을 가지고 있던 선원들에게 불을 붙였고.

그들은 뱃사람 특유의 지기 싫은 기질이 발동해 큰소리를 치기 시작했다.

"우리 막내 나리의 말이 맞습니다!"

"행여나 괴이라도 출몰하면 화포로 쏴 죽이면 그만입지요!"

용기백배한 선원들의 호응에 힘입어 광무함이 전진을 시작했고, 경계선을 넘어도 아무런 이상이 없는 걸 알게 된 이들은 환호하며 자축했다.

하지만 항해를 재개하던 이들은 2각 후 배가 흔들리며 안개 속에서 무언가와 부딪혔음을 직감했다.

그들은 짙은 안개 속에서 뒤를 따르는 갤리온과 비슷한 덩치의 흰 고래를 마주하게 되었다.

*　　　　　*　　　　　*

안개 속에서 느닷없이 거대한 물체와 충돌한 광무함은 처음에 작은 빙산에 부딪혔다고 생각했지만.

그것은 빙산이 아니라 포유류 중 가장 큰 대왕고래 다음으로 거대한 덩치를 자랑하는 향유고래였고, 나이가 들어 전신이 희게 변한 개체였다.

뱃전에서 전방을 감시하다 아래를 내려다본 수병이 고함을 지르며 모든 승무원에게 경고했다.

"조심해! 바닷속에 뭔가가 있다!"

그의 말에 따라 배 아래를 내려다본 승무원들은 일제히 경악했다.

그곳엔 차마 한눈에 다 들어오지 않을 만한 덩치의 하얀 무언가가 광무함과 부딪친 후, 물속으로 들어가며 그 여파로 배를 뒤흔들고 있었다.

"선체가 파손되었는지 확인해라!"

"예! 제독 대감."

괴이가 나오면 화포로 쏴 죽이겠다고 호언장담하던 수병은 앞서 한 말도 잊고 겁을 집어먹은 채 쭈뼛대며 명령을 수행했다.

비단 겁을 먹은 것은 그 혼자뿐만이 아니었다.

원정 함대의 일원들은 여러 바다를 항해하며 갖은 일을 겪어왔지만, 생전 처음 보는 자연현상과 더불어 자욱한 안개 속에서 상상을 초월한 덩치의 무언가와 조우하자 이성이 마비되는 듯한 공포에 질린 것이었다.

그러나 모두가 그런 것은 아니었다.

최광손은 그 와중에 중앙 돛대를 타고 올라가 광무함과 충돌한 것의 정체를 확인하려 했고, 이내 상대의 모습을 파악할 수 있었다.

"야마야!"

"예, 제독 대감!"

구주 출신의 수병 야마다는 졸지에 제독에게 지목당하자 당황했지만, 최광손은 그에게 손짓으로 올라오라는 신호를 보냈다.

야마다가 지시대로 돛대에 오르자, 최광손이 물었다.

"야마, 너희 집안이 본래 구주의 일기도에서 고래잡이를 했었다고 했지?"

"예, 그렇습니다. 그걸 어찌 아셨습니까?"

"내가 너희에 대해 모르는 건 없어. 아무튼 네 눈엔 저게 뭐로 보이냐?"

야마다는 최광손이 가리킨 방향을 보자, 그에겐 나름 익숙한 형체가 수면 아래서 움직이는 게 눈에 들어왔다.

"저건 쿠지라… 아니, 향고래로군요. 실로 대물… 저 정도면 근 90척(약 28m)에 가까운 듯한데, 이제껏 저런 덩치의 향고래는 본 적이 없습니다. 그리고 이상하군요."

"뭐가?"

"보통 향고래는 무리를 지어 다닙니다. 그런데 저 흰색 향고래는 홀로 움직이고 있어서 그렇습니다."

"그런가, 저 정도 덩치의 고래면 북해의 군주나 제왕이라 불러도 손색이 없겠어. 확인해 줘서 고맙다."

최광손이 거대하면서도 희귀한 고래의 모습에 감탄하자, 야마다는 침통한 표정을 지으며 답했다.

"아닙니다. 대대로 포경을 업으로 삼았었던 제가 겁을 집어먹고 고래를 몰라보다니, 창피하기 그지없습니다."

"네 생각엔 내가 저걸 어떻게 하면 좋겠냐?"

"제독 대감께서 잡길 바라신다면, 소인은 기꺼이 명을 따를 것입니다."

"광무함에 고래를 잡을 만한 장비 같은 건 없지 않던가?"

"포경이 아니라 사살이 목적이면 포갑판의 거포를 동원할 필요도 없습니다. 선상에 비치된 선회포와 산탄을 이용해도 충분할 것입니다. 시간이야 좀 걸리겠지만 피를 많이 흘리게 하면 죽일 수 있습니다."

"저만한 고래가 상처를 입고 날뛴다면 어찌 될 것 같으냐?"

"광무함이야 안전하겠지만, 함대의 가리선(갤리온)이 버틸 수 있을진 장담 못 할 것 같습니다."

야마다의 말을 들은 최광손은 고민하다 결정을 내렸다.

"일단 상황을 지켜보다 저 백경(白鯨)이 선단에 위해를 끼칠 기미가 보이면 공격한다. 야마 넌, 내려가서 사정을 설명해라."

"예, 소인이 제독 대감의 명을 받들겠습니다."

그렇게 야마다가 선상 갑판으로 내려가 선원들에게 정체불명의 괴이가 커다란 흰고래였다는 것을 알리자, 겁을 집어먹었던 선원들이 안도하며 말했다.

"그게 고래였다고?"

"허, 그런 줄도 모르고 모양만 빠졌네."

"오늘 저녁은 고래국으로 할 수도 있었는데 아쉽게 되었어."

좀 전까지만 해도 공포에 질려 있던 선원들은 자신들이 언제 그랬냐는 듯 허세를 부렸지만.

고래가 다시 한번 배를 들이받을 수도 있기에, 그들을 짓누르고 있던 불안이 완전히 해소된 것은 아니었다.

최광손의 지시는 불빛 신호를 통해 가리선 선장들에게도 졌고, 원정 함대의 모든 배는 만약의 사태에 대비해 전투태세를 갖췄다.

백경은 눈치를 보듯 광무함과 원정 함대의 주변을 배회했고, 그것을 지켜보던 이들은 긴장한 채 만일의 사태에 대비했다.

"그냥, 이럴 필요 없이 먼저 쏴 죽이면 안 되는 건가?"

두꺼운 털옷을 입고 섬의 주민에게 선물로 받은 순록 뿔 안대를 착용한 선원이 선회포에 산탄을 재며 중얼대자, 그 말을 들은 선임 수병 신노스케가 그에게 다가갔다.

"아서라. 제독 대감의 명을 어기고, 허락 없이 방포했다간 내가 네놈을 저 물속으로 던져 고래 밥으로 만들어주지."

"마… 말이 그렇다는 거지요. 어찌 제가 제독 대감의 지엄한 명을 어기겠습니까."

그러자 신노스케는 진지한 표정으로 모두가 들으라는 듯 말을 이어갔다.

"모두 잘 들어. 제독 대감의 명이 떨어지기 전에 멋대로 움직이는 놈은! 내가 직접 이곳의 바닷물이 얼마나 차가운지 느끼게 해주겠다. 알겠나?"

"예, 알겠습니다!"

선임 수병의 엄중한 단속 덕에 어수선하던 갑판의 분위기가 진정되자, 그 광경을 지켜보던 신입 무관 남이는 속으로 생각했다.

'저런 건 무관인 내가 나서서 해야 하는데……. 다들 막내 나리라고만 부르니 원. 난 언제쯤 저들에게 제대로 된 무관으로 인정받을 수 있으려나.'

남이가 생각에 잠겨 있을 무렵, 선임 무관인 박장석이 우두커니 서 있던 그에게 말을 걸었다.

"남 무관, 우두커니 지켜보지만 말고 자네 자릴 찾아가게."

"예? 예, 알겠습니다."

상관의 말을 들은 남이는 곧바로 자신의 위치인 상갑판의 후미, 종루로 향했다.

그의 임무는 최광손이나 선임 지휘관의 신호를 받아 종을 치는 것과 동시에 하층에 연결된 전성관을 통해 발포 명령을 전달하는 것이었으니, 나름대로 중요한 임무라 할 수 있었다.

'하, 차라리 극악무도한 이족이나 나타났으면 좋겠네. 그럼 나도 전투에 나서서 공을 세울 수 있을 텐데.'

남이가 초조해할 무렵, 원정 함대는 전투태세를 갖추고 천천히 항해를 재개했고 짙게 끼어 있던 안개의 농도가 서서히 옅어졌다.

뾰로통한 표정으로 임무 대기를 하며 주변을 살피던 남이의 눈에 휘어진 삼각형과 같은 여러 지느러미가 바다를 헤치며 움직이는 것이 포착되었다.

지느러미들이 움직이는 방향은 방금 물을 뿜어내며 수면으로 올라온 거대한 고래 쪽이었고, 남이는 자신이 본 광경을 중앙 돛대에 올라가 있는 최광손에게 고함을 치며 보고했다.

"제독 대감! 좌측면에 수많은 상어가 나타난 것 같습니다!"

"뭐?"

최광손이 남이가 일러준 대로 좌측을 살피자, 수십에 달하는 지느러미들이 질서 정연한 대형을 갖추고 흰고래에게 접근하는 광경이 눈에 들어왔다.

"…설마, 저 녀석은 저것들에 쫓기다 광무함과 부딪친 건가."

최광손은 기나긴 항해에 대비해 선제공격하지 않는 결정을 내렸었다.

공격받은 고래가 자극받아 바다 아래에서 함선을 들이받으며 손상을 입힐 수 있다고 생각한 것이 첫 번째였고.

둘째로는 포경이 목적이 아닌 원정 함대가 피해를 감수하며 거대한 고래를 잡는다 해도, 해체할 만한 여건이 안 되어 사체를 바다 한가운데 버리고 가야 했기에 손해만 본다고 생각했던 것이다.

그러나 예상 밖의 사태를 직면하자, 합리적이자 냉철하게 판단했던 그의 결정은 삽시간에 흔들리기 시작했다.

북해의 제왕이라 불러도 손색없는 거대한 고래가 35개의 지느러미에 순식간에 포위되어 위기에 빠지자, 자기도 모르게 연민을 느낀 것이었다.

그렇게 고민하던 최광손에게 노천갑판에서 대기 중이던 야마다가 소리쳤다.

"대감, 저건 상어가 아니라 솔피(率皮)의 무리입니다!"

"그게 뭔가!"

"저것도 고래의 일종인데, 범고래라고 부릅니다!"

최광손은 줄을 타고 아래로 내려와 질문을 이어갔다.

"저것들에 대해서 잘 아나?"

"주요 포경 대상이었던 고래들만큼은 아니지만, 어느 정도는 잘 압니다."

"그래? 저것에 대해 아는 대로 말해봐."

"간단하게 말씀드리자면, 바다의 승냥이 떼라 할 수 있습니다."

"명칭이 범고래라면서 하는 짓이 승냥이라니, 좀 우습군."

"그건, 검은 줄무늬 때문에 붙은 명칭일 겁니다."

"그럼 저 녀석들이 저리 큰 고래를 사냥하는 건 흔한 일인가?"

"제가 알기론 아닙니다."

"어째서?"

"소인이 고래를 잡으러 먼바다를 오가며 저것들을 여러 번 보았었습니다. 바닷새를 잡아먹을 정도로 먹이를 가리지 않던 저놈들은 정작 향고래 무리를 발견해도 본체만체했습지요."

"배가 불러서 그런 것일 수도 있잖아?"

"아닙니다. 고래를 피해 다른 먹이를 잡곤 했으니, 저놈들끼리 알아서 피한다는 말이 맞겠지요."

"그런가. 그럼, 저건 흡사 바다에서 역모가 일어난 거나 다름없다는 소리군."

최광손이 자신의 상식대로 끼워 맞춰 상황을 이해하자, 야마다는 떨떠름한 표정으로 대답했다.

"뭐……. 그렇게 보셔도 무방할 겁니다."

범고래가 향유고래를 공격하는 건 흔치 않은 일이었지만, 지금 상황은 근처의 원주민들에게 무리를 사냥 당해 홀로 남은 늙은 향유고래를 포착하곤 몇 개의 무리가 연합하여 사냥을 벌인 것이었다.

또한 다수의 범고래에게 쫓기던 늙은 향유고래는 바다 위의 성채, 광무함에 머리를 들이받아 방향감각을 상실하며 함대 주변을 맴돈 것이기도 했다.

최광손이 야마다와 이야기를 나누는 사이, 향유고래를 포위하고 있던 범고래가 사냥감을 둘러싸고 전 방향에서 일제히 몸통 박치기를 시작했지만, 체급 차이가 심해 별다른 타격을 주진 못했다.

그러나 오랜 도주 끝에 지칠 대로 지쳐 있던 데다 광무함과 충돌로 어지러움을 느끼던 백경은 작은 통증을 참지 못하고 도움을 요청하듯 몸부림을 쳤다.

갈등하던 최광손은 마음을 굳히곤, 크게 외쳤다.

"잘 들어라, 지금부터 우린 북해의 제왕을 지원한다!"

최광손의 느닷없는 결정에 선원들은 의아해할 법도 했지만, 그들은 의문을 품지 않고 답했다.

"제독 대감, 그럼 저 범고래라는 걸 공격하면 됩니까?"

선임 수병 신노스케의 물음에 최광손이 쾌활하게 답했다.

"그래! 북해의 제왕께서 다치지 않게 신경 쓰고."

"그럼 산탄은 배제합니까?"

"그래. 전원 총을 들어라. 그리고 저쪽으로 배를 몰아 천천히 접근해!"

향유고래와 1리 정도의 거리를 유지하던 광무함이 좌현으로 방향을 틀어 접근을 시작했고, 최광손의 지시에 맞춰 수병들이 사격했다.

백경을 공격하던 범고래 무리는 느닷없이 큰 소리가 울려 퍼지자, 놀라며 주변을 살폈다.

목표인 향유고래만큼이나, 사실은 대왕고래보다 거대한 배를 본 적이 없던 범고래들은 그것을 생물이라 인식하지 못해 사냥에 집중했고, 그 결과는 동료들의 죽음으로 이어졌다.

두 번에 걸친 일제사격 끝에 바다가 범고래들의 피로 붉게 물들었고, 운 좋게 살아남은 20마리의 범고래들은 공격을 멈추곤 급하게 잠수를 시작했다.

"저것들도 고래의 일종인데, 먹을 수 있을까?"

배를 까뒤집은 채로 해면에 떠오른 범고래의 사체들을 본 최광손이 중얼대자, 총열에서 화약 찌꺼기를 긁어내던 야마다가 답했다.

"저것들의 고기는 못 먹습니다. 저걸 안 잡는 데는 다 이유가 있는 법이지요."

"어떻길래 그래?"

"맛이 없기도 하지만, 저걸 먹으면 배탈이 납니다. 가끔 해안에 밀려온 범고래의 사체를 멋도 모르고 먹는 어부들도 간혹 있는데, 먹고 나선 며칠 동안 설사만 계속하게 되죠."

"그래도 뭔가 쓸데가 있지 않을까?"

"기름을 짜낼 수 있습니다만, 기름의 질이 좋은 것도 아니니 추천하지 않겠습니다."

"허, 저것들은 보면 볼수록 승냥이 같군. 힘들게 잡아봐야 쓸모도 없다니. 저딴 놈한테는 산군처럼 범이란 명칭이 아깝다. 범 대신 승냥이고래라고 해야 하는 거 아냐? 그딴 이름을 대체 누가 붙인 거야?"

"뭐……. 저도 동감하긴 하는데, 범고래는 산동 절제사 청죽 대감과 성상께서 공동으로 편찬하신 서적에 정식으로 등재된 명칭입니다."

광무제가 대리청정하던 시절, 조선의 어업과 항해술을 발전시키려 수많은 어선을 건조했었고, 한편으론 책이 필요하다 여겼다.

성삼문을 비롯해 첨사원의 관원들이 경험 많은 어부들을 불러 그들의 지식을 청했고, 그들이 잡아 온 물고기와 각종 해양생물을 책으로 정리한 어보(魚譜)를 편찬했다.

광무제는 성삼문이 완성한 어보의 초고에 전자사전의 지식을 가미해 정리했고, 성삼문의 호를 딴 청죽어보(靑竹魚譜)는 관청을 통해 반포되었었다.

본래 조선 내에서만 돌던 청죽어보는 조선의 땅이 된 구주나 산동을 통해 퍼져 어부들의 필독서가 되었고, 포경과 어업을 하던 야마다에게도 많은 도움이 되었기도 했다.

그런 야마다의 말을 들은 최광손은 무안한 표정을 지으며 답했다.

"다시 보니 선녀… 아니, 범 같네. 흠흠."

최광손은 딴청을 피우듯, 자신이 목숨을 구해준 고래를 바라보며 말을 이어갔다.

"북해의 제왕이시여, 부디 만수무강하시길."

위험에서 벗어나자, 물 위에 몸을 띄우고 광무함을 관찰하던 고래는 덩치에 비하면 한없이 작아 보이는 눈동자를 최광손과 마주치며 물을 뿜어냈다.

"허허, 북해의 제왕께서 기분이 좋으신 모양이다. 안 그래?"

"예, 제가 보기에도 그렇습니다."

"여기 타기 전까진 고래를 죽이는 걸 업으로 삼던 네가 그러니 조금 우습긴 하다."

"사실 저만한 덩치의 향고래는 처음 보니, 지금도 잡고 싶은 마음이 가득합니다. 그리고 저라고 해서 고래를 죽이기만 한 것은 아닙니다. 많은 걸 공부했지요."

"사냥감은 사냥꾼이 제일 잘 안다는 말과 비슷하네."

"예, 그리고 확실하진 않지만, 전 고래끼리 의사소통을 하고 있다고 생각합니다."

"뭍이 아니라, 물에 사는 짐승이 그런다고? 어떻게?"

"좀 전에 보셨던 범고래들의 움직임을 기억하십니까?"

"그래, 마치 잘 훈련된 병사들을 보는 듯했지."

"본래 무리 지어 사는 향고래 역시 의사소통이 이뤄지지 않고서야 보일 수 없는 정교한 움직임을 보이곤 합니다.

"으음……. 그럼 내가 저 고래와 대화를 할 수도 있지 않을까?"

"그건 무리일 겁니다. 제독 대감께서 처음 보는 타지의 사람들과 대화한다고 해서 개나 고양이와 소통할 수 있는 건 아니지 않습니까."

잠시 헛된 꿈을 꾼 최광손은 입맛을 다시며 말을 이어갔다.

"그것도 그러네. 그럼 지금부터 가던 길 가자."

백경을 구해준 최광손은 북동쪽으로 항해를 재개했지만, 의외의 사태에 직면하게 되었다.

"제독 대감, 저기 저 백경… 아니, 북해의 제왕께서 광무함을 따라오는 것 같습니다."

선장실에서 휴식을 취하던 최광손은 부선장 왕충의 보고에 조금 당황했지만, 이내 웃음을 터뜨렸다.

"뭐가 그리도 우스우십니까."

"난 농 삼아 북해의 제왕이라 한 건데, 자네까지 거기 맞춰주는 게 웃겨서. 크크큭."

"…아무튼 어찌하시겠습니까?"

"어차피 사는 영역이 있으니 계속 따라오진 않을 테고 우리에게 흥미를 잃으면 살던 곳으로 가겠지."

최광손의 추측과는 다르게 그가 북해의 제왕이라 부른 늙은 백경은 지금 신변의 안전을 위해 이들을 고래 무리의 일종이라 여기며 움직이고 있었다.

향유고래는 마치 원정 함대의 일원인 것처럼 움직였고, 이는 광무함이 알래스카의 해안을 발견할 때까지도 마찬가지였다.

미지의 땅을 발견한 최광손과 선원들이 기뻐하며 함대를 연안에 정박하곤 상륙을 시도할 때, 백경은 수면 아래서 포착한 먹잇감을 잡으려 깊이 잠수했다가 물 위로 올라 물줄기를 뿜으며 자신의 존재를 사방에 과시했다.

원정 함대가 상륙한 곳은 알래스카의 요지 앵커리지 남동쪽에 위치한 호수와 가까운 해안이었고, 호수와 이어지는 강줄기가 바다로 흐르는 위치에 알류트족의 마을이 있었다.

원정 함대가 신대륙에 먼저 상륙함으로써 사라지게 된 미래에선 이누이트 일족과 유피크족과 묶여 에스키모라 싸잡아 불렸던 알류트족의 마을엔 백경의 무리를 사냥했던 고래잡이들이 있었다.

최광손은 그들이 일전에 만났던 이누이트의 분파와 비슷한 언어를 사용한다는 사실을 깨닫곤, 그가 터득한 몇몇 단어와 몸짓을 총동원해 대화를 시도했다.

대화를 시도한 마을의 촌장은 확연히 구분될 정도로 존경의 눈빛을 보냈고, 최광손은 호탕하게 웃으며 가져온 선물을 그에게 주었다.

"제독 대감, 저들이 뭐라고 합니까?"

선임 무관 박장석의 물음에 최광손은 웃으면서 답했다.

"하하, 아무래도 저들의 눈엔 고래를 데리고 다니는 우리가 대단해 보인 모양이야. 그리고 우리 함대를 보곤 저만한 배가 있으면 고래를 데리고 다닐 수 있는 거냐고 묻던데?"

"소관이 낯선 바다에서 북해의 제왕을 만났을 때만 해도 암담한 심정이었는데, 결과적으론 일이 잘 풀리고 있는 거 같습니다."

"그러게. 당분간 해안가에서 접촉하는 주민들에게 좋은 반응을 얻을 수 있겠어. 그건 그렇고 자네도 백경을 북해의 제왕이라 부르는 건가?"

"저 정도면 이야기책에나 나올 법한 영물이 아닙니까. 고래라고 낮춰 부르기엔 송구스럽지요."

"풋. 그건 그렇고, 내가 이곳에 상륙할 때 직감했듯이, 여긴 확실히 섬이 아닌 거 같아."

"그렇습니까?"

"그래, 내가 저들의 족장에게 본래 살던 곳이 여기냐고 물어보니, 동쪽의 먼 땅에서 니히쏘라고 부르는 족속들에게 밀려 이곳까지 왔다고 하더군."

"얼마나 먼 곳에서 왔다고 합니까?"

"먼 선조의 일이라 잘은 모르지만, 셀 수 없이 많은 밤을 지새우며 왔다더군."

"그럼 우리가 드디어 새로운 대륙을 발견한 겁니까?"

"당분간 여기 머물며 알아보자고."

그렇게 신대륙에 도착한 최광손은 알류트족의 마을 인근에 머물며 선원들을 교대로 쉬게 했고, 원정 함대와 동행한 학자들이 이곳의 말과 풍습을 기록하며 알려지지 않은 식물과 광물이 있는지 탐색했다.

그러는 사이 최광손과 왕충은 이곳을 기항지로 삼고 대만의 다두처럼 조선의 조공국으로 만들어야 하나 고민하며 토론을 하기도 했다.

원정 함대가 알래스카를 거점으로 신대륙에 상륙해 휴식을 취하는 사이, 시간은 흘러 어느덧 1460년의 봄이 되어가고 있었다.

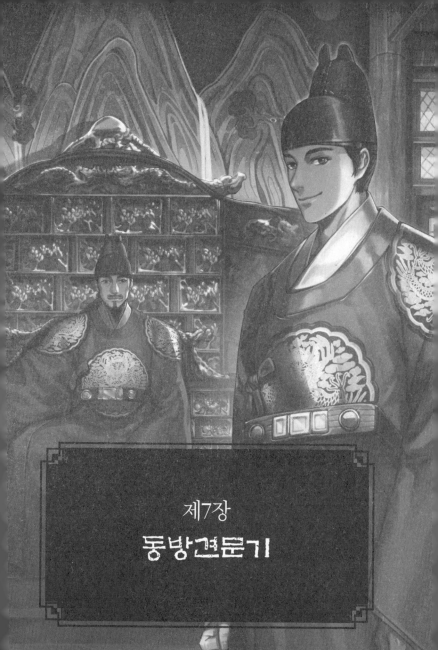

제7장

동방견문기

    신대륙에 도착한 최광손이 알래스카를 거점 삼아 동쪽으로 탐험대를 보내며, 자신도 광무함과 더불어 원정 함대의 절반을 이끌고 해안선을 따라 움직일 무렵.

    광무제가 친정한 서역 원정의 성과로 조선의 영토가 된 살래성(薩萊省, 사라이)에선 새로운 통치자 안평대군(安平大君) 이용(李瑢)이 탁자에 가득 쌓인 서류를 보곤 한숨을 쉬고 있었다.

    "하아…… 이건 아무리 해도 끝이 없군."

    한숨을 쉬면서도 눈과 손을 쉬지 않고 움직이던 그에게 커피가 대령되었다.

"현동자(玄洞子), 자넨 날 말려 죽일 셈인가?"

본래 도화서의 화공이었으나, 안평대군과의 친분으로 이곳에 같이 부임하며 승지로 승진한 안견(安堅)은 고개를 숙이며 답했다.

"소관이 어찌 전하께 그런 불경한 마음을 품을 수 있겠습니까. 어디까지나 전하의 공무를 돕기 위한 마음입니다."

"그 전하라는 말 그만하게. 자꾸 대역죄나 불경죄를 짓는 것 같아서 꺼림칙해."

"전하, 전하께서는 폐하께 왕작을 받아 살래의 친왕에 봉해지셨으니, 대군이 아니라 전하라 부르는 게 당연한 처사이옵니다."

"……"

본래 대군의 신분이었던 안평대군은 얼마 전 살래성을 새 왕부로 삼아 친왕으로 임명되었다.

이는 본격적으로 조선이 황제국의 길을 걷겠다는 의지기도 했다.

그런 행보를 문제로 삼을 만한 북명의 신료들은 그들의 황제인 정통제 주기진보다 광무제 이향에게 충심을 보이는 상황이기도 했으며.

명목상 대원의 군주였던 타이순 칸 보르지긴 톡토아부카

역시 정통제를 통해 친왕으로 봉해져 심양에서 경마를 즐기며 살고 있었기에 문제가 될 만한 소지가 없기도 했다.

"그런가, 내가 지나치게 예전의 법도에 익숙해져 있는 것 같군."

잠시 침묵하던 안평대군, 이젠 안평왕이 입을 열자 안견이 정중하게 답했다.

"전하께서도 언젠간 익숙해지실 겁니다."

"그건 그렇고. 이 장계를 읽어보니, 남서쪽의 왈라키아란 지방에서 사신이 왔다고 하던데, 거긴 폐하께 맞섰다가 패퇴한 영주의 영지가 아닌가?"

"예, 그 말씀이 맞을 겁니다."

"으음……. 그럼 저들을 쫓아내야 할까?"

"소관 역시, 근방의 사정에 대해 어둡고 그저 전하를 보필하는 처지니, 함부로 말씀을 올리는 건 곤란한 듯합니다."

"으음……. 우르반이나 젠틸레가 있었으면 좋았을 건데."

사라이에 머물던 헝가리의 화포 기술자 우르반과 베니스의 도제 전담 화가이자 기록관인 젠틸레는 얼마 전 본국으로 귀환한 총통위장과 함께 조선으로 떠났다.

우르반은 둘도 없는 친구 김경손에게 들었던 장영실을 만나기 위함이었고, 한편으론 조선에서라면 궁극의 대포를 제작할 수 있을 것 같다는 생각을 했기 때문이었다.

젠틸레는 사라이에 머물며 후세에 길이 남을 역사서를 남기려 참고했던 세계의 서술(Livres des merveilles du monde, 동방견문록) 속 내용의 진위를 조선의 관료들에게 확인받았었다.

그 결과, 젠틸레는 책의 내용 중 많은 부분이 과장되거나 잘못되었음을 확인했고, 동방견문록을 능가할 저작을 쓰려 조선행을 자처한 것이었다.

"전하의 뜻이 그러하시다면, 쫓아버리라고 전하겠습니다."

사신의 처우를 두고 잠시 고민하던 안평은 이내 고개를 저으며 답했다.

"아니다. 비록 적국이었다곤 하나, 먼 길을 온 사신을 쫓아버리는 건 대국의 체면을 상하게 하는 일이겠지. 내가 직접 만나보겠다."

"예. 전하께서 알현을 허하셨다고 전하겠습니다."

안건이 다과상을 두고 물러나자, 안평은 커피를 마시며 생각했다.

'본국에 있을 땐, 즐기던 흑차였는데. 지금은 이 향을 맡는 것만으로도 역하군. 이건 맹화유처럼 내 몸을 태우는 연료라고 해도 되겠어.'

안평은 마시던 커피가 뜨거운 것에도 아랑곳하지 않고 빠르게 마신 다음, 하던 공무를 이어갔다.

안평이 현재 가장 신경 쓰고 있는 건 사라이 성의 주민 확보였지만, 에센을 따라간 이들이 많기에 그들의 빈자리를 채우는 건 요원하기만 했다.

게다가 남아 있던 주민의 수는 일만에 남짓했고, 대부분은 이슬람 신앙을 믿다가 오이라트에 강제로 개종당했던 이들이었으니.

그들에게 조선의 풍속과 법도를 받아들이게 하는 것 또한 골치 아픈 문제였다.

안평은 아버지인 태상황 세종과 큰형 광무제 이향이 이슬람 신앙을 믿는 이들을 잡음 없이 조선에 동화시켰던 걸 잘 알고 있었다.

그렇기에 자신도 반드시 해내야 한다고 사명감을 품고 있기도 했다.

그렇게 안평이 고민에 빠진 사이, 왈라키아의 사신단과 대면할 시간이 되었고.

그는 의관을 정제하곤, 사신단을 접견했다.

"왈라키아 공작의 대리인, 자작 보르카투스 그라프가 대국의 친왕 전하를 뵙사옵니다. 부디 만수무강하시옵소서."

안평은 사신단의 대표로 나선 이의 친숙한 용모와 더불어 나름대로 유창한 조선말에 놀라 반문했다.

"그대가 왈라키아의 자작이라고?"

"예, 그렇습니다. 본래 자작이란 작위는 외신의 실제 작위와 다르긴 하나, 대국과 비슷한 명칭을 꼽자면 거기에 가까워 그리 지칭했사옵니다."

"그댄 아무리 봐도 왈라키아 태생은 아닌 거 같은데, 고향이 어딘가?"

"건주위 출신입니다."

안평은 북방에서 군역을 치르며 건주위가 동평부 미타주에 정착해 살고 있던 것을 잘 알고 있었기에 더 큰 의문을 품었다.

"아국의 신민인 건주위 출신이 타국, 그중에서도 전하와 맞서 싸운 나라의 세족이 되었다는 건가?"

불편한 기색을 보이는 안평의 말에 자작은 고개를 숙이며 말을 이어갔다.

"…그럴 만한 사정이 있습니다. 그리고 데우스와 군주의 이름으로 맹세컨대, 전 지금의 군주이신 공작 각하 외엔 충성을 바쳤던 이가 없사옵니다."

이만주의 아들인 보르카투, 즉 보을가대는 조선을 피해 방랑하다 오이라트의 노예 겸 역관이 되었고, 운 좋게 블라드를 만나 귀족이 되었다.

그가 주군으로 삼은 블라드 3세에게 새로운 성, 사실은 그가 숙청한 독일계 귀족의 성씨를 하사받아 보르카투스 그라프로 거듭난 것이기도 했다.

그는 아버지와 조선에 얽힌 마음을 숨기며 말을 이어갔다.

"이 외신은 어려서 아비를 잃고 마음씨 좋은 분께 거둬져 방랑하다 여러 일을 겪고 왈라키아의 공작 각하께 거두어졌습니다."

보을가대의 해명에 안평은 고개를 끄덕이며 답했다.

"음, 그런가. 그럼 먼 길을 거동한 연유는 뭐지?"

"왈라키아의 공작께서 폐하께 약조하셨던 전쟁배상금 일부를 가져왔사옵니다."

"그런가. 그것 말고도 다른 용무가 있나?"

"대국에선 광무제 폐하께서 친히 원정에 나서셨고. 티무르, 그리고 오스만과 연합해 신앙 세계의 연합군에게 대승을 거두셨습니다."

"그랬었지. 지금 그걸 이야기하는 이유가 뭔가?"

"외신의 군주이신 왈라키아의 공작께서 대국의 뜻이 그들과 계속 이어지는지 알고 싶어 하시기에, 외신이 여기로 온 것입니다."

그러자 안평은 큰형 광무제에게 받은 서신의 내용을 떠올리며, 침착하게 답했다.

"무릇, 나라 간엔 영원한 친구도 적도 없는 법이지."

"그럼 그들과 뜻을 달리하신다는 말씀입니까?"

"티무르는 아국의 형제국이지만, 오스만은 아니다. 이후의 관계가 어떻게 될지는 술탄에게 달려 있다는 뜻이네."

보을가대는 안평왕의 대답에 내심 만족했지만, 여전히 감정을 숨긴 채 답했다.

"전하의 답에 외신의 주군도 기뻐하실 듯합니다."

"그런가."

"이 외신이 전하의 귀중한 시간을 허비했으니, 외신이 배상금과 별개로 공물을 바치겠나이다."

"뭘 바치려 하나?"

"아국에서 티가니(접시)라고 부르는 노비입니다."

"노비를 바치겠다고?"

"예, 외신이 알기론 조선에선 노비의 가치가 높다 들었습니다. 아닙니까?"

"그대의 말은 반만 맞고 반은 틀렸다."

"혹여 외신이 대국의 사정에 어두워, 결례라도 저질렀다면 사죄드리겠습니다."

"아닐세. 그래도 성의를 봐서 받도록 하지. 데려온 이들이 얼마나 되는가?"

"오백 정도 됩니다."

"고맙게 받겠네. 이만 물러가 쉬게나."

"예, 그럼 이만 물러가겠습니다."

광무제는 강제로 노비제도를 철폐하는 대신, 사노비에 높은 세금을 물리는 식으로 사대부나 지주들이 자발적으로 노비를 풀어주도록 만들었고.

보유한 노비의 수와 더불어 보유한 연차가 늘어날수록 누진세처럼 금액이 불어나도록 법도가 정비되어 있었다.

따라서 현재 조선에선 관노비의 명칭이 관무원으로 바뀌어 나라에 고용된 신분으로 변했고.

사노비는 거의 사라지다시피 했으며, 아직도 사노비를 보유한 이들은 그들의 몸값으로 엄청난 세금을 내고 있으니, 보을 가대의 말은 반만 맞은 셈이었다.

안평은 왈라키아 측의 선물에 기꺼워하며 그들을 노비에서 풀어주고, 사라이의 새 주민으로 받아들일 계획을 세웠다.

안평은 사라이에 방문한 상인들을 통해 그들의 나라 사정을 물었고, 주민 다수가 농노 신세라는 것을 알게 되었다.

또한 가까운 오스만에서는 나라에서 공인한 노예무역이 성행하고 있는 것을 알게 되었다.

"향신료의 대가로 사람을 받으시겠다는 겁니까?"

안평의 느닷없는 선언에 안건이 놀라며 답했고, 그 말을 한 당사자는 아랑곳하지 않고 말을 이어갔다.

"그래, 그러는 편이 양측 모두에게 이득이 아닌가? 내 나름대로 알아보니, 이 근방의 나라에선 하나같이 노비를 사람으로 생각하지 않는 것 같더군."

"으음……. 그래도 폐하께서 이 일을 알게 되시면 뭐라 하실지, 염려됩니다."

"아국의 신민이 늘어난 것에 기뻐하시겠지. 그리고 폐하께선 내가 내리는 결정을 언제나 믿고 지지하신다 하셨었네."

안평은 군역을 치르기 전 언제나 두려워하던 형과 마음속 깊이 숨겨두었던 이야기를 털어놓을 수 있었고.

그 결과 황실의 종친들은 물론이고, 동복형제들은 큰형에게 감복하였으며, 지금은 그 누구보다도 광무제를 존경하며 따르고 있기도 했다.

"그렇습니까……. 그럼, 이곳을 방문한 베네치아의 상인들이나 타국의 상인들에게도 알려두지요."

안평의 결정이 상인들을 통해 교역국에 알려지자, 가장 뜨거운 반응을 보인 것은 오스만이었다.

그들은 맘루크 왕조를 통해 수많은 노예를 거래하고 있었기에, 미당을 얻으려 기꺼이 노예들을 대가로 지급하기 시작했다.

어느덧 시간이 흘러 봄이 끝나갈 무렵 오스만 측에서 보낸 노예들을 받은 안평은 검은 피부를 가진 이들의 모습에 잠시 놀랐지만, 곧바로 말을 이어갔다.

"으음……. 생긴 건 익숙하지 않지만, 이들에게 배필로 삼을 만한 여인들을 짝지어주고 양인으로 만들면 좋을 것 같군."

안평은 또한 그들의 탄탄한 체구를 보며 감탄했다.

"아국의 양생법을 익히지 않고도 이 정도 체구를 지니고 있으면, 잠재력이 대단하다 할 수 있겠군. 나중엔 일도 잘하고, 좋은 병역 대상이 되겠어. 안 그런가?"

그러자, 안견이 조심스럽게 답했다.

"저어……. 전하, 이들을 바로 양인으로 만드는 건 힘들 것 같습니다."

"어째서?"

"그게… 이들은 그것이 없답니다."

"뭐가 없다는 건가?"

"남자의 그것 말입니다."

"뭐? 그게 대체 무슨 소리인가? 그럼 이들이 전부 화자(火者)란 말인가?"

"관원들이 상인들에게 환관 후보를 데려오면 어쩌냐고 항의했더니, 이게 그들의 풍습이라고 답했답니다."

"대체 무슨 풍습을 가졌길래… 멀쩡한 사람의 그걸 왜 자른단 말인가?"

조선에선 환관이 되기 위해 스스로 그곳을 자르는 건 국법으로 금지되어 있었고, 오히려 처벌을 받을 행위였다.

"소관이 듣기론, 저들은 검은 피부를 가진 이들을 천박하다 여기고 노예로 삼기 전에 거세부터 한다고 합니다."

"허……. 그럼, 이들을 어찌하면 좋을까?"

"이참에 왕부의 환관으로 만드시는 게… 어떨지요? 그 김에 무예에 재능 있는 충성스러운 이들을 골라 전하의 호위 겸 내관으로 삼는 것도 나쁘지 않을 듯합니다."

"하아… 그 수밖에 없나……. 알겠네. 본국에 이들을 교육할 내관을 보내달라고 해야겠어. 그 전까진 관원들을 통해 말과 예법을 가르치도록 하게나."

"예, 알겠습니다."

조선 최초로 외국 출신, 그것도 아프리카계의 환관이 탄생하는 순간이었다.

*   *   *

베네치아 출신의 화가 겸 기록관인 젠틸레 벨리니는 지난 전쟁 당시, 도제 프란체스코의 명령으로 오스만의 군주인 메흐메트의 의중을 알아보러 파견되었었고.

나름대로 일세를 풍미할 영웅인 메흐메트에게 개인적인 흥미를 느꼈었다.

그러나 전쟁이 끝난 지금에 와선, 메흐메트 따윈 머릿속에서 깡그리 날아갈 만큼 관심사가 뒤바뀌었다.

그가 평소 영웅이라 생각했던 이들을 무력으로 전부 격파한 것도 모자라, 전후 회담장에서 분위기로 그들을 위압하고 메흐메트마저 꼼짝 못 하게 만든 광무제와 더불어 그의 나라인 조선이 새로운 관심 대상이 되었던 것이다.

"자넨 아까부터 뭘 그리 적고 있는 건가?"

약간의 술이 준비된 식사 자리에서 차려진 음식을 글로 묘사하던 젠틸레는 동행하던 우르반의 물음에 상념을 깨며 답했다.

"저들이 역참이라고 부르는 이 시설에 대해 기록 중입니다."

"여기에 특별한 게 있나?"

"예, 처음에 몰랐었는데, 여긴 단순히 말을 갈아타는 장소가 아니더군요."

"그럼 그것 말고 다른 게 더 있나?"

"예, 통역관을 통해 조선의 관료에게 물어보니, 전시에는 보급창이자 소식을 전달하는 목적도 겸하고, 더불어 개인 사이에 편지를 전달하는 창구도 된다고 말했습니다. 지금처럼 공무를 보는 관원에겐 숙소의 역할도 하고요."

"그 정도만 가지고 특별하다고 보긴 부족한데?"

"사라이에 긴급 상황이 벌어지면 조선의 수도까지 소식이 전달되는 데, 보름이 채 안 걸린다네요. 그리고 전령이 길을 달릴 땐, 누구도 예외 없이 비켜줘야 한답니다. 심지어 황제의 일족이나, 푸른 피를 타고난 고귀한 일족들마저도요."

우르반은 식사를 먼저 마치고 자러 간 총통위장 김경손의 말을 떠올리며 답했다.

"조선에선 기사에 상응하는 계층을 사대부라고 한다고 하네."

"제가 아는 기사와 차이점이 있습니까?"

"조선에선 시험을 거쳐 선별되고 작위가 세습되지 않으니, 많은 면에서 다르지. 자세한 건 나중에 당사자들에게 직접 묻게나."

"음, 시험으로 선별된다는 게 잘 이해가 되진 않지만, 저들이 제게 보이는 자신감이 그런 데서 기인하나 보군요. 알겠습니다."

"그건 그렇고, 내 친구에게 듣자 하니, 사라이에서 본국의 수도까지 4,000밀리온(마일, 약 6,500㎞)에 가깝다고 하던데……. 그만한 거리를 보름 만에 주파가 가능한 건가?"

"우르반 님도 위대하신 칸, 임페라토르가 친히 기병대를 이끌고 사라이까지 달리신 것을 알고 계시지 않습니까?"

"그거야 그렇지만, 전령이 그보다 세 배 가까이 빠르게 달릴 수 있다고 하니, 도저히 상상이 가지 않아서 그러지."

"여기까지 오는 데도 대략 30에서 40밀리온 정도의 거리마다 역이 설치되어 있었잖습니까."

"그랬었나? 거리를 따져보지 않아서 몰랐네."

"대기하고 있던 기수가 다음 역까지 전력으로 달리고, 곧바로 대기하던 다음 기수에게 전달해 교대로 전달되는 구조라고 들었습니다."

"허, 그건 나도 친구에게 못 들은 이야기인데, 자넨 잘도 알고 있군."

"사실, 제게 이걸 말해준 관료도 화를 낼 정도로 꼬치꼬치 캐묻긴 했지요. 그리고 저 나름대로 새로 알아낸 소식도 있습니다."

"뭔가?"

"신앙 세계에 귀의하고 모스크바와 사라이를 통치했던 에센은 사실, 다이유안(대원)과 아무런 혈연관계도 아니었답니다."

"그건 나도 아네. 나의 새 주인이신 위대한 칸, 임페라토르(황제)에게 이미 들었네."

나름대로 대단한 사실을 알아냈다고 자랑하고 싶었던 젠틸레는 이내 침울한 표정을 지으며 답했다.

"…그렇습니까?"

"그래, 자네도 알다시피 난 전쟁이 끝나고 나서 군주들의 회담에 참여했었잖나."

"예, 우르반 님이 회담장에서 했던 발언은 저도 전부 기록해 두었었지요."

우르반은 회담 막바지에 술에 취해 곯아떨어졌던 추태를 기억하곤, 얼굴을 붉히며 답했다.

"…아무튼, 회담 전에 나의 군주께 여러 이야길 들었네."

"오……. 그럼 제가 우르반 님에게도 물어볼 것이 생겼군요."

"자넨, 나와 달리 임페라토르께 충성을 바친 신하가 아니잖나. 그러니 거기서 오간 이야기 외엔 해줄 수 있는 말이 없군."

"그렇습니까……. 하긴, 제 기록을 조선의 기록관들이 적어둔 기록과 비교해 보고 싶었는데, 그들도 안 된다고 거절하더군요."

"그게 당연한 것 아닌가? 자네가 그곳에 참석해 기록을 남길 수 있었던 건, 술탄의 측근이란 자격이 인정되었기 때문이야."

"저도 우르반 님이나, 백만의 사내처럼 위대한 칸의 신하가 되어야 알 수 있는 정보가 많아지겠군요……."

젠틸레가 동방견문록의 저자, 마르코 폴로의 별명을 언급하자 우르반은 눈가를 찌푸리며 답했다.

"자넨 도제에게 충성하는 몸이 아닌가? 가족들도 전부 베네치아에 있을 텐데."

"사실… 이번 조선으로의 여정도 도제와 가족에게 알리지 않고 왔습니다. 그리고 도제께선 병을 앓고 계시니, 제게 신경 쓸 겨를조차 없으실 겁니다."

"허, 대체 어쩌려고 그러나?"

"그러는 우르반 님도 홀몸으로 조선에 가시는 것 아니었습니까?"

"이봐, 나에 대해 뭔가 착각하고 있는 듯한데, 난 이미 티무르를 통한 배편으로 가족을 먼저 조선으로 보내놓았네. 내가 자네처럼 생각 없이 움직인 거라 보는 건가?"

"…저도 길을 떠나며 나름대로 각오했습니다. 제 동생 조반니가 있으니, 도제의 전담관 자리와 가문 역시 그 녀석이 계승하게 될 겁니다."

"허, 기록에 대한 집착이 대단하군. 그건 일종의 명예욕인가?"

젠틸레는 그런 우르반의 질문에 질문으로 답했다.

"그러시는 우르반 님도 역사에 남을 만한 대포를 만들 욕망 때문에 새 주인을 섬긴 것 아닙니까?"

"아니네. 난 내 평생을 두고 사귈 만한 친구를 찾았어. 게다가 날 사기꾼 취급하던 신앙 세계의 군주들과 격이 다른 데다, 날 이해해 주시는 주인을 만나게 되었어. 자네와 난 조선으로 가는 동기가 달라."

"으음……. 아무튼 내일 다시 길을 떠나야 하니, 전 먼저 잠자리로 가지요. 우르반 님도 적당히 드시고 주무시지요."

둘이 이야기하는 사이 음식이 전부 식어버린 데다, 우르반 덕에 입맛을 잃어버린 젠틸레가 먼저 자리를 뜨자.

우르반은 말린 소고기를 불려 이름 모를 채소들을 넣은 스튜, 사실은 소고기뭇국의 국물을 들이켜는 것으로 식사를 이어갔다.

다음 날 길을 나선 일행들은 여정을 이어갔고, 일주일 후 남쪽의 거대한 산맥을 보며 감탄했다.

"저기가 말로만 들었던 하늘 산맥인가 봅니다."

그러자 우르반은 곁에서 천천히 말을 몰던 김경손과 조선말로 이야길 나누곤 젠틸레에게 답했다.

"조선의 명칭으론 천산(天山)이라고 한다는군."

"그래요? 저 정상에 보이는 눈들은 일 년 내내 녹지 않는다던데, 그 말이 맞네요. 마치 알피(Alpi, 알프스)산맥을 보는 것 같습니다."

그러자 우르반은 김경손에게 들은 이야길 덧붙였다.

"내 친구가 말하길, 산맥 남쪽엔 거대한 사막이 자리 잡고 있다는군. 이 산맥을 경계로 비단길의 북쪽 경로와 남쪽 경로가 나뉜다고 하네."

"북쪽은 우리가 이제껏 온 곳일 테고, 남쪽 길은 어디로 이어지는 겁니까?"

"티무르의 수도, 사마르칸트네."

"아아, 그렇군요. 그럼 비단길의 영역을 전부 조선에서 관장하고 있는 겁니까?"

"아니, 남쪽은 티무르에서 관리 중이라 하더군."

"그렇군요. 잠시만 이곳의 경치를 그림으로 남겨도 될지 물어봐 주시겠습니까?"

"붕성 대감, 저 녀석이 여기 풍경을 그림으로 남기고 싶다는데 어쩌겠나?"

동방 제일의 성벽을 지닌 북경성에 이어 서역에서도 손에 꼽을 만한 성벽을 갖춘 사라이성을 무너뜨려 별명이 붕성(崩城) 대감이 된 김경손은 우르반의 물음에 손사래를 치며 답했다.

"아직도 갈 길이 먼데 그럴 여유가 어딨나? 정 그리고 싶으면 말 위에서나 그리라고 하게. 그리고 다음 역참에서도 천산이 보이니 거기서 그리면 될 듯한데, 뭐 저리 유난인가."

우르반이 김경손의 말을 순화해 전달해 주자, 젠틸레는 거기서 보는 경치와 이곳은 다를 것이라고 말하고 싶었지만, 그 말을 속에 묻은 채 답했다.

"예, 그렇게 하겠습니다."

젠틸레는 말 위에서도 그림을 그릴 만한 실력을 갖춰야겠다고 다짐하며 여정을 이어갔고.

우르반이나 젠틸레에겐 나름대로 강행군이지만, 운송 중인 전리품이나 세금이 가득한 마차와 수레들 덕에 조선 측 관료에겐 하품이 나올 정도로 느린 일정이 계속되었다.

"여긴 에센이 전쟁 전에 점거하고 있었던 유안의 영역이라고 하는군. 그리고 자네가 그리 좋아하는 백만의 이야기(동방견문록)에도 나오는 도시도 있겠군."

젠틸레가 끝이 보이지 않는 초원에 질릴 무렵, 우르반의 말을 듣곤 환하게 웃으며 답했다.

"혹시 칸이 여름을 지내던 도시를 말씀하시는 겁니까? 마르코가 칸을 처음 만난 장소가 아닙니까!"

"아마, 그 말이 맞을걸세."

"황금의 도시로 알려진 곳에 가게 된다니, 정말 기대됩니다."

"자넨, 마르코 폴로가 그렇게도 좋은가?"

"예! 같은 고향 사람이기도 하고, 무엇보다 시대를 앞서간 위대한 탐험가가 아닙니까."

"자넨 그의 저서에 잘못된 걸 고치려고 조선에 간다고 한 거 아니었나?"

"모든 서적이 완벽할 리가 없잖습니까. 틀린 부분이 좀 있을 지언정, 그의 업적이 퇴색되는 건 아니라고 생각합니다."

역관을 통해 젠틸레와 우르반의 대화를 전해 들은 김경손은 한숨을 내쉬듯 답했다.

"대체 그 책이 뭐길래, 저리도 호들갑인가. 거긴 지금 평범한 역참에 불과한데 황금의 성시라니 가당찮은 소리만 하는군."

그런 김경손의 말을 들은 우르반은 젠틸레에게 순화해서 전했다.

"내 친구가 기대하면 실망할 거라는데……. 아무튼 조만간 보게 되겠지."

기대감에 부푼 젠틸레가 상도(上都)에 도착하자 그를 맞이한 건 기록에 적힌 대로 인구 100만의 황금 도시가 아니라, 일개 마을에 불과한 곳이었다.

"…설마 이 기록도 잘못된 거였습니까?"

젠틸레가 망연자실한 표정을 짓자, 우르반이 역사에 해박한 문관의 말을 듣곤 통역해 주었다.

"아니, 그게 아니라, 지금 키타이(중국)에 자리 잡은 나라, 밍이 유안을 공격했을 때 함락되어 불타 버렸다고 하는군."

사라이에서 지내는 동안, 만나는 이국의 관료나 상인들에게 키타이에서 왔냐는 소리를 지겹게 들었던 김경손은 그 단어에 반응해 우르반을 질책하듯 말했다.

"키타이는 사라진 나라 거란의 다른 명칭이고. 중원하곤 전혀 상관없는 곳이야. 전에도 이야기해 줬던 거 같은데 벌써 잊어버린 건가?"

김경손의 말을 들은 우르반은 표정 하나 바꾸지 않고 천연덕스럽게 말을 이어갔다.

"아, 키타이는 북쪽에 살던 유목 왕국의 옛 이름이고, 정확한 명칭은 중원, 풀어서 말하면 가운데 땅이라고 하는군."

우르반의 말을 들은 젠틸레는 유익한 말을 들었다고 생각하며, 행여라도 잊어버릴까 빠르게 펜을 놀렸고, 이어서 감탄하듯 답했다.

"조선말을 배운 기간은 비슷한데, 우르반 님의 실력은 대단하시네요."

"나야 이 나라 저 나라 떠돌아다니다 보니 요령이 생긴 거고, 자넨 오스만에 가기 전까지 베네치아에만 있었잖나? 그리고 내 조선말 실력이 딱히 뛰어난 건 아냐. 아직 발음도 어설 프고, 모르는 것이 더 많아."

"우르반 님은 임페라토르와 대화도 여러 번 하셨잖습니까?"

"말하기 어려운 부분은 나의 주인과 동석한 통역관에게 물어가며 도움을 받았네. 예법에 어긋나거나 잘못된 단어를 말하면 지금처럼 정정하기도 했고."

김경손은 역관을 통해 우르반의 말을 듣곤, 실로 뻔뻔하다며 혀를 내둘렀다.

"그렇습니까?"

"그래, 그러니 자네도 모른다고 주저하지 말고 아는 단어라도 총동원해서 시도부터 하는 게 좋을 거야."

"으음……. 그래 봐야겠군요. 일전에 역참에 대해 알려준 분이 제게 짜증을 낸 기억이 남아 주저했었는데, 앞으론 더 적극적으로 나서봐야겠군요."

그렇게 젠틸레는 여정 중에 보거나 들은 것을 전부 그림과 글로 남기며 이것저것 물어가며 담당 역관을 괴롭히기 시작했다.

젠틸레는 황제의 아버지가 다스리고 있다는 도시에 들러 그곳의 명물이라는 경마를 구경하기도 했고.

그것을 본 뒤, 옛 로마에서 벌였다는 전차 경주를 연상하며 삽시간에 경마의 마력에 빠져들었다.

결국, 젠틸레는 역관에게 마권 사는 법을 배워 우르반과 함께 가져온 재산을 전부 탕진할 뻔하다가, 김경손의 만류로 간신히 일부나마 보전할 수 있었다.

여전히 일확천금의 꿈을 버리지 못한 두 명을 억지로 말에 태운 김경손은 일행을 이끌고 남하를 시작해 마주치는 산맥을 우회하며 이동해 여러 개의 강을 건넜고.

젠틸레는 중간에 조선에서 마시, 즉 말 시장이라고 부르는 상업 구역에 들러 여러 가질 구경할 수 있었다.

관료들이나 역관들이 삼삼오오 짝을 지어 서역에서 얻은 개인 물품을 거래하고 있을 무렵.

젠틸레는 모피상에서 생전 처음 보는 야수, 산의 군주로 일컬어지는 호랑이 가죽의 아름다움에 감탄하며 값을 물었다.

그러나 웬만한 집 한 채 값과 버금가는 높은 가격에 혀를 내두르며, 베네치아에서도 인기 있는 담비 모피의 가격을 물었다.

하지만, 그 역시 가지고 왔던 두카트, 즉 금화를 경마로 탕진한 젠틸레가 쉽게 살 만한 가격이 아니었다.

그는 어쩔 수 없이 입맛을 다시며 주변을 구경하는 것으로 만족해야 했다.

젠틸레가 들었던 말 시장이란 명칭과 다르게 그곳에선 수많은 물품이 거래 품목으로 오갔다.

대량의 소금이나 설탕, 그리고 각종 식료품. 게다가 소와 돼지, 혹은 양이나 염소 같은 가축이 말보다 더 많이 거래되고 있었다.

젠틸레는 관찰한 시장의 풍경을 그림과 글로 남겼고, 궁금한 것은 상인들이나 행인을 붙잡고 그가 아는 조선말을 총동원해 가며 의문을 풀기도 했다.

그 와중에 그가 모르는 말이 나오면 일지에 적고 동행한 역관을 통해 뜻을 깨우치기도 했다.

그렇게 집요할 정도로 말 시장 탐방을 하던 그는 배가 고파졌고, 시장에서 호객 행위를 하던 여인의 출중한 외모에 이끌려 이름 모를 식당에 자리를 잡았다.

그는 그곳에서 시장 국수라고 부르는 음식과 설탕이 들어간 호병(燒餠, 호떡)을 후식으로 맛보곤 감탄했다.

"이 맛은 청어류의 생선젓을 넣어 맛을 낸 수프 같은데……. 바다 향과 더불어 적절한 짠맛이 조화를 이루고 있군요. 이 트리(Trii, 파스타)의 탄력도 그렇고, 제 고향을 떠올리게 하는 멋진 음식입니다. 이 달콤한 라가눔(laganum, 라자냐) 또한 훌륭합니다. 겉은 바삭하면서도 속은 달콤하고, 부드러운 것이 제 혀를 부드럽게 감싸는 듯한 느낌이었습니다. 이걸 만든 요리사에게 제 말을 전해주실 수 있겠습니까?"

그의 말을 들은 역관은 질린 표정을 지으며 답했다.

"…그냥 맛있다고 하면 될 걸, 앞뒤로 붙이는 말이 많으시군요."

"전 나름대로 최대한 말을 아낀 것인데요? 이 맛을 제대로 표현하려면 종이 한 장을 가득 채워도 모자랍니다. 그러니 제 말을 빼놓지 말고 전해주세요."

다른 역관이나 관료들이 사라이에서 얻은 물품을 현금화하는 와중에, 온종일 젠틸레와 동행하며 의사소통을 돕느라 진이 빠진 역관은 귀찮은 표정으로 그의 말을 우디게 출신의 주인장에게 전해주었고.

생각지 못한 찬사를 들은 그는 크게 웃으며 이들을 데려온 여자 점원을 부른 후 이야기를 이어갔다.

"저 요리사가 뭐라고 합니까? 한 마디도 빼놓지 말고 전해주세요."

"우선, 서역에서 온 귀하신 손님이 자신의 솜씨를 인정해 주어서 기쁘답니다. 역적 이만주를 관병에게 신고해 포상을 받았을 때만큼이나 기쁘다네요. 그리고 우릴 여기로 안내한 여인은 이곳 주인의 딸이랍니다."

"이만주라는 이가 누군진 모르겠지만, 나쁜 놈인가 보네요."

"조선의 변방을 어지럽히던 도적의 수괴입니다. 결국, 아국의 지엄한 형벌을 받았지요."

"그래요? 그보다 저야말로 오랜만에 고향의 맛을 느끼게 되어 기뻤다고 전해주세요."

젠틸레의 말을 전해 들은 중년의 사내는 호탕한 웃음을 지으며 답했고, 역관이 전달해 주었다.

"주인장이 자신 있는 음식이 많다네요. 기회가 된다면 다시 오라고 말했습니다. 그래서 우린 내일 떠날 몸이라 전해주었습니다."

"아쉽군요. 언젠간 다시 맛볼 날이 오겠죠."

자신을 문밖까지 배웅하는 주인과 딸을 뒤로한 채 숙소로 돌아가던 젠틸레는 멋진 음식을 맛본 것에 감탄하며, 시간을 내어 조선의 음식에 관한 책을 써볼까 고민에 잠겼다.

이후 여정을 재개한 일행은 평양이란 이름의 성에 들렀고, 그곳의 지방관에게 환대를 받았다.

젠틸레는 그날 저녁에 열린 연회에서 생소한 형식의 노래와 더불어 아름다운 춤을 보여주는 여인에게 마음이 흔들리기도 했지만, 그녀는 이미 남편이 있는 몸이라는 말을 듣곤 낙담하며 기록을 남기는 것으로 만족해야 했다.

그다음엔 옛 수도였다는 개성을 지나 1460년의 여름이 한창일 무렵, 일행은 마침내 황도 한성에 도착했고.

그들은 엄청난 인파가 어딘가로 향하는 것을 볼 수 있었다.

"대감, 조선의 수도는 언제나 이리 사람이 많습니까?"

여정 중에 조선말을 연습한 젠틸레의 질문을 들은 김경손은 기특한 감정을 느끼곤 웃으면서 답했다.

"많긴 하지만, 이 정도는 아니네. 마침 우리가 때를 잘 맞춘 듯하군."

"축제라도 개최 중인 겁니까?"

"축제라고 하면 축제라고도 할 수 있겠군. 가별초 선발 대회가 열렸으니."

*　　　*　　　*

젠틸레는 헝가리의 검은 기사단을 격파한 황제의 근위대를 떠올리곤, 김경손에게 물었다.

"조선에선 임페라토르의 근위대를 공개적인 대회를 거쳐 선별한다는 말씀입니까?"

"여긴 서역이 아니니, 황제 폐하라 칭하게. 아무튼, 시험을 보고 뽑는다네."

"혹시 문관 시험처럼 신청만 하면 누구나 받아주는 겁니까?"

"맞네."

"전 잘 이해가 가지 않습니다."

"어떤 면이?"

"만에 하나라도 황제 폐하에게 불만을 품고 있는 이들이 친위대로 임명될 수도 있잖습니까."

"어림없는 소리. 아국을 자네가 살던 나라나, 서역의 상식으로 이해하려 하지 말게나. 그리고 만에 하나 역적이 불측한 마음을 먹었다 해도 폐하께 해를 끼치는 건 불가능하네."

"어째서 그렇습니까?"

"우선 황제 폐하를 해할 만한 실력의 무인이 있을 리 없고, 가까운 거리에서 호종하는 건 충성심이 검증된 소수에 불과하네."

"…그렇습니까."

오스만 군대와 함께 사라이에 왔던 젠틸레는 소문만 들었을 뿐, 실제로 광무제가 싸우는 모습을 본 적이 없었기에 이런 이야길 들을 때마다 전장에서 그 모습을 보았으면 좋았을 거라 아쉬워했었다.

그건 오스만의 술탄인 메흐메트 역시 마찬가지라, 조선군이 어떤 전술이나 전법을 사용했는지 모르며.

광무제와 친위대가 조선 티무르 연합군의 진지로 뛰어든 검은 기사단을 격파한 성과만 알고 있기도 했다.

"소문으로만 들었는데, 황제 폐하의 무용이 그렇게 대단하십니까?"

"그래, 첫 대회 당시, 아국의 내로라하는 무관들이 참여한 마상창 시합에서 신분을 숨기고 출전하시어 그들을 모두 격파하고 우승하시기도 했네.

"마상창 시합이 뭡니까……?"

생소한 단어에 젠틸레가 역관을 바라보며 묻자, 그는 사라이에서 서역의 상인들에게 들었던 이야기를 떠올리며 말했다.

"마상창 대회와 비슷한 시합의 명칭이 그쪽에선 아마 조스트(Joste)인가, 툐스트(Tjost)라고 들은 것 같습니다."

그러자 젠틸레는 곧바로 놀라며 답했다.

"아, 황제 폐하께서 지오스트라(giostra) 초대 대회의 캄피오네(campione, 챔피언)에 등극하셨단 겁니까? 정말 대단하시군요."

"거, 내가 못 알아들을 말은 섞지 말고."

김경손이 살짝 핀잔을 주자, 젠틸레는 고개를 숙이며 답했다.

"예, 조심하겠습니다."

젠틸레는 김경손과 대화를 마치곤, 그가 궁금한 것을 역관에게 물어보곤 나름대로 만족할 만한 답을 얻었다.

마상창 대회에 대한 정보를 습득한 젠틸레는 그간의 여정 동안 익숙해진 손놀림으로 말을 탄 채, 받침대와 종이를 꺼내 기록을 남겼다.

─조선의 수도에선 일정한 기간마다 황제 폐하의 친위대를 뽑는다고 한다. 응시생의 절반 이상은 북방 유목민 일족의 유망한 전사들이며, 그곳을 다스리는 영주의 아들들이 많다고 한다. 그리고 남쪽에 있다는 구주란 섬과 중원의 산동이란 곳에서도 시험을 치러 배를 타고 오는 이들도 있다고 한다. 또한……

젠틸레가 알아낸 정보를 정리하며 이동할 무렵, 역관이 그에게 말했다.

"나리, 조만간 숙소에 도착할 겁니다. 조금이라도 쉬고 나서 쓰시죠."

"알겠습니다. 그렇게 하지요."

김경손과 우르반은 젠틸레와 헤어져 광무제를 알현하기 위해 황궁으로 출석했고, 다른 역관이나 관료들은 그리워했던 집으로 향했다.

손님 자격으로 조선에 온 젠틸레는 사신 숙소인 동평관에 짐을 풀었고, 이내 피로가 몰려와 발을 뻗고 누웠다.

'여기도 사라이처럼 침대가 있었으면 좋았을 텐데……'

왕족이나 쓸 법한 호화스러운 금침에 누워 배부른 고민을 하던 그는 이내 마음을 다잡고 전담 역관을 찾았다.

"…나리, 저도 오늘은 집에 가야 합니다. 가족들의 얼굴을 못 본 지도 2년이 다 되어갑니다. 가별초 선발 대회가 본격적으로 시작되는 건 내일부터니, 오늘은 제발 여기서 쉬시는 게 어떻겠습니까?"

"아……. 그렇겠군요. 미안합니다."

그렇게 역관을 집으로 보낸 젠틸레는 굴하지 않고 동평관의 관원에게 자신이 아는 조선말을 총동원해 도성을 구경하고 싶다는 의사를 피력했다.

그는 동평관의 청지기(廳直)와 함께 길을 나섰고, 조선말로만 소통할 수 있었기에 꺼낼 수 있는 말이 줄어들 수밖에 없었다.

젠틸레는 청지기를 따라 서쪽으로 움직였고, 생소한 양식의 집이나 건물을 구경하다 1각, 이젠 조선의 새로운 시간 단위가 된 15분 후 이제껏 보아온 길과는 다르게 넓게 정비되어 있는 장소에 도달했다.

황궁의 정문과 이어진 길의 너비는 근 80미터에 가까웠고, 거대한 네 개의 길이 만나는 중심엔 밝은색의 돌과 어두운색의 돌을 이용해 아름다운 무늬가 일정한 크기의 사격형 안에 들어가 있었다.

또한 그 일련의 무늬들은 타일처럼 맞물려 또 다른 문양을 그리고 있었다.

그리고 중앙엔 거대한 시계가 장식된 건축물이 자리 잡고 있었다.

젠틸레는 시계를 일종의 장식물이나 기념탑 정도로 여긴 채, 그보다 바닥의 문양에 관심을 보였다.

"…이건 그림의 일종입니까?"

"예, 황도의 경관을 축소해서 표현한 겁니다."

"…놀랍군요. 이런 걸 누구나 볼 수 있는 거리에 만들면 문제가 되지 않나요?"

"손께선 타국의 세작을 걱정하시는 겁니까? 고작 이 정도의 그림으론 별다른 문제는 되지 않습니다."

"세작이 뭔지는 모르겠는데, 제가 말하고자 하는 건 다른 나라에서 나쁜 의도를 가지고 오는 이들을 뜻하는 겁니다."

"그게 세작입니다."

젠틸레는 새로 알게 된 단어를 빠르게 외우곤, 다음 말을 이어갔다.

"그럼, 이곳이 황도의 중심지입니까?"

"예, 육조 거리라고 부르는 곳입니다."

"육조의 뜻이 뭔가요?"

"나라를 관장하는 여섯 개의 관청이 모여 있다고 해서 붙여진 명칭입니다. 사실 한성부와 의정부, 그리고 사헌부나 농조 같은 기관들도 있으니 더 큰 숫자가 붙어야 하겠지만, 상징적인 이름으로 남아 있습니다."

젠틸레는 한자를 모르기에 그가 말한 관청의 이름을 뜻을 파악하지 못하고 고유명사쯤으로 받아들였고, 그보다 다른 쪽에 관심을 가졌다.

"이 거리도 참 아름답지만, 이곳을 중심으로 이어진 도로도 인상적이네요. 마치 고귀한 로마의 유산이 그대로 남아 있는 듯한 느낌입니다."

"로마가 어딘데, 아국과 비교를 하십니까?"

"아, 로마란 나라는……."

젠틸레가 타고난 역사광의 기질대로 친절을 베풀어 로마를 설명하려 했으나.

그의 짧은 어휘론 배경지식이 없는 상대에게 콘스탄티노폴리스에서 동로마의 명맥을 이어가는 바실레우스(Basileus, 황제)의 이야기나, 예전에 멸망한 서로마나 그런 서로마의 정통성을 잇고 싶어 하는 신성로마와 더불어 한 다리 걸치려는 조국 베네치아 등, 여러 나라가 복잡하게 엮인 사정을 온전히 설명하기란 불가능하다 여기곤 한숨을 쉬었다.

"중원의 명칭이 한나라라고 불리던 시절에 서역을 지배했던 강국입니다. 지금은 좀 사정이 복잡하게 되어 갈라져 있지만요."

결국 짧게 로마에 관해 설명한 그에게 청지기가 답했다.

"그렇습니까. 아무튼 여기서 북쪽으로 가면 황궁의 정문이 있지요. 그리고 황궁과 마주하는 쪽에 재상님들이 거하는 의정부가 있고, 길을 따라 다른 관원들이 거하는 관청들이 있지요."

"그럼 이 광활한 거리 일대가 전부 관청이라는 겁니까?"

"예. 전부는 아니지만, 대부분이 관청으로 이뤄져 있습니다."

"대국답게 관료의 수가 많은가 봅니다."

"저도 정확한 수는 모르지만, 여기서 근무하는 분들만 몇천은 될 겁니다."

젠틸레는 예전에 관료들이 시험으로 선출되는 귀족이라고 들었던 걸 기억하곤, 놀라며 답했다.

"높은 사람들이 그렇게 많다고요?"

"예, 그게 어때서요?"

"그럼 자유민이나 노예들이 고관과 흔하게 마주칠 텐데, 그것도 큰일이겠습니다."

"그게 왜 큰일이 됩니까?"

"자칫하면, 그들의 심기라도 거스를 수 있는 것 아닙니까"

"전 손께서 하시는 말이 이해가 잘 안 가네요."

"그러니까… 다 그런 건 아니겠지만, 개중엔 성격이 나쁜 고관도 있을 테니, 그것을 염려한 겁니다."

"혹시 나리께선 뭐, 관원들이 눈이라도 마주친 양인들을 멋대로 해코지할 수 있다고 생각하시는 겁니까?"

"예, 약간 비슷합니다. 거기까진 상정한 건 아니지만 제 어휘가 짧아서 더 설명하기가 힘들군요."

"어처구니없는 가정이지만, 만약에라도 그런 일이 생기면 행패를 부린 관원이 먼저 벌을 받고 남쪽이나 북쪽으로 사민됩니다."

"이곳의 고관은 특권 같은 게 없나 보군요. 그럼 일하기 편하시겠네요?"

"…손께선 저를 어찌 생각하시는지 모르겠는데, 저도 엄연히 나라에서 녹을 먹는 관원입니다."

그는 길잡이로 나선 청지기를 동평관의 하인 대표 정도로 여기고 있다가 놀라며 사과했다.

"…그렇습니까? 실례했습니다. 제가 이곳에 무지한 이방인이라 크나큰 무례를 저질렀군요."

사과를 받아들인 청지기는 그가 아는 사실 내에서 조선의 관직과 왕족에 관해 설명해 주었고, 그런 설명은 군역에 대해서도 이어졌다.

"관원들은 과거라는 이름의 시험을 보고 임용돼 2년간 변방에서 실무직을 지내는 것으로 군역의 의무를 대신합니다."

"군역이 뭐죠?"

"대국의 모든 신민이 수행해야 할 의무입니다. 군대의 소집에 응하는 거죠."

"아, 그건 우리 조국에서도 마찬가지입니다. 자유민이라면 응당 소집에 응해야 하지요."

"그래요? 손께서 오신 나라도 군역제가 잘되어 있나 보군요."

청지기의 말에 조국 베네치아에 자부심을 가지고 있던 젠틸레가 답했다.

"그럼요. 우리 위대한 베네치아 공국은 서역에서도 손에 꼽히는 강국입니다. 한땐 3만 척이 넘는 배와 2만에 가까운 병력을 가지고 있기도 했고요. 지금은 그것보단 조금 줄었긴 해도, 1만 정도의 병력은 너끈히 동원 가능하답니다."

"나리의 나라는 가진 배는 그리도 많으면서 어째 병력이 1만밖에 안 되는 겁니까?"

10만 남짓한 베네치아의 인구를 고려할 때 1만의 병사를 동원하는 것은 대단한 일이었지만, 청지기가 보기엔 하잘것없는 규모나 다름없었다.

"…제가 사는 곳에선 그 정도만 돼도 충분히 강국에 속합니다. 대국에서 동원할 수 있는 총병력은 얼마나 됩니까?"

지난 전쟁 당시 조선에서 동원한 병력이 4만 정도였음을 알고 있던 젠틸레는 은근슬쩍 조선의 힘을 가늠해 보고자 질문을 던졌고.

그런 젠틸레에게 청지기는 의기양양한 투로 답했다.

"제가 알기론, 황제 폐하께서 총동원령을 내리면 소집 가능한 병력이 50만 정도라고 들었습니다."

"…그건 쉽게 믿기지 않는 이야기군요. 서역에서 내로라하는 강국도 10만을 동원하는 게 고작인데… 50만이라뇨."

사실 그가 아는 나라 중 10만 이상을 동원 가능한 나라는 오스만뿐이었기에, 그가 말하는 서역을 유럽으로 한정하면 조금 어폐가 있기도 했다.

"대략 천 년 전엔 이 땅에 중원에서 백만 대군이 쳐들어온 적도 있었는데, 그쪽의 나라들은 규모가 참 작군요."

풍속서관에서 동국기나 삼국기 같은 역사 소설을 읽었던 청지기는 고구려와 수나라의 전쟁을 예를 들었고, 그 말을 들은 젠틸레는 귀를 의심하며 경악했다.

"배… 백만이요? 제가 방금 제대로 들은 겁니까?"

젠틸레는 동방견문록과 마르코 폴로의 숭배자였지만, 조선 관료들과 여행을 거치며 백만이란 수식어는 그저 상징적인 것으로만 이해했었기에 백만의 대군이 동원되었다는 사실에 놀랄 수밖에 없었다.

"예. 백만이 맞습니다."

"그럼 그 전쟁은 어찌 되었나요?"

"백만을 끌고 온 중원의 수나라가 옛 고려에 패퇴당하고 나서 결국, 나라가 기울어졌지요. 그리고 수나라를 멸망시킨 당나라가 수십만의 병력을 이끌고 재침공했었지요."

"그게 정말 신빙성이 있는 이야기입니까?"

"아국의 역사서에 버젓이 남아 있고, 소설이란 형식의 책으로도 발간되어 있습니다."

"그럼 제가 그 책을 어디서 구할 수 있습니까?"

"풍속서관에 가서서 사야 할 것 같군요."

"그럼, 거기로 갑시다."

그렇게 청지기의 안내로 서관에 도착한 젠틸레는 자신이 생각한 것보다 책값이 저렴하다는 걸 알자, 이내 자신의 예산으로도 10권 정도의 책을 살 수 있다는 것에 기뻐하며 책을 사서 동평관으로 귀환했다.

"나리, 설마 간밤에 전혀 안 주무신 겁니까?"

젠틸레는 역관이 익숙하게 보아온 형상, 즉 눈 그늘이 진 모습을 하고 있었다.

"아, 어제 흥미로운 이야길 듣고 책을 좀 읽느라 그랬습니다."

그는 그가 그동안 조선어를 정리해 놓은 개인 사전까지 동원해 고구려—수당 전쟁과 더불어 살수대첩에 관한 부분을 해석하듯 읽으며 밤을 지새웠던 것이었다.

"그럼, 오늘 일정은 쉬실 겁니까?"

"아닙니다. 귀중한 시기를 놓칠 수 없지요. 어제 커피를 파는 곳을 알아두었으니 거기부터 갑시다."

"거긴 또 언제 아시게 된 겁니까?"

"사실은 어제 거리 구경을 하러 갔다가 흥미로운 이야길 듣곤, 서점에 가면서 우연히 알게 되었습니다."

역관은 질린 표정을 지으며 영의정 황보인이 육조거리에 차린 찻집에 동행했고.

젠틸레는 당분과 카페인을 보충하곤 곧바로 경기가 열리는 황도의 동쪽 구역으로 말을 몰았다.

"어제도 보긴 했지만, 황도에 마차와 수레 같은 게 참 많네요."

"예, 네 마리 이상이 끄는 마차는 고관이나 황족에게만 허락되지만, 말 한 마리가 끄는 마차나 사람이 끄는 인력거 정돈 양인들도 돈으로 살 수 있으니까요."

"마차를 끄는 말의 수에 제한이 있다고요?"

"예, 보통 품계에 따라 나뉩니다. 본래는 사대부에게만 허락되었고, 마차를 끄는 말의 수도 더 적긴 했었는데. 최근 황국의 전례를 따라 새 법도가 제정되어 늘었을 겁니다."

"그렇군요."

새로운 사실을 알게 된 젠틸레는 행여 잊어버릴까 빠르게 종이에 적었다.

그러는 사이 그와 역관은 가별초 선발 예선전이 벌어지는 경기장에 도착했고, 어마어마한 인파가 몰려든 것에 기겁하며 한편으론 의문점도 생겼다.

"사람들이 저렇게 대형을 유지해서 서 있는 이유가 뭡니까?"

"저건 입장을 기다리며 줄을 선 것인데요?"

"그러니까 어째서 줄을 선 건데요?"

젠틸레에겐 줄 서기란 개념이 아예 없었기에 한참 동안 역관의 설명을 들어야 했고, 이해한 후엔 감탄하며 말을 이어갔다.

"실로 의식이 훌륭하군요. 이런 건 제가 어디서도 본 적 없던 문화나 풍습인 듯합니다. 혹시 군대의 의무와도 연관이 있는 것입니까?"

그는 줄 서기의 영향이 군대에서 유래된 것이라 이해한 채 물었고, 그런 물음에 역관은 고개를 갸웃대며 답했다.

"글쎄요. 거기까지 생각해 보진 않았는데, 어느 정돈 관련

이 있는 것 같기도 합니다."

"그렇습니까. 그런데 우린 얼마나 기다려야 합니까?"

"제가 예조에서 출입증을 가져왔으니, 기다리지 않아도 됩니다."

줄 서기 문화에 감탄하긴 했었으나, 기다림을 걱정하던 젠틸레는 환한 웃음을 지으며 답했다.

"역시 사람은 줄을 잘 서야 하는군요."

"이 상황에선 그 표현을 그리 쓰는 게 아닌데…… 아무튼 절 따라오시지요."

역관을 따라 마상창 시합의 예선이 벌어지는 경기장으로 입장한 젠틸레는 그가 생각한 것보다 수준 높은 시합과 후보생들의 기량에 감탄했다.

가장 인기가 높은 마상창 대회의 예선이 끝나자 뒤이어 여러 가지 종목의 예선이 시작되었다.

참가자들이 맨몸으로 기량을 겨루는 갑주술부터 마상 사격, 혹은 궁시와 승마 경주 등 여러 가지 종목이 동시다발적으로 여러 장소에서 벌어졌고, 번외로 모래판 위에서 참가자들이 씨름으로 몸을 푸는 광경이 보이곤 했다.

씨름이란 종목은 젠틸레가 보기엔 아브라자레(Abrazare, 레슬링)와 비슷해 보였지만, 조선에서 대대로 내려온 전통이며, 갑주술이라는 명칭의 근접 무술이 그가 아는 유럽의 것과 비숫하다는 것을 알게 되었다.

씨름은 선발 대회와 다른 계통으로 경기화되었고, 조선에서 추석이라고 부르는 기념일에 몽골 씨름인 부흐와 함께 천하장사를 가리는 대회가 열린다는 이야길 역관과 가까운 관료에게 들었다.

젠틸레는 기록으로 남기기 위해 사흘에 걸쳐 모든 종목을 조금씩 구경했다. 그중 참가자들이 갑옷을 차려입은 채, 무기를 들고 일대일로 겨루는 대련 종목을 보곤 혀를 내둘렀다.

'이들은 어디까지나 정식 기사도 아니고, 종자나 다름없는 후보생인데……. 이 정도면 내가 아는 기사들하고 거의 동등한 수준이군. 그럼 머저르의 검은 기사단을 완파한 황제 직속 친위대는 어느 정도인 거지?'

"대국에선 선발 대회가 자주 열립니까?"

젠틸레의 물음에 역관이 고개를 저으며 답했다.

"아닙니다. 본래 가별초 대회가 처음 열린 게 대략 11년인가 12년 전쯤이니 3년에 한 번꼴로 열립죠."

"짧은 전통으로 출전자들이 이만한 실력을 갖출 수 있다는 게 놀랍군요."

그런 와중에 이들이 관전하던 시합에선 어느 참가자가 상대의 철퇴에 투구를 여러 차례 가격당한 것을 아랑곳하지 않고, 도끼날의 아랫부분으로 상대의 다리를 걸어 넘어뜨린 후

올라타 공격을 이어가다 심판의 제지로 경기가 끝났다.

역관은 시선을 참가자에게 둔 채, 적당히 대답을 이어갔다.

"대회와 별개로 무관 가문이나 각도의 정예 부대끼리 교류 겸 경쟁을 목적으로 친선 대회를 연다고 들었습니다. 여기 구경 온 이들이 출전자들의 이름을 알고 응원하는 건 그 때문이겠지요."

역관이 승자에게 박수를 보내자, 젠틸레도 따라서 축하를 보냈다. 주로 영주가 주체가 되는 유럽과는 미묘하게 비슷하면서도 다른 대회 방식이었지만, 그는 나름대로 조선을 어느 정도 이해해 가고 있었기에 수긍할 수 있었다.

다음 참가자는 그의 눈에도 익은 갑옷을 입은 상대였다.

마상창 대회 예선에서 검은색 갑옷을 입곤, 단 일격에 상대들을 낙마시켰던 참가자가 나섰고, 역관은 그의 무기를 보곤 의외라는 표정을 지었다.

"저 김생이란 이름의 후보생은 특이하네요."

"뭐가 특이하단 말입니까?"

"아국에 철갑이 보편화되고 나서부턴 검을 주무기로 쓰는 무관이 상당히 줄었는데, 특이하게도 검을 들고 나왔으니까요."

"그런가요."

"검은색 갑옷과 날까지 새까만 검도 특이하지만, 무엇보다 출전명이 가명이군요."

"저 사람이 가명인 건 어찌 아셨습니까?"

"김생은 아국에서 유명한 소설 속 주역의 이름입니다. 김 씨라고 부르는 거랑 똑같아요."

"그렇군요."

그들이 이야기를 나누는 사이, 검은색 판금 갑옷의 출전자 김생은 전추(戰椎, 워해머)를 들고 무작정 돌격하는 상대를 맞아 교묘하게 공격을 흘려보냈고 뒤이어 상대와 무기를 맞댄 채로 밀어붙여 후속 공격을 봉쇄해 버렸다.

뒤이어 김생은 뒷걸음질로 거리를 두려는 상대에게 틈을 주지 않은 채, 압박을 이어갔고 뒤이어 검날을 교묘하게 움직여 공격을 봉쇄하다가 무기를 빼앗듯 날려 버렸다.

"…저런 건 리히테나워 학파에서나 보일 법한 기술인데, 여기서 보게 될 줄 몰랐네요."

"서역에서 유명한 사람입니까?"

"유명한 사람은 아닌데, 요즘 들어 이름이 알려지기 시작한 검술의 대가입니다. 그의 제자라고 했던 기사가 밀착 상황에서 저런 방식의 대처 방법을 보여준 걸 기억합니다."

그렇게 검은 갑옷의 참가자가 마상창 대회의 예선에 이어 대련 종목의 예선까지 통과하자, 관중은 그를 우승 후보 중 하나로 꼽았다.

예선이 종료된 다음 날, 개최된 대련 종목 본선에서도 김생은 내로라하는 우승 후보들을 연달아 격파하고 결승에 선착했으며, 결승전에서 강적을 만나게 되었다.

그런 김생과 상대를 두고 관중들은 누가 이길 것인지에 대해 끊임없이 이야길 나눴다.

"김생의 상대가 유명한 사람입니까?"

대회장 한쪽에서 파는 파전을 대나무 잎새로 감싼 채 뜯어 먹던 역관은 먹던 걸 삼키고 젠틸레의 물음에 대답했다.

"예, 북방의 명문가, 오도리 동씨 가문 막냅니다. 이번 서역 원정에서도 아버지를 따라 참가해 공을 세운 전도유망한 젊은이입니다. 저도 살래성에서 몇 번 본 적이 있고요."

"덩치가 크긴 하군요."

"김생의 덩치가 작은 건 아닌데, 동가의 막내에 비하면 초라한 감이 있네요."

역관의 말대로 결승 진출자인 동청례(童淸禮)의 키는 육척(약 180㎝)하고도 한 뼘이 더 큰 장신이었고, 그에 맞서는 김생의 키도 육 척에 가까워 보이긴 했지만, 체구 차이가 나는 편이었다.

"확실히 김생이 불리해 보이긴 하군요. 덩치 차이만으로 모자라 전쟁에서 단련된 이가 상대라니……"

그의 말대로 관중 대부분이 동청례의 승리를 점쳤고, 경기장에서 몰래 벌어지는 도박의 배당도 그에 맞춰 조정되었다.

그러나 막상 경기가 시작되고 나니, 모든 이들은 예상이 빗나가게 되었음을 알게 되었다.

척 보기에도 크고 무거운 부월극(斧鉞戟), 서역에선 할버드라고 부르는 병기의 파상공격을 상대로 김생이 왼쪽 손에 든 둥근 철제방패와 검으로 완벽한 방어를 이어간 것이었다.

김생은 피할 수 없는 공격이 들어오면 갑옷의 경면을 이용해 흘려보냈고, 때로는 상대의 빈틈을 보아 사슬로 보호되는 겨드랑이나 관절 부분을 노리기 시작했다.

그러나 동청례의 방어가 단단해 그 전법이 의미가 없어지자, 김생은 검날 파지법이라 불리는 기술을 이용해 검의 중간 날을 왼손으로 잡아가며 검의 손잡이 무게 추 부분을 철퇴처럼 이용해 공격했고, 때로는 왼손에 든 방패로 동청례의 투구 위를 후려치곤 했다.

그런 변칙적인 김생의 공격에 동청례는 당황하여 공세 일변이었던 전술을 급하게 수정하곤 신중한 태도를 보였다.

결국 10분간의 전반전이 끝나자, 동청례는 가쁜 숨을 고르며 관중석에 자신을 응원하러 온 아버지 동소로가무와 형 동청주에게 손을 들어 올리며 우승을 다짐했고, 김생은 그 누구에게도 눈길을 주지 않은 채, 조용히 앉아 호흡을 골랐다.

후반전으로 이어진 둘의 결투는 전반과는 다른 양상으로 흘러갔다.

"설마 저건 김생이 의도했던 바일까요?"

젠틸레가 눈을 떼지 못한 채, 감탄하자 역관도 작게나마 휘파람을 불곤 답했다.

"아무래도 그런 거 같습니다. 동가의 막내 자제가 전반에 체력을 다 써버린 거 같군요."

동청례는 전반전에서 무거운 부월극을 쉼 없이 휘두른 결과, 급격하게 체력이 소모되었기에 눈에 띄게 움직임이 느려졌다.

거기다 전반전 당시 최소한의 움직임으로 방어하며 간간이 반격하던 김생은 공세적으로 돌변해 동청례를 일방적으로 밀어붙이고 있었다.

체력을 회복하기 위해 방어에만 집중하던 동청례는 근접 상황에서 김생의 변칙적인 방패 공격에 이어 검 손잡이 부분을 이용한 공격에 충격을 받아 주저앉았고, 뒤이어 면갑의 눈구멍을 노리고 겨눠진 칼날을 보곤 항복을 선언했다.

마침내 대련 부문 우승자가 된 김생이 면갑을 벗어 던진 채 기쁨의 함성을 지르자, 우승자의 얼굴을 늦게나마 확인한 관료들이나 황궁에 드나들던 몇몇 북방의 유력자들, 그리고 준우승자가 된 동청례는 삽시간에 그에게 절을 하며 큰소리로 외쳤다.

"태자 전하!"

젠틸레는 황급하게 고개를 숙이는 역관을 따라 고개를 숙여야 했고, 어젯밤에 적어둔 기록을 떠올리며 그 부분을 완전히 수정해야겠다며 한숨을 쉬었다.

　—현재 조선은 철저한 경쟁 체제를 통해 사대부라는 특권 계층을 선별하고, 여러 방법으로 충성과 능력을 끌어내며 나라의 성장 동력으로 삼는 것 같다.

　다만 염려가 되는 점이 있다면 가장 뛰어난 기사이자 위대한 칸이신 광무제 폐하의 후계자에게도 복속시킨 일족들을 통제할 만한 역량이나 무용이 있을까 하는 의문점이 들기도 한다.

*　　　*　　　*

　조선의 태자 이홍위가 만인이 모여든 앞에서 자신의 후계자 자격을 증명했을 무렵, 그의 둘도 없는 친구 남이는 새로운 대륙의 서해안 거점, 원역사에선 천사들의 도시라고 불릴 뻔한 장소에서 말똥을 치우는 신세가 되어 있었다.

　"여긴 아무리 생각해도 참 요상한 땅이란 말이야, 작은 섬도 아닌데 말이 살지 않는 땅이라니. 하다못해 섬나라인 만자백이국(滿者伯夷國, 마자파히트)에도 말들이 있었는데."

　수병들이나 선임 무관들이 전부 근방의 탐색에 나간 탓에 홀로 마구간을 청소하는 남이를 본 최광손의 혼잣말에 왕충이 답했다.

"우리가 아직 못 본 것일 수도 있습니다. 그리고 그 대신 소 떼가 그득하지 않습니까."

왕충의 말에 최광손은 괴물 같은 덩치의 들소 떼를 떠올리곤 진저리를 쳤다.

"하, 그걸 소라고 해야 하나? 그냥 소의 형상을 한 괴물에 가깝던데. 우리가 봤던 남방의 물소들도 그놈들과 비교하면 한 수 접어줘야 해."

"하긴, 그놈들을 사로잡으려던 수병 중에선 부상자까지 발생했으니 그걸 소의 일종으로 생각하긴 좀 그렇군요."

탐험대는 크기만 3미터가 넘는 거대한 들소들을 보곤 기뻐하며 사로잡으려 했지만, 소 떼는 도리어 접근하는 인간을 향해 돌진했고 그 결과 들소의 무리 중 일부는 일제사격을 받아 탐험대의 식량이 되었다. 그런 난폭한 들소 떼에 미련을 버리지 못한 수병들은 시간이 나는 대로 올가미를 들고 생포를 시도했지만, 아직까진 성공한 이가 없었다.

그래도 코뚜레만 걸면 거대한 들소를 굴복시킬 수 있을 거란 믿음으로 무작정 나섰다가 다치는 이들마저 나와 최광손이 직접 나서서 생포를 금지하기도 했다.

"그래도 그것들 고기는 정말 맛있어. 누린내도 별로 없고, 잡스러운 양념 없이 호초(胡椒, 후추)와 소금만으로도 끝내주는 맛을 내니 영 끊을 수가 없다니까."

입맛을 다시며 말을 하는 최광손은 출항 전과 비교할 수 없을 정도로 살이 오른 상태였고, 왕충은 그런 상관이자 친우의 얼굴을 보곤 한숨을 쉬며 답했다.

"하아, 그나저나 이 부근엔 사람이 전혀 보이지 않는데, 슬슬 남쪽으로 움직여야 할 때가 아니겠습니까?"

"글쎄, 내 생각엔 숨어서 우릴 관찰하고 있는 이들이 있을 수도 있지. 지금쯤이면 우리에 대한 소문이 근방에 퍼졌을 것 같기도 하고."

"그럼 당분간 계속 머무실 생각이십니까?"

"그래, 여기만큼 살기 좋은 곳도 없는데, 조만간 본국으로 귀환할 배편에 장계를 보내 이곳에 사민할 인원을 보내달라고 할 참이야."

"그럼… 조만간 관원들도 오게 되겠군요."

"그리고 며칠 전에 남쪽을 돌고 온 1차 선발대 말론, 거대한 만이 자리 잡고 있다는데 굳이 내려갈 필요가 있을까?"

최광손은 기후 좋은 곳에서 놀고먹으며 나태해졌고, 왕충은 그런 그의 모습에 적응이 안 되는지 그동안 참고 있던 말을 꺼냈다.

"제독 대감, 여기서 머문 지도 석 달이 넘었으니, 슬슬 움직일 때가 되었다고 보입니다.

"여긴 기후도 좋고 처음 보는 동물이나 식물도 가득하니,

당분간 머물면서 학자 선생들의 활동을 도와야 할 때라고 생각해. 그리고 시험적으로 가져온 종자들을 심어서 농사를 짓는 녀석들도 있잖아."

평계가 가득한 최광손의 발언에 왕충은 솔직하게 답했다.

"그냥 여기가 마음에 들어서 움직이기 귀찮으신 것은 아니고요?"

그런 왕충의 말을 들은 최광손은 짐짓 화를 내는 척하며 답했다.

"왕 첨사, 새로운 땅에서 나를 기다리는 친구들이 많을 텐데, 대체 날 뭐로 보고 그런 말을 하나?"

"그런 것치곤 이미 한차례 습격을 겪기도 했잖습니까."

최광손의 탐험대는 이곳에 오기 전 샌프란시스코 방면에 상륙해 신주성이란 이름의 거점을 만들었었다.

그러나 그곳에서 이름 모를 원주민들의 습격을 받았고, 피해 없이 그들을 격퇴하긴 했으나 수많은 사상자를 낸 원주민들은 조선 측을 피해 산으로 숨어버렸다.

"…그건 살아남은 이들을 포로를 잡아뒀으니 대화를 시도해 볼 법한데, 그럴 시도조차 않고 자취를 감췄으니 황당할 노릇이지. 그나저나, 그때 잡아둔 이들은 어찌 되었나?"

"얼마 전에 마지막 생존자가 열병에 걸려 죽었답니다."

"하, 이건 내가 의도한 바가 아닌데……. 아무튼 친선을 위한 대화도 좋지만, 먼저 우릴 공격하는 이들에게까지 우호적으로 나갈 필욘 없지."

"북쪽에서 니히쏘랑 접촉한 인원들은 그들의 전쟁에서 용병 노릇을 하고 있답니다."

그러자 로키산맥, 최광손이 임의로 붙인 별칭으론 동백산맥(冬白山脈)의 북쪽에서 활동 중인 선임 무관 박장석과 원정함대에서 선별한 1,000여 명의 대원을 떠올린 최광손은 짐짓 미안한 어투로 말을 이어갔다.

"하, 장석이가 고생 좀 하겠군. 여기서 많은 이들을 만나본 건 아니지만, 다들 우릴 이용 못 해서 안달이 난 것 같아."

"본래 이게 정상 아닐까요. 서역 항로 개척 당시 만자백이국의 경우를 떠올려 보시지요."

"하긴, 거기선 우릴 대놓고 이용하려는 유력자나 왕족들이 즐비했었지."

"그 후로 제독 대감께서 만나본 이들이 유독 평화로운 삶을 살았던 것뿐입니다."

"자네 말이 맞아. 북해도 남쪽의 아이누도 왜국의 영주들과 치열하게 싸우고 있었다고 했었지."

"아무튼, 지금까지 파악된바, 이 땅은 중원에 버금가거나 더 커다랄지도 모르는 대륙입니다. 혹시 나라와 접촉할 수도 있으니, 그땐 제독 대감께선 나서시는 게 좋을 듯합니다."

"자네가 말하지 않아도 알아. 아무튼 2차 선발대가 귀환하면 보고를 듣고 행보를 결정하지."

1460년의 여름이 끝날 무렵, 10여 척의 갤리온으로 결성했던 2차 선발대가 현 거점인 나성(羅城)으로 귀환했고, 의외의 소식을 가져왔다.

"그러니까, 자네 말은 남쪽에 제대로 체계를 갖춘 나라가 있었단 말인가?"

"예, 제독 대감. 제가 어느 해안에서 내려 근방의 산맥을 탐사하다 방망이와 돌팔매로 무장한 주민과 접촉했고, 나름대로 우호를 표시하자 그들의 마을에 초대되었었습니다."

광무함의 부선장이자 원정 함대 첨절제사의 고관인 왕충이 2차 선발대의 선장에게 질문을 이어갔다.

"고작 마을이 하나 있다고 해서 그걸 나라라고 단정할 수는 없었을 텐데, 다른 걸 본 건가?"

"예, 나름대로 흙을 다져 잘 닦아둔 도로가 있었고, 돌로 쌓은 건축물도 있는 데다 복장이나 몸짓만으로도 구분되는 반상의 차이가 존재했습니다."

그러자 최광손이 흥미를 느끼고 물었다.

"자네가 보기엔 그 나라가 얼마나 발달한 것 같았나?"

"접촉이 제한된 상황이라 많은 걸 보지는 못했지만, 그 나라에선 소관이 생전 처음 보는 곡물들을 농사지었고, 돌무더기를 쌓아둔 건축물이 여럿 보였습니다."

"그것 말고 특이한 점은?"

"그들의 농경지를 지나치며 보았는데, 농부들은 청동으로 만든 농기구를 쓰며, 쇠붙이나 커피와 비슷한 곡식의 종자 같은 걸 화폐 대용으로 이용하는 것 같았습니다."

"그래? 혹시 그걸 얻어 왔나?"

"예, 처음엔 그들에겐 귀한 것인지, 쉽게 내어 주지 않으려 하더군요. 그래도 소관이 가지고 있던 검을 기꺼이 내어 주니, 그 쪽에서 지체 높아 보이던 이가 조금이나마 내어 주었습니다."

최광손은 선장이 내민 주머니를 열어보곤 새로운 종자의 생김새를 관찰하다 향을 맡아보았고, 이내 독특한 카카오의 향에 감탄하듯 답했다.

"전혀 생각지 못한 곳에서 문명국과 만나다니, 정말 다행이로군. 자넨 그곳 사람들과 말을 해보았나?"

"소관도 제독 대감처럼 나서서 나름대로 소통을 해보려고 했는데 그 종자 주머니와 장검을 교환하는 데 그쳤고. 단 하룻밤, 그것도 마을 바깥에서 잠시 머무는 게 고작이었습니다."

"흠, 외세에 신중하면서도 배타적인 태도인 건가. 아무튼, 물품을 교환했으니 말이 통할 여지가 있다는 거겠지. 자네가 앞장서게나. 내가 나서서 그들과 접촉해 보겠네."

"음, 저도 열 자루의 소금을 내어 주고 지극히 제한된 소수의 인원만 간신히 접촉할 수 있었는데, 제독 대감까지 가게 되면 얼마나 더 많은 소금을 요구하게 될지 모르겠습니다."

"흠, 물품을 넉넉히 준비하고 인원을 좀 줄여서 상륙하면 해결될 문제 같은데. 아무튼 동쪽으로 보내났던 우리 애들이 오는 대로 출발하자고."

최광손은 동쪽으로 보냈던 탐험대가 돌아오자 항해 준비를 시작했고. 2차 선발대의 갤리온을 따라 거대한 만, 코르테스 해협을 지나 2주 후 가을이 한창일 무렵 멕시코의 서부 타라스칸에 도착했다.

"여기가 바로 문명국이 자리 잡고 있는 땅인가……. 여긴 냄새부터가 다르군."

"제독 대감, 기후가 좋긴 한데 흔히 맡던 바다 냄새인데요."

분위기를 깨는 왕충의 말에 최광손은 얼굴을 찌푸리며 답했다.

"자넨 언제나 산통 깨는 데 일가견이 있다니까. 아무튼 여기서부턴 소수의 인원으로 움직이자고. 대신 방비는 철저히 하고."

"예, 알겠습니다."

한편, 탐사대에 말석으로나마 동행하게 된 남이는 기뻐하며 자신의 무장과 더불어 광무함에 태웠던 말과 마구를 점검하기 시작했다.

"막내 나리, 가을이긴 하지만 아직 날씨도 무더운데 전신 갑주를 두르는 건 조금 힘들지 않겠습니까?"

남이는 요즘 들어 친해진 수병의 말에 진중하게 답했다.

"아닐세, 비록 한번 접촉한 상대라곤 하나, 언제 태도가 돌변할지 모르는 일 아닌가. 유비무환이라 했으니 이 정도 대비는 필수라고 보이네."

"마상창까지 챙겨 가시는 건 조금 과한 듯한데, 그리 결정하셨다니……. 알겠습니다."

멀리서 그런 남이의 모습을 지켜본 최광손은 웃으면서 왕충에게 말했다.

"산남을 보면 매사에 의욕이 넘치는 게 꼭 제 아비하고 똑 닮았다니까. 이참에 무관들에게 산남처럼 중무장하라고 전해."

"전 요동 절제사 대감을 본 적이 없어서 잘 모르겠군요. 아무튼 대감의 명을 전하도록 하지요."

"저 녀석은 약간 유들유들한 면이 있어서 그런지, 제 아비와는 조금 다른 것 같기도 해."

"전 솔직히 사고라도 치는 게 아닐까 걱정됩니다만……."

"자네도 있고, 저 녀석 위로 무관들이 몇 명이 있는데 그런 걱정을 하나?"

"전 남 무관이 부디 제독 대감의 느긋한 면만 닮아갔으면 하는 바람입니다. 제가 보기엔 공에 안달 난 어린애나 다름없으니까요."

"누가 들으면 내가 놀고먹기만 좋아하는 한량인 줄 알겠어."

"사실 그렇지 않습니까? 대감께선 말을 안 타신 지도 꽤 오래되시지 않았습니까. 부임 초기엔 북방으로 보내달라고 노래를 부르시던 분께서 이리 변할 거라곤 참……."

"그 말이 나온 김에 나도 내 말을 타고 이동해야겠군."

최광손은 다리를 제외하곤 살이 뒤룩뒤룩 찐 오명마를 보곤, 한숨을 쉬었다.

"이게 대체 돼지야, 말이야."

왕충은 주인과 닮아 보이는 말을 바라보며 말했다.

"그 말도 주인을 닮아갔는지, 뭍에 올라서도 먹기만 하고 통 움직일 생각을 않더군요."

"…으음. 이거 뭔가 특단의 조치가 필요할 거 같은데."

"혹시 대감께서 무관들의 말을 뺏어 타실 거면 직권남용으로 장계에 적어 보고할 겁니다."

"…이 녀석하고 같이 움직이며 살이나 빼야겠군."

속마음을 들킨 최광손은 주인에 걸맞은 말을 타고 선두에 서서 이동을 시작했고, 일주일간의 이동 끝에 선발대의 선장이 말했던 마을에 도착했다.

그들은 지난번에 왔던 일행을 기억하며 나름대로 환영의 인사를 보냈지만, 생전 처음 보는 돼지, 사실은 말이란 생물에 올라탄 최광손과 무관들의 모습을 보곤 겁에 질린 표정을 짓기도 했다.

최광손은 상대가 겁을 먹은 것을 보곤, 말에서 내려 살찐 몸을 움직여 가며 대화를 시도했고, 근 1시간에 걸친 소통 끝에 몇 가지 단어를 알아들을 수 있었다.

"음, 저들을 푸레페차라고 하는 것 같은데? 그 말이 반복해서 나오는 걸 보니 국명이나 일족의 이름 중 하나 같아."

그러자 최광손처럼 몸의 대화를 시도했었던 선발대의 선장이 감탄하며 답했다.

"저는 아무리 들어도 저들의 단어를 구분하는 게 어렵던데, 제독 대감께선 신이(神異)할 정도로 잘 알아들으십니다."

"나도 하루아침에 이리된 게 아니니까 자네도 하다 보면 늘 거야. 아무튼, 저들에게 중요한 잔치 같은 게 있다고 하니, 그게 끝나기 전까진 외부인의 출입이 통제되는 모양인가 봐."

"으음……. 그럼 여기서 기다려야 하는 겁니까?"

"그래, 내가 수십 포대의 소금과 더불어 철괴를 준다고 제시했었지만, 극구 거부하는 거 같아."

"그럼 어쩔 수 없군요. 당분간 여기서 기다리는 수밖에요."

그렇게 일주일가량을 마을 바깥에서 기다린 끝에 최광손은 제사장 격의 인물과 만날 수 있었고, 그가 가져온 소금이나 철괴 덕에 긍정적인 반응을 얻을 수 있었다.

"저 사람이 뭐라고 한 겁니까?"

선발대 선장의 질문에 최광손은 그가 이해한 대로 설명을 시작했다.

"저들은 우리가 가져온 소금과 철이 무척 마음에 든 것 같아. 전에 자네에게 선물로 받았다던 검도 저들의 왕에게 올린 것 같더라고. 앞으로 말만 잘하면 저들의 수도까지 동행할 수 있겠던데?"

"그렇습니까. 다행이군요."

마침내 최광손과 500여 명으로 이뤄진 탐험대는 그들의 수도인 친춘찬으로 상경을 허락받을 수 있었고 그들의 군주, 카존치 치치판다쿼레와 알현을 약속받았다.

마침내 한 달이란 시간이 지난 후 푸레페차의 수도로 상경한 최광손과 일행들은 그들을 신기한 눈으로 바라보는 민중과 귀족들의 시선을 받을 수 있었다.

"처음 만났던 제사장의 복장도 그렇지만, 여긴 지체 높은 신분일수록 옷의 면적이 넓어지는 것 같네."

그러자 최광손과 함께 말을 몰던 남이가 눈을 어디에다 둘지 모른 채 물었다.

"제독 대감, 그 말씀대로면 옆머리를 밀고 고쟁이 같은 걸 입은 이들은 양인들이란 말씀입니까? 그리고… 여인들도 짧은 치마만 입고 상반신을 전부 드러낸 건 조금 민망해서 눈을 어디에다 둬야 할지 모르겠습니다……."

"저런 건 남방에서도 흔히 보던 광경인데 왜……? 아, 넌 그때 없었지. 전부터 있었다고 착각했다."

남이는 그런 최광손의 대답에 내심 인정받은 것 같아 기쁜 표정을 지으며 대답을 대신했다.

"아무튼, 저들의 왕을 알현하는 자리엔 나와 무관들만 가게 될 거다. 무장을 해제하겠지만, 갑주는 모두 단단히 챙겨 입어야 한다. 알겠나?"

최광손이 일행을 둘러보며 말하자, 탐험대원들은 절도 있게 답했다.

"예, 알겠습니다."

그렇게 며칠 후 고대하던 상대와 만나게 된 최광손은 그간 익혔던 단어 수십 개와 몸짓, 그리고 그림을 섞어가며 나름대로 예의를 표했고, 그런 최광손의 친화력이 마음에 든 치치판다퀴레는 웃으면서 먼 곳에서 온 손님을 환영했다.

최광손과 동행한 이들은 혹시 모를 사태에 대비해 가며 긴장을 늦추지 않았고, 웃으며 대화를 시작했던 최광손은 진지한 목소리로 일행에게 말했다.

"아무래도… 저 왕은 우리의 무기나 무력이 필요한 거 같다."

"혹시 저들의 편이 되어 싸워달라고 부탁받으신 겁니까?"

전투가 벌어지면 공을 세울 수 있다고 생각한 남이가 속삭이며 묻자, 최광손은 시선을 돌리지 않은 채 답했다.

"말이 완전히 통한 건 아니지만 그런 거 같아. 그래서 생각해 보고 결정하겠다고 의사를 표시했다."

"대감께선 어찌하실 생각이십니까?"

"이곳에서 서쪽에 거대한 호수가 있고 거길 수도로 삼는 나라가 있는 거 같은데, 그 나라와도 나름대로 대화를 시도해 봐야 하지 않겠어?"

"거긴 이름이 뭐라고 합니까?"

"테노… 뭐였더라 티틀? 아, 테노치티틀란이었던 거 같아. 아무튼 비밀리에 그곳에 접촉할 방법을 알아봐야겠어."

최광손이 말한 도시 테노치티틀란은 예스칸 틀라톨로얀, 미래엔 아즈텍 제국이라 불리는 나라의 수도였으며, 이들이 찾아온 푸레페차는 현재 아즈텍의 가장 큰 적성국이었다.

『내가 바로 세종대왕의 아들이다』 11권에 계속…